Sé quién eres

Sé quién eres

Alice Feeney

Traducción de
Santiago del Rey

rocabolsillo

Título original en inglés: *I know who you are*

© 2019, Diggi Books, Ltd.

Primera edición en este formato: marzo de 2023

© de la traducción: 2022, Santiago del Rey
© de esta edición: 2023, Roca Editorial de Libros, S. L.
Av. Marquès de l'Argentera 17, pral.
08003 Barcelona
actualidad@rocaeditorial.com
www.rocabolsillo.com

Impreso por NOVOPRINT
Printed in Spain – Impreso en España

ISBN: 978-84-18850-57-8
Depósito legal: B. 2028-2023

RB50578

A Jonny.
Hay muchas clases de agentes.
Yo conseguí el mejor.

No todo el mundo quiere ser alguien.
Algunos simplemente quieren ser otra persona.

1

Londres, 2017

*S*oy esa chica que te suena, pero no recuerdas de dónde.

Miento para ganarme la vida. Es lo que se me da mejor: convertirme en otra persona. Los ojos son la única parte de mí que todavía reconozco en el espejo, atisbándome detrás de la cara maquillada de una persona ficticia. Otro personaje, otra historia, otra mentira. Desvío la mirada, lista para abandonar a esa persona por esta noche, y me paro a mirar el cartel que hay en la puerta del camerino.

AIMEE SINCLAIR.

Es mi apellido, no el de mi marido. No me lo cambié.

Quizá porque en el fondo siempre supe que nuestro matrimonio solo duraría hasta que la vida nos separase. Me digo a mí misma que mi nombre únicamente me define si yo se lo permito. Es solamente un puñado de letras dispuestas en un orden determinado; poco más que un deseo de tus padres, una etiqueta, una mentira. A veces me gustaría reordenar esas letras para convertirlas en otra cosa. En otra persona. Un nuevo nombre para un nuevo yo. El yo en el que me convertía cuando nadie miraba.

Conocer el nombre de una persona no es lo mismo que conocer a esa persona.

«Creo que rompimos anoche.»

A veces son las personas que más nos quieren las que más daño nos hacen, porque ellas pueden hacérnoslo.

«Él me hizo daño.»

Hemos adquirido el mal hábito de hacernos daño mutuamente; las cosas han de estar rotas para arreglarlas.

«Yo también le hice daño.»

Compruebo que me he acordado de meter mi libro en el bolso; otras personas comprueban que llevan el monedero o las llaves, yo me cerciono de llevar el libro. El tiempo es precioso, nunca sobra, y yo mato el mío leyendo en el plató entre escena y escena. Desde niña, he preferido habitar las vidas ficticias de otros, esconderme en historias que tienen un final más feliz que la mía. Somos lo que leemos. Cuando estoy segura de que no se me olvida nada, me alejo por el pasillo para regresar a lo que era, a la que era, al lugar de donde vine.

«Anoche sucedió algo terrible.»

Me he esforzado en fingir que no fue así, he tratado de reacomodar los recuerdos; pero todavía oigo sus palabras llenas de odio, todavía noto sus manos alrededor de mi cuello, todavía veo en su rostro esa expresión que nunca le había visto.

«Aún puedo arreglarlo. Aún puedo arreglar lo nuestro.»

Las mentiras que nos contamos a nosotros mismos siempre son las más peligrosas.

Fue una pelea, nada más. Todo el que ha amado se ha peleado alguna vez.

Recorro los pasillos bien conocidos de los estudios Pinewood, dejando atrás el camerino, pero no mis pensamientos ni mis temores, que me siguen de cerca. Mis pasos parecen lentos e indecisos, como si pretendieran retrasar el momento de volver a casa, temerosos de lo que me aguarde allí.

«Yo le amaba; todavía le amo.»

Creo que es importante recordarlo. No siempre hemos sido la versión de nosotros mismos en la que nos hemos convertido. La vida modifica las relaciones del mismo modo que el mar modela la arena: erosionando dunas de amor, construyendo arrecifes de odio. Anoche le dije que se había terminado. Le dije que quería el divorcio y que esta vez hablaba en serio.

«No. No hablaba en serio.»

Subo a mi Range Rover y conduzco hacia la entrada icónica del estudio, dirigiéndome hacia lo inevitable. Me repliego sobre mí misma, ocultando las aristas de mi yo que prefiero que no vean los demás, doblando los bordes afilados hasta que quedan ocultos. El hombre de la garita me saluda con una expresión amable. Yo me obligo a devolverle la sonrisa y me alejo.

Para mí, actuar no ha sido nunca una cuestión de querer llamar la atención o desear que me miren. Si hago lo que hago es porque no sé hacer otra cosa, y porque es lo único que me hace feliz. Una actriz tímida es un oxímoron para la mayoría de la gente, pero justo eso es lo que soy yo. No todo el mundo quiere ser alguien. Algunos simplemente quieren ser otra persona. Actuar es fácil; es ser yo misma lo que encuentro difícil. Antes de casi cada entrevista o recepción, vomito. Me enfermo físicamente y me pongo de los nervios cuando he de enfrentarme con la gente siendo yo misma. Pero cuando subo a un escenario o me coloco frente a una cámara en el papel de otra, me siento como si fuera capaz de volar.

«Nadie entiende quién soy de verdad, excepto él.»

Mi marido se enamoró de la versión de mí que yo era antes. Mi éxito es relativamente reciente, y cumplir mis sueños fue el comienzo de sus pesadillas. Él intentó ser comprensivo al principio, pero yo nunca fui algo que estuviera dispuesto a compartir. Aun así, cada vez que la ansiedad me destrozaba, era él quien volvía a recomponerme. Un gesto amable de su parte, aunque también egoísta. Para tener la satisfacción de arreglar algo, o bien has de dejarlo roto durante un tiempo, o bien has de volver a romperlo tú mismo.

Conduzco despacio por las calles más rápidas de Londres, ensayando en silencio para la vida real, captando en el espejo inoportunos atisbos de mi yo ficticio. La mujer de treinta y seis años que veo parece enojada por tener que abandonar su disfraz. No soy guapa, pero dicen que tengo una cara interesante. Mis ojos son demasiado grandes para el resto de mis facciones, como si todas las cosas que han visto los hubieran agrandado de forma desproporcionada. Mi cabello largo y oscuro ha sido alisado por manos expertas, no las mías, y ahora mismo estoy delgada, porque el papel que interpreto lo requiere así y porque con frecuencia se me olvida comer. Olvido comer porque una periodista escribió una vez que era «rolliza, pero mona». No recuerdo qué dijo de mi interpretación.

Fue el año pasado, en una reseña de mi primer papel cinematográfico. Un papel que cambió mi vida, y la de mi marido, para siempre. Ciertamente cambió nuestra cuenta corriente, pero nuestro amor ya estaba en números rojos. A él le molestaba mi éxito —me alejaba de su lado—, y yo creo que necesitaba hacerme sentir pequeña para poder volver a sentirse grande. Ya no soy la mujer con la que se casó. Ahora soy más que ella, y me parece que él preferiría que fuera menos. Él es periodista, y tiene su propio prestigio, pero no es lo mismo. Pensó que me estaba perdiendo y empezó a retenerme con demasiada fuerza, con tanta fuerza que me hacía daño.

«Creo que en parte me gustaba.»

Aparco en la calle y dejo que mis pies me lleven por el sendero del jardín. Compré la casa adosada de Notting Hill porque pensé que quizá serviría para arreglar las cosas mientras volvíamos a hipotecar nuestro matrimonio. Pero el dinero es un parche, no una cura para los corazones y las promesas rotas. Nunca me he sentido tan atrapada por mis propios errores. Construí una prisión, como suele hacer la gente, con sólidos ladrillos de culpas y deberes. Con paredes que no parecían tener puertas. La salida estaba ahí, pero yo no la veía.

Abro la puerta y entro. Enciendo las luces de cada una de las habitaciones oscuras, frías y vacías.

—Ben —digo, quitándome el abrigo.

Incluso el sonido de mi voz llamándole suena raro, postizo, ajeno.

—Ya estoy en casa —digo en otro espacio vacío.

Resulta falso describir esto como un hogar; nunca he tenido la sensación de que lo fuera. Un pájaro no escoge su propia jaula.

Al no encontrar abajo a mi marido, subo a nuestro dormitorio. Cada paso resuena pesadamente con un eco de temor y duda. Los recuerdos de anoche son un poquito demasiado ruidosos ahora que estoy en el plató de nuestras vidas. Vuelvo a llamarle, pero él no responde. Cuando ya he mirado en todas las habitaciones, vuelvo a la cocina y reparo por primera vez en el sofisticado ramo de flores que hay sobre la mesa. Leo la tarjeta; solo una palabra: «Perdona».

Es más fácil decirlo que sentirlo. Y aún más escribirlo.

Quiero borrar lo que nos ha pasado y volver a los comienzos. Quiero olvidar lo que él me hizo y lo que me obligó a hacer. Quiero empezar de nuevo, pero el tiempo es precisamente lo que se nos había agotado mucho antes de que empezáramos a alejarnos. Tal vez si él me hubiera dejado tener los hijos que yo tanto deseaba, todo habría sido diferente.

Vuelvo al salón y me quedo mirando las cosas de Ben sobre la mesita de café: cartera, llaves, móvil. Él no va a ninguna parte sin su móvil. Lo cojo con mucho cuidado, como si pudiera explotar o desintegrarse entre mis dedos. La pantalla cobra vida, dejando a la vista una llamada perdida de un número que no reconozco. Quiero ver más, pero al volver a apretar el botón me pide la contraseña. Intento adivinarla varias veces y al final se bloquea del todo.

Registro la casa otra vez, pero él no está. No se ha escondido. Esto no es un juego.

Salgo de nuevo al vestíbulo y observo que el abrigo que lleva siempre está donde lo dejó y que sus zapatos siguen junto a la puerta. Lo llamo por última vez, ahora tan fuerte que los vecinos deben de oírme, pero no hay respuesta. Quizás haya salido, simplemente.

«¿Sin cartera, llaves ni móvil? ¿Sin abrigo ni zapatos?»

La negación es la forma más destructiva de la autoagresión.

Una serie de palabras susurran en mis oídos repetidamente: esfumado, huido, marchado, desaparecido, desvanecido.

Luego ese carrusel de palabras deja de dar vueltas y se detiene por fin en la que encaja mejor. Breve y sencilla, la palabra cae en su sitio como la pieza de un puzle que yo no sabía que tenía que resolver.

Mi marido se ha ido.

2

$\mathcal{M}$e pregunto adónde va el resto de la gente cuando apaga la luz por la noche.

¿Todos duermen y sueñan? ¿O algunos, como yo, se adentran en un rincón frío y oscuro de su interior, cavando entre las sombras de sus pensamientos y temores más negros, clavando las uñas en el espesor de recuerdos que desearían olvidar, y esperando que nadie vea el lugar en el que se han hundido?

Cuando la carrera hacia el sueño cae ante el ruido del despertador, me levanto, me lavo y me visto. Hago todas las cosas que haría normalmente, si este fuera un día normal. Aunque parece que no consigo hacerlas a una velocidad normal. Cada acto, cada pensamiento resulta dolorosamente lento. Como si la noche me estuviera reteniendo de forma deliberada frente al día que se avecina.

Llamé a la policía antes de acostarme.

No estaba segura de que fuese lo apropiado, pero según parece ya no hace falta esperar veinticuatro horas para llamar a la policía si alguien desaparece. Dicho así, «si alguien desaparece», suena como si fuera un truco de magia, un número de escapismo. Pero la actriz soy yo, no mi marido. La voz del desconocido que me atendió primero sonó tranquilizadora, aunque sus palabras no lo eran. Al menos una palabra en concreto, que deslizó repetidamente en mi oído: extraviado.

Persona extraviada. Marido extraviado. Recuerdo extraviado.

Me acuerdo claramente de la expresión de mi marido la última vez que vi su rostro, pero lo que pasó después está borroso en el mejor de los casos. No porque yo sea olvidadiza, o una borracha —no soy ninguna de las dos cosas—, sino por lo que sucedió después. Cierro los ojos, pero todavía sigo viéndolo, sus rasgos crispados por el odio. Parpadeo para ahuyentar la imagen, como si fuera un grano de arenilla, una partícula irritante que obstruye la imagen de nosotros que prefiero.

«¿Qué he hecho? ¿Qué hice? ¿Por qué me obligó a hacerlo?»

El amable policía con el que hablé finalmente, cuando acerté a marcar el número que me dio su compañero, anotó todos los datos y me dijo que se pondrían en contacto conmigo. También me dijo que no me preocupara.

Igualmente podría haberme dicho que no respirara.

No sé lo que va a pasar a continuación, cosa que no me gusta. Nunca he sido fan de la improvisación. Prefiero que mi vida esté guionizada, planeada y urdida con nitidez. Incluso ahora, sigo esperando que Ben aparezca por la puerta, que me cuente una de sus divertidas y encantadoras historias para explicarlo todo, para que nos besemos con más ardor. Pero él no hace tal cosa. No hace nada. Se ha ido.

Me gustaría que hubiera alguien más a quien llamar y contárselo, pero no hay nadie.

Cuando nos conocimos, mi marido reorganizó mi vida gradualmente, criticando a mis amigos y destruyendo mi confianza en ellos, hasta que al final solo quedamos nosotros dos. Él se convirtió en mi satélite particular: siempre girando a mi alrededor, controlando las mareas de mi inseguridad, bloqueando del todo el sol en ocasiones, dejándome en un sitio oscuro donde yo tenía miedo y no veía lo que sucedía realmente.

«O fingía que no lo veía.»

Los lazos de un amor como el nuestro se enmarañan hasta formar un nudo difícil de deshacer. Si supiera la verdad, la gente preguntaría por qué seguí con él, y yo les diría la verdad:

porque amo lo que somos más de lo que le odio a él; porque es el único hombre con el que me he imaginado teniendo un hijo. Pese a todo lo que Ben había hecho para hacerme daño, eso era lo que yo seguía queriendo: que tuviéramos un bebé y la oportunidad de volver a empezar.

«Una nueva versión de nosotros.»

No dejar que me convirtiera en madre fue cruel. Creer que asumiría sus decisiones como si fueran mías fue estúpido. Pero yo soy buena fingiendo. He llegado a ganarme la vida de este modo. Empapelar bien las paredes no implica que las grietas dejen de existir, aunque la vida sea más bonita así.

«Ahora no sé qué hacer.»

Trato de seguir como normalmente, pero me cuesta recordar qué significa eso.

Llevo cerca de diez años corriendo casi todos los días; es algo que tengo archivado en la delgada carpeta de las cosas que se me dan bien, y lo disfruto. Hago la misma ruta cada mañana: soy una criatura de costumbres. Me obligo a ponerme las zapatillas, aunque a mis dedos temblorosos les cuesta recordar cómo atar esos cordones que deben de haber atado un millar de veces. Luego me digo que mirar fijamente las paredes desnudas no va a ser de ayuda, no servirá para que él vuelva.

Mis pies encuentran enseguida su ritmo habitual, rápido pero regular, mientras escucho música para atenuar la banda sonora de la ciudad. La adrenalina empieza a desmantelar el dolor, y yo aprieto un poco más. Paso frente al pub de la esquina al que íbamos Ben y yo los viernes por la noche, antes de que se nos olvidara cómo actuar y quién ser cuando estábamos el uno con el otro. Luego dejo atrás los bloques de pisos protegidos y los campos de juegos para millonarios de los adosados de lujo de la calle adyacente: la miseria y la opulencia casi codo con codo, o al menos muy próximos.

Mudarse a un sector caro del oeste de Londres fue idea de Ben. Yo estaba en Los Ángeles cuando compramos la casa; el miedo me persuadió de que era lo idóneo. Ni siquiera puse un pie dentro de la casa hasta que fue nuestra. Y cuando lo hice, todo era distinto respecto a las fotos que había visto en Internet. Ben remodeló nuestro nuevo hogar por su cuenta: nuevos accesorios y acabados para aquella nueva versión de nosotros mismos que creíamos que podíamos y debíamos ser.

Al doblar la esquina, mis ojos tropiezan con la librería. Intento no mirar, pero es como la escena de un accidente y no puedo evitarlo. Ahí es donde quedamos en nuestra primera cita. Él ya conocía mi amor por los libros, por eso escogió este sitio. Yo llegué algo temprano aquella tarde, con nervios y expectación, y estuve ojeando las estanterías mientras esperaba. Al cabo de quince minutos, al ver que mi cita aún no se había presentado, mi nivel de ansiedad se disparó.

—Disculpe, ¿es usted Aimee? —me preguntó un anciano caballero con una amable sonrisa.

Me sentí confusa y un poco asqueada; ese viejo no se parecía en nada al joven apuesto de la foto que había visto en su perfil. Consideré la idea de largarme sin más.

—Ha venido antes un cliente, ha comprado esto y me ha pedido que se lo diera. Ha dicho que era una pista.

El anciano sonreía como si no se divirtiera tanto desde hacía años. Y acto seguido me tendió un paquete pulcramente envuelto con papel marrón. Ya sin la tensión inicial, las cosas parecieron encajar y comprendí que aquel era el dueño de la librería, no mi cita. Le di las gracias, cogí lo que supuse que sería un libro y observé complacida que me dejaba sola para desenvolverlo. En el interior del paquete, encontré uno de los libros preferidos de mi infancia: *El jardín secreto*. Tardé un rato en caer en la cuenta, pero al fin recordé que la floristería de la esquina tenía el mismo nombre que el libro.

La mujer de la floristería sonrió en cuanto entré, acompañada por el tintineo de la campanilla.

—¿Aimee?

Al ver que asentía, me dio un ramo de rosas blancas. Había una nota.

Acepta estas rosas blancas.
Y disculpa por el retraso.
Aguardo la noche con impaciencia.
Tú eres mi cita perfecta.

La leí tres veces, como tratando de traducir las palabras; luego advertí que la florista seguía mirándome con una sonrisa. Siempre me pone nerviosa que la gente me mire fijamente.

—Ha dicho que se reuniría con usted en su restaurante favorito.

Le di las gracias y salí. No teníamos un restaurante favorito, pues nunca habíamos cenado juntos. Caminé por la calle principal, cargada con el libro y las flores, disfrutando del juego. Repasé mentalmente nuestras conversaciones por correo electrónico y recordé una que tuvimos sobre comida. Sus preferencias habían resultado ser muy sofisticadas; las mías… no tanto. Me arrepentí de haberle dicho cuál era mi plato favorito y le eché la culpa a mi educación tan poco refinada.

El hombre me sonrió desde detrás del mostrador del garito de pescado frito con patatas. Entonces, yo era clienta habitual.

—¿Sal y vinagre?

—Sí, por favor.

Él añadió unas patatas fritas y me pasó el cucurucho de papel, junto con una entrada de cine para esa misma noche. Las patatas estaban muy calientes, y yo estaba demasiado ansiosa por comérmelas mientras me apresuraba por la calle. Pero en cuanto vi a Ben plantado frente al cine, todos mis temores parecieron disiparse.

«Recuerdo nuestro primer beso.»

Todo parecía perfecto. Teníamos una conexión que no era capaz de analizar o explicar, y encajábamos como si estuviéramos destinados a estar juntos. Sonrío al recordar cómo éramos entonces. Esa versión de nosotros estaba bien. Entonces doy un traspié en la irregular acera, justo frente al cine, y eso me devuelve al presente. Las puertas están cerradas; las luces, apagadas. Y Ben se ha ido.

Corro un poco más deprisa.

Paso frente a las tiendas de beneficencia y me pregunto si las prendas expuestas en los escaparates habrán sido donadas por generosidad o por pena. Paso corriendo junto al hombre que recorre la acera con una escoba, barriendo los desperdicios de las vidas de otras personas. Luego paso frente al restaurante italiano cuya camarera me reconoció la última vez que cenamos allí. No he vuelto a entrar más desde entonces; es como si no pudiera.

Cuando los extraños me reconocen, me siento paralizada por un miedo muy particular. Sonrío, intento decir algo simpático y me retiro lo más deprisa posible. Por suerte, no suele suceder. No soy una actriz de primera fila. Aún no. Estoy un poco entre la segunda y la tercera fila, por así decirlo. La versión de mí que exhibo en público es mucho más atractiva que la real. Ha sido diseñada con todo cuidado, por encima de mi personalidad estándar; a esta última nadie la tiene que ver.

«Me pregunto cuándo se agotó su amor por mí.»

Atajo a través del cementerio y la visión de la tumba de un niño me llena de dolor, y hace que reoriente mis pensamientos desde lo que éramos hacia lo que podríamos haber sido si las cosas hubieran ido de otra manera. Intento aferrarme a los recuerdos felices, fingir que hubo más de los que hubo realmente. Todos estamos programados para reescribir nuestro pasado para protegernos en el presente.

«¿Qué estoy haciendo?»

Mi marido ha desaparecido. Debería estar en casa, llorando, llamando a los hospitales, haciendo algo. Tal constatación interrumpe mis pensamientos, pero no mis pasos. Así pues, sigo adelante. Solo me detengo cuando llego al café, exhausta a causa de mis malos hábitos: el insomnio y la tendencia a rehuir los problemas.

A esta hora ya está lleno, abarrotado de londinenses explotados y mal pagados que necesitan su dosis matinal y aún llevan la marca del sueño y el descontento en los ojos. Cuando llego al principio de la cola, pido mi café con leche y me dirijo a la caja. Uso la tarjeta para pagar y vuelvo a desaparecer en mi interior hasta que la cajera, sin sonreír, se dirige a mí. Unas trenzas rubias desiguales cuelgan a uno y otro lado de su cara alargada. Su ceño fruncido es como un tatuaje.

—Operación denegada.

No reacciono.

Ella me mira como si yo fuera peligrosamente estúpida.

—¿Tiene otra tarjeta?

Lo dice con una lentitud deliberada, levantando el tono, como si la situación ya hubiera agotado su paciencia y su amabilidad. Noto que otras miradas se suman a la suya, todas sobre mí.

—Son solo dos libras con cuarenta. Debe de ser la máquina. Vuelva a intentarlo, por favor. —Me horroriza el tono patético de mi voz.

Ella suspira, como si estuviera haciéndome un enorme favor y estuviera haciendo un tremendo sacrificio personal; pulsa con saña una tecla con una uña mordisqueada.

Paso mi tarjeta de nuevo, plenamente consciente de que me tiembla la mano y de que todo el mundo puede verlo.

Ella chasquea la lengua y niega con la cabeza.

—Tarjeta denegada. ¿Tiene otra forma de pagar o no?

«No.»

Me aparto de mi café intacto, doy media vuelta y salgo de la cafetería sin decir palabra, notando todas esas miradas, todos esos juicios.

Ojos que no ven…, me digo; aunque la verdad es que eso solo sirve para postergar las cosas.

Me detengo frente al banco, dejo que el cajero automático se trague mi tarjeta e introduzco mi contraseña para sacar una modesta cantidad de dinero. Tengo que leer dos veces ese rótulo inesperado y desconocido:

DISCULPE
IMPORTE NO DISPONIBLE

La máquina escupe mi tarjeta con electrónica repugnancia.

A veces fingimos no entender cosas que entendemos perfectamente.

Hago lo que se me da mejor: correr. El camino hasta la casa que nunca ha sido un hogar.

En cuanto entro, saco mi móvil y marco el número que figura al dorso de mi tarjeta bancaria, como si esta conversación solo se pudiera mantener de puertas adentro. El miedo, que no la fatiga, me entrecorta el aliento, de manera que escapa de mis labios con agitación, desfigurando mi voz. Pasar todos los requisitos de seguridad es un tormento, pero al fin la mujer de una centralita remota me hace la pregunta que esperaba escuchar.

—Buenos días, señora Sinclair. ¿En qué puedo ayudarla?

Al fin.

Escucho en silencio mientras una extraña me dice con calma que mi cuenta bancaria fue liquidada y cerrada ayer. Había más de diez mil libras en esa cuenta conjunta que accedí a abrir a regañadientes cuando Ben me acusó de no confiar en él. Resulta que quizás acertaba al no hacerlo. Por suerte, he guardado la mayor parte de mis ahorros en cuentas a las que él no tiene acceso.

Bajo la vista a sus pertenencias, que aún siguen en la mesita de café; sostengo el móvil entre la oreja y el hombro para liberar mis manos. Parece un poco invasivo revisar su cartera, yo no soy esa clase de esposa, pero la cojo igualmente. Rebusco en su interior, como si las diez mil libras desaparecidas pudieran estar ocultas entre sus pliegues de cuero. No es así. Lo único que encuentro es un billete de cinco arrugado, un par de tarjetas de crédito que no sabía que él tuviera y dos recibos pulcramente doblados. El primero, del restaurante donde cenamos la última vez que lo vi; el segundo, de una gasolinera. Nada fuera de lo normal. Me acerco a la ventana y aparto el borde de la cortina, solo lo justo para ver el coche de Ben aparcado en el sitio de siempre. Suelto la cortina y vuelvo a dejar la cartera sobre la mesita, exactamente tal como la he encontrado. Un matrimonio falto de afecto deja tras de sí un amor famélico; un amor frágil, fácil de doblar y romper. Pero si pensaba dejarme y robar mi dinero, ¿por qué no se llevó también sus cosas? Todo lo que posee sigue aquí.

«No tiene ningún sentido.»

—Señora Sinclair, ¿puedo hacer algo más por usted?

La voz del teléfono interrumpe mis confusos pensamientos.

—No. Bueno, sí. Me estaba preguntando si podría decirme a qué hora cerró mi marido nuestra cuenta conjunta.

—La retirada de fondos se realizó a las 17.23.

Intento acordarme de ayer; parece que haya pasado mucho tiempo. Estoy casi segura de que llegué del rodaje a las cinco, como máximo, así que debía de estar aquí cuando lo hizo.

—Qué extraño… —dice la mujer.

—¿El qué?

Titubea antes de responder.

—Su marido no retiró el dinero ni cerró la cuenta.

Ahora le presto toda mi atención.

—Entonces, ¿quién fue?

Otra larga pausa.

—Bueno, según nuestros registros, fue usted, señora Sinclair.

3

—¿Señora Sinclair?

La centralita del banco suena muy lejos, más que antes. No puedo responder. Me he quedado bloqueada. El tiempo parece algo que ya no puedo discernir, y me siento como si estuviera rodando por una pendiente demasiado deprisa y sin nada que pueda detener mi caída.

«Si hubiera ido al banco y cerrado nuestra cuenta, creo que lo recordaría.»

En cuanto oigo que llaman a la puerta, cuelgo y corro a abrir, casi tropezándome. Estoy convencida de que Ben y una explicación lógica estarán esperándome detrás de la puerta.

Me equivoco.

En el umbral hay un hombre de media edad y una mujer joven, ambos con trajes baratos. Él parece un tipo con amistades turbias; ella, una joven vestida de vieja.

—¿Señora Sinclair? —dice la chica, envolviendo mi nombre en su acento escocés.

—¿Sí? —Me pregunto si venderán algo puerta a puerta, como doble acristalamiento o fe en Dios; o si, aún peor, serán periodistas.

—Soy la inspectora Alex Croft, y este es el sargento Wakely. Nos ha llamado por la desaparición de su marido —dice.

«¿Inspectora? Da la impresión de que aún debería estar estudiando.»

—Sí, así es. Pasen, por favor —respondo, olvidando en el acto sus nombres y sus rangos. Ahora mismo, hay un gran alboroto en mi cabeza, y mi mente no es capaz de procesar la información adicional.

—Gracias. ¿Podríamos sentarnos en algún sitio? —me pregunta ella, y yo los llevo al salón.

El cuerpo menudo de la detective está envuelto en un insulso traje pantalón negro, con una camisa blanca debajo. El conjunto no difiere mucho de un uniforme escolar. Tiene una cara vulgar pero bonita, y no lleva ni pizca de maquillaje. Su cabello, una melenita parduzca hasta los hombros, es tan liso que parece que se lo haya planchado al mismo tiempo que la camisa. Todo su aspecto es inusualmente atildado. Me parece que debe de ser nueva; quizás el otro policía la está adiestrando. A decir verdad, no me esperaba que se presentaran unos detectives; si acaso un agente uniformado, pero no esto. Me pregunto por qué estoy recibiendo un tratamiento especial y me estremezco ante las posibles explicaciones que se suceden en mi mente.

—Así que su marido ha desaparecido —empieza la detective cuando me siento frente a ellos.

—Sí.

Ella me mira fijamente, como esperando que diga algo más. Yo lo miro a él y vuelvo a mirar a la chica, pero el tipo no parece muy hablador y su expresión no se altera.

—Perdón, no sé muy bien cómo funciona esto. —Ya me estoy poniendo nerviosa.

—¿Qué le parece si empieza por explicarnos cuándo vio por última vez a su marido?

—Bueno… —Hago una pausa para pensar.

Recuerdo la discusión a gritos, sus manos alrededor de mi cuello. Me acuerdo de lo que dijo y lo que hizo. Ellos intercambian una mirada y algún comentario silencioso; luego caigo en la cuenta de que debo responder a la pregunta.

—Perdón. No he dormido. Lo vi anteanoche. Y hay otra cosa, además…

Ella se echa hacia delante en la silla.

—Alguien ha vaciado nuestra cuenta conjunta.

—¿Su marido? —me pregunta.

—No, otra… persona.

La detective frunce el ceño y aparecen unas arrugas de cansancio en esa frente que parecía totalmente lisa.

—¿Había mucho dinero?

—Unas diez mil libras.

Ella alza una ceja perfectamente delineada.

—Yo diría que es mucho.

—También creo que deberían saber que tuve una acosadora hace un par de años. Por eso nos mudamos a esta casa. Seguro que ustedes tendrán el expediente; lo denunciamos a la policía en su momento.

—No parece probable que una y otra cosa estén relacionadas, pero desde luego lo investigaremos. —Me resulta extraño que se tome tan poco en serio algo que podría ser importante. Vuelve a erguirse en su silla, todavía con esa expresión ceñuda que parece ser un rasgo permanente—. Cuando llamó, anoche, le dijo al agente con el que habló que todas las pertenencias de su marido siguen aquí. Su móvil, sus llaves, su cartera e incluso sus zapatos, ¿cierto?

Asiento.

—¿Le importa que echemos un vistazo?

—No, por supuesto. Todo lo que necesiten.

Los sigo por la casa, sin saber si debo hacerlo o no. Ellos no hablan, al menos con palabras, pero yo capto el diálogo silencioso que mantienen con sus miradas mientras examinan cada habitación. Todas están impregnadas de recuerdos de Ben, algunos de los cuales preferiría olvidar.

Cuando intento señalar el momento exacto en el que empezamos a alejarnos, me doy cuenta de que fue mucho antes de que consiguiera mi primer papel cinematográfico y fuera a Los Ángeles. Yo había estado rodando en Liverpool unos días: un pequeño papel en un drama de la BBC, nada del otro mundo. Al volver estaba muy cansada, pero Ben se empeñó en que fuéramos a cenar; cuando le dije que preferiría quedarme, adoptó su expresión amenazadora. Mientras me preparaba para salir, se me cayó un pendiente y el cierre desapareció bajo nuestra cama. Esa diminuta astilla de plata desató el efecto mariposa que habría de cambiar para siempre nuestro matrimonio. No llegué a encontrarla, pero encontré otra cosa: un pintalabios rojo que no me pertenecía y la repentina constatación de que mi marido tampoco. Supongo que no me sorprendió del todo; Ben es un hombre atractivo y yo he notado cómo le miran las mujeres.

No dije nada sobre mi hallazgo aquel día. Ni una palabra. No me atreví.

La detective pasa largo rato deambulando por nuestro dormitorio, y yo me siento como si mi intimidad no solo fuera invadida, sino también desmantelada. De niña me enseñaron a no fiarme de la policía, y todavía sigo desconfiando.

—Recuérdeme cuándo vio a su marido por última vez exactamente —dice al fin.

«Cuando perdió los estribos y se convirtió en alguien que ya no reconocía.»

—Estuvimos cenando en un restaurante indio de la calle principal. Yo me fui un poco antes que él… No me encontraba bien.

—¿No lo vio cuando él volvió a casa?

«Sí.»

—No. Yo tenía que levantarme temprano al día siguiente y ya me había acostado cuando volvió.

Sé que ella sabe que estoy mintiendo. Ni siquiera entiendo por qué lo hago, quizá por una mezcla de vergüenza y de remordimiento, pero las mentiras no vienen con tique de regalo: no puedes cambiarlas.

—¿No duermen en la misma habitación? —pregunta.

No veo por qué o cómo puede ser relevante tal detalle.

—No siempre. Los dos tenemos horarios muy caóticos. Él es periodista y yo soy…

—Pero sí le oyó llegar.

«Lo oí. Lo olí. Lo sentí.»

—Sí.

Ella repara en algo detrás de la puerta y se saca del bolsillo unos guantes azules de látex.

—¿Y esta es la habitación donde usted duerme?

—Es donde dormimos los dos la mayoría de veces, pero no aquella noche.

—¿Usted, Wakely, duerme alguna vez en la habitación de invitados? —le pregunta la detective a su silencioso compañero.

—Antes sí, cuando nos peleábamos, cuando aún teníamos el tiempo y la energía para discutir. Pero ahora ya no hay habitación de invitados en nuestra casa; todas están llenas de hormonas adolescentes.

«O sea, que habla.»

—¿Hay algún motivo para que tenga un cerrojo en la puerta de la habitación, señora Sinclair? —pregunta ella.

Al principio no sé qué decir.

—Ya se lo he explicado. Tuve una acosadora, así que tuve que tomarme muy en serio las medidas de seguridad.

—¿Alguna razón que explique que el cerrojo esté reventado? —Gira la puerta dejando a la vista la pieza metálica rota y la madera del marco astillada.

«Sí.»

Noto que me sonrojo.

—Me quedé encerrada hace poco y mi marido tuvo que abrir a la fuerza.

Ella vuelve a mirar la puerta y asiente lentamente, como si tuviera que hacer un esfuerzo.

—¿Tienen desván?

—Sí.

—¿Sótano?

—No. ¿Quiere ver el desván?

—Esta vez, no.

«¿Esta vez? ¿Cuántas va a haber?»

Los sigo a la planta baja y el *tour* concluye en la cocina.

—Bonitas flores. —La detective mira el sofisticado ramo de la mesa y lee la tarjeta.

—¿Por qué pedía perdón?

—No estoy segura. No pude preguntárselo.

Si sospecha algo, su rostro no lo demuestra.

—Precioso jardín. —Se detiene a mirarlo a través de las puertas de cristal abatibles. El césped bien cuidado aún conserva las franjas de la última vez que Ben lo cortó y la terraza de madera casi reluce bajo el sol matutino.

—Gracias.

—Es una casa muy bonita, como de una exposición del hogar o como las que salen en las revistas. ¿Cómo es la palabra que estoy buscando…? Minimalista, eso es. Sin fotos familiares, sin libros, sin cachivaches…

—Aún no lo hemos desembalado todo.

—¿Acaban de mudarse?

—Hace como un año. —Ambos alzan la mirada—. Pero yo paso mucho tiempo fuera. Soy actriz.

—Ah, no se preocupe, señora Sinclair. Sé quién es usted. La vi en esa serie de la tele del año pasado en la que interpretaba a una agente de policía. Me… gustó.

Su sonrisa torcida se desvanece, haciéndome pensar que no le gustó. Yo la miro, sintiéndome aún más incómoda que antes y sin saber qué responder.

—¿Tiene una foto reciente de su marido que podamos llevarnos? —me pregunta.

—Sí, claro.

Voy a la repisa de la chimenea del salón, pero allí no hay nada. Echo un vistazo alrededor, a las paredes desnudas y los escasos estantes, y caigo en la cuenta de que no hay ni una sola foto suya, o mía, o nuestra. Antes había una fotografía enmarcada del día de nuestra boda; no sé adónde ha ido a parar. Nuestro gran día fue más bien pequeño; solo nosotros dos. Y dio paso a días aún más pequeños, en los cuales cada vez nos costaba más encontrarnos.

—Quizá tenga alguna en el teléfono. ¿Se la puedo enviar por correo, o necesita una copia en papel?

—Por correo está bien. —Esa sonrisa antinatural vuelve a extenderse por su rostro como una erupción.

Cojo mi móvil y empiezo a revisar las fotos. Hay muchas de los actores y el equipo de la película, montones de Jack, mi coprotagonista, y unas pocas mías, pero ninguna de Ben. Noto que me tiemblan las manos y, al levantar la vista, veo que ella también se ha dado cuenta.

—¿Su marido tiene pasaporte?

«Claro que tiene pasaporte. Todo el mundo tiene pasaporte.»

Me apresuro a mirar en el aparador donde los guardamos, pero no está allí. Tampoco el mío. Empiezo a sacar cosas del cajón, pero ella interrumpe mi búsqueda.

—No se preocupe. Dudo que su marido haya salido del país. Por lo que sabemos hasta ahora, no creo que esté muy lejos.

—¿Qué le hace pensar eso?

Ella no responde.

—La inspectora Croft ha resuelto todos los casos que le han asignado desde que se incorporó al cuerpo —dice el detective, como un padre orgulloso—. Está usted en buenas manos, puede estar tranquila.

«No me siento tranquila, sino asustada.»

—¿Le importa que nos llevemos estas cosas? —La inspectora mete el móvil y la cartera de Ben en una bolsa de plástico sin esperar a que responda—. De momento, no se preocupe por la foto, ya nos la llevaremos la próxima vez. —Se quita sus guantes azules y se dirige al vestíbulo.

—¿La próxima vez?

Ella vuelve a ignorar mi pregunta. Abren la puerta y salen.

—Estaremos en contacto —dice él, antes de alejarse.

Una vez que he cerrado la puerta, me desplomo en el suelo. Me siento como si me hubieran estado acusando tácitamente de algo durante todo el tiempo que han pasado aquí, aunque no sé de qué. ¿Creen que he asesinado a mi marido y que lo he enterrado bajo las tablas del suelo? Siento bruscamente el impulso de abrir la puerta, de llamarlos y defenderme, de decirles que yo no he matado a nadie.

Pero no me muevo.

Porque no es cierto.

Sí lo he hecho.

4

Galway, 1987

Estuve perdida incluso antes de nacer.

Mi mamá murió ese día y él nunca me perdonó.

Fue culpa mía: yo me retrasé y luego giré en la dirección equivocada. Aún no se me da muy bien saber por dónde voy.

Cuando me quedé atascada en su barriga, sin querer salir por algún motivo que no recuerdo, el médico le dijo a mi papá que tendría que escoger entre ambas, que no podía salvarnos a las dos. Papá la escogió a ella, pero no consiguió lo que quería. Me tuvo a mí, y eso lo puso triste y furioso durante mucho tiempo.

Mi hermano me ha contado la historia. Una y otra vez.

Él es mucho mayor que yo, así que sabe muchas cosas que yo no sé.

Dice que yo la maté.

Desde entonces, me he esforzado mucho para no matar a nadie. Paso por encima de las hormigas sin pisarlas, finjo que no veo las arañas y, cuando mi hermano me llevar a pescar, vacío la red en el mar. Él dice que nuestro papá era una buena persona hasta que yo le rompí el corazón.

Los oigo a los dos, en el cobertizo.

Ya sé que yo no puedo entrar, pero quiero saber qué están haciendo.

Hacen un montón de cosas sin mí, y a veces miro.

Me subo al viejo tocón que utilizamos para cortar leña y atisbo por un agujero diminuto de la pared del cobertizo. Mi ojo derecho tropieza primero con la gallina, esa blanca que nosotros llamamos Diana. En Inglaterra hay una princesa que se llama así; por eso le pusimos ese nombre a la gallina. Ahora el puño gigante de papá le rodea el cuello, y las patas las tiene atadas con un trozo de cordel negro. Papá la pone boca abajo y ella queda colgada completamente inmóvil, dejando aparte sus ojitos negros. Esos ojitos parecen mirar hacia mí, y yo pienso que la gallina sabe que estoy mirando algo que no debería mirar.

Mi hermano sujeta un hacha.

Está llorando.

Nunca le había visto llorar. Sí le he oído, a través de la pared de mi cuarto, cuando papá se saca el cinturón, pero esta es la primera vez que lo veo con lágrimas en los ojos. Su cara de quince años está roja, llena de manchas; sus manos no dejan de temblar.

Con el primer hachazo no lo consigue.

La gallina agita las altas y se sacude como una loca, con sangre chorreándole del cuello. Papá le suelta una bofetada a mi hermano y le obliga a golpear de nuevo con el hacha. El alboroto de la gallina chillando y de mi hermano mayor llorando empieza a sonar igual en mis oídos. Él lanza otro golpe y falla; papá le vuelve a pegar, esta vez tan fuerte que cae de rodillas. La sangre de la gallina salpica las mugrientas camisas de ambos. Mi hermano da un tercer hachazo y la cabeza de la gallina cae al suelo. Sus alas siguen agitándose. Las plumas, que antes eran blancas, se vuelven de color rojo.

Cuando papá se ha ido, entro a hurtadillas en el cobertizo y me siento al lado de mi hermano. Él continúa llorando y yo no sé qué decir, así que pongo la mano en la suya. Miro la imagen que forman nuestros dedos cuando están juntos, como piezas de un puzle que no deberían encajar pero encajan: mis manos son pequeñas, blandas y rosadas; las suyas, grandes, ásperas y sucias.

—¿Qué quieres? —Aparta bruscamente la mano y se seca la cara con ella, dejando una raya de sangre en su mejilla.

Yo solo quiero estar con él, pero como espera una respuesta, me invento una. Sé de antemano que no es la adecuada.

—Pensaba que podrías acompañarme al pueblo para que te enseñe los zapatos rojos que quería para mi cumpleaños.

La semana que viene cumpliré seis. Papá dijo que este año podría tener un regalo si era buena. No he sido mala, y creo que viene a ser lo mismo.

Mi hermano se echa a reír: no con su risa normal, sino con una risa desagradable.

—¿Es que no te enteras? ¡No podemos permitirnos unos zapatos rojos!, ¡apenas tenemos para comer! —Me agarra de los hombros y me zarandea un poco, tal como papá lo zarandea a él cuando está enfadado—. La gente como nosotros no puede llevar unos putos zapatos rojos; la gente como nosotros nace en el lodo y muere en el lodo. ¡Y ahora lárgate de una puta vez y déjame en paz!

No sé qué hacer. Me siento extraña y mi boca olvida cómo formar palabras.

Mi hermano nunca me había hablado así. Noto que las lágrimas están a punto de caer de mis ojos, pero no se lo permito. Intento poner la mano en la suya de nuevo. Solo quiero que me la coja. Él me da un empujón tan fuerte que caigo hacia atrás, me golpeo la cabeza con el tajo, y la sangre y las tripas de la gallina se enganchan en mi largo pelo negro rizado.

—¡He dicho que te largues de una puta vez, o también te cortaré a ti la puta cabeza! —dice, blandiendo el hacha.

Yo corro, corro y corro.

5

Londres, 2017

*C*orro desde el aparcamiento hasta el edificio principal de Pinewood. Nunca me retraso por ningún motivo, pero la imprevista visita de la policía de esta mañana me ha descentrado en más de un sentido.

Mi marido ha desaparecido y también diez mil libras de mi dinero.

No logro resolver el puzle, porque, por más que intente encajar las piezas, aún faltan demasiadas para completar el cuadro. Me recuerdo a mí misma que debo mantener la compostura durante un poco más de tiempo. La película ya casi está terminada, solo hay que rodar tres escenas más. Oculto mis problemas personales en un rincón inaccesible mientras me apresuro por los pasillos hacia el camerino. Al doblar la última esquina, aún abstraída, tropiezo con Jack, mi coprotagonista.

—¿Dónde te habías metido? Todo el mundo te está buscando —dice.

Bajo la vista a su mano, que sujeta la manga de mi chaqueta, y él la retira. Sus ojos oscuros me calan a la primera y yo preferiría que no fuera así, porque me resulta casi imposible mentirle, y no siempre puedo decir la verdad: mi incapacidad para confiar en los demás no me lo permitiría. A veces, cuando pasas tanto tiempo trabajando con una persona, cuando mantienes una relación tan estrecha, es difícil ocultarle por completo tu verdadero yo.

Jack Anderson es un hombre guapo que sabe que lo es. Su cara le ha hecho ganar una pequeña fortuna; desde luego más justificadamente que sus desiguales dotes interpretativas. Los pantalones de algodón y las ceñidas camisas que vienen a constituir su uniforme están pensados para insinuar y realzar el cuerpo musculoso que hay debajo. Él exhibe su sonrisa como un trofeo y su barba incipiente como una máscara. Es un poco mayor que yo, pero las hebras grises de su pelo castaño solo contribuyen a hacerlo más atractivo.

Soy consciente de que tenemos una conexión. Y sé que él también lo sabe.

—Lo siento —digo.

—Eso díselo al equipo, no a mí. Solo porque seas preciosa no quiere decir que el mundo te vaya a esperar.

—No digas eso. —Miro a mi espalda.

—¿El qué?, ¿preciosa? ¿Por qué no? Es la verdad. Tú eres la única que no se da cuenta, lo que te vuelve aún más atractiva.

—Da un paso hacia mí. Demasiado cerca.

Yo retrocedo un poco.

—Ben no volvió a casa anoche —susurro.

—¿Y?

Frunzo el ceño y veo que sus rasgos se reajustan para reflejar la cautela y la inquietud que la mayoría de la gente mostraría en estas circunstancias. Bajando la voz, añade:

—¿Él sabe lo nuestro?

Miro su rostro, de repente muy serio. Luego reaparecen las arrugas en las comisuras de sus ojos traviesos, y se ríe de mí.

—Por cierto, hay una periodista esperándote en tu camerino.

—¿Cómo? —Podría haber dicho un asesino del mismo modo.

—Al parecer, la entrevista la concertó tu agente. Y solo quieren hablar contigo, no conmigo. Tampoco es que esté celoso...

—No sé nada de ninguna...

—Sí, sí, no te preocupes. Mi herido ego se repondrá, como siempre. Lleva esperándote allí veinte minutos. No quiero que acabe hablando mal de la película solo porque tú no te has puesto el despertador, así que te conviene moverte *tout suite*.

—Suele salpicar sus frases con alguna expresión en francés, aunque nunca he entendido por qué: él no es francés.

Se aleja por el pasillo sin añadir ni una palabra más, en uno u otro idioma, y yo me pregunto qué es lo que encuentro tan atractivo en él. A veces pienso si no será que solo deseo las cosas que no puedo tener.

No sé nada de ninguna entrevista, y jamás habría accedido a conceder una hoy, en caso de que lo hubiera hecho. Detesto las entrevistas. Detesto a los periodistas. Todos son iguales: pretenden descubrir secretos que no les corresponde conocer. Incluido mi marido. Ben trabaja entre bastidores como productor de informativos de la TBN. Sé que él, antes de conocernos, pasó un tiempo en zonas de guerra; su nombre aparecía en los artículos *online* de algunos corresponsales con los que trabajó. No sé en qué está trabajando ahora; nunca parece que le apetezca hablar de ello.

Al principio, me pareció romántico y encantador. Su acento irlandés me recordaba mi infancia y generó una sensación de familiaridad en la que quise instalarme y esconderme. Cada vez que pienso que esto podría ser el final, recuerdo el principio. Nos casamos demasiado deprisa y nos amamos demasiado despacio, pero fuimos felices un tiempo, y yo creí que queríamos lo mismo. A veces me pregunto si los horrores del mundo que presenció en su trabajo le cambiaron; Ben no se parece en nada a los demás periodistas con los que trato por razones profesionales.

Ahora conozco a un montón de periodistas del sector del espectáculo; las mismas caras familiares aparecen en los viajes oficiales, los estrenos y las fiestas. Me pregunto si la que me está esperando será una de las que me caen bien, una que ya conozco y que ha sido amable con mi trabajo. En ese caso, no habría problema. Pero si es alguien que no he visto antes, las manos me temblarán, empezaré a sudar, me flaquearán las rodillas y luego, cuando mi desconocida adversaria perciba mi terror, perderé la capacidad de formar frases coherentes. Si mi agente se hiciera una idea del efecto que tienen en mí estas situaciones, dejaría de ponerme en ellas continuamente. Es como un padre metiendo a un hijo al que le da miedo el agua en la parte más honda de la piscina y dando por supuesto que se pondrá a nadar y no se hundirá. Yo soy consciente de que uno de estos días me voy a ahogar.

Le envío un mensaje a mi agente; no es propio de Tony programar algo sin avisarme. A otras actrices les da un berrinche cuando las cosas se desvían del plan previsto —lo he visto más de una vez—, pero yo no soy así, y espero no serlo nunca. Sé que soy afortunada. Hay al menos un millar de personas que querrían estar en mi lugar, y con más merecimientos. Yo aún soy nueva en este nivel de la profesión, y todavía tengo mucho que perder. No puedo volver al principio, y menos ahora. He trabajado mucho y me ha costado llegar hasta aquí.

Reviso mi móvil. No hay respuesta de Tony, pero ya no puedo hacer esperar más a la periodista. Pongo la sonrisa que he ido perfeccionando con el tiempo, abro la puerta que lleva mi nombre y veo que ella ha ocupado mi silla, como si fuera suya.

No lo es.

—Siento mucho haberla hecho esperar. Encantada de verla —miento, tendiéndole la mano y procurando que no me tiemble.

Jennifer Jones sonríe como si fuésemos viejas amigas, cosa

que no es cierta. Es una periodista que desprecio, que ha sido horriblemente grosera conmigo por motivos que no alcanzo a comprender. Es la zorra que escribió que yo era «rolliza, pero mona» cuando se estrenó mi primera película el año pasado. A mi vez, yo la llamé «Cara de Pato», pero solo en la intimidad de mis pensamientos. Todo en ella es demasiado pequeño, en especial su mente. Se levanta de un salto de la silla, revolotea a mi alrededor como un pajarito acelerado y agarra mis dedos con su manita fría y diminuta como una garra, sacudiéndolos con exagerado entusiasmo. La última vez que nos vimos, no me quedó claro que hubiera visto ni un fotograma de la película sobre la que yo había ido a hablar. Es de esas periodistas que se cree que por el hecho de entrevistar a los famosos ella también lo es. Y no, de eso nada.

Cara de Pato es una mujer de media edad y viste como lo haría su hija, en el caso de que hubiera estado dispuesta a interrumpir su carrera el tiempo necesario como para tener una. Lleva su pelo castaño con un corte que debía de estar de moda hace diez años; sus mejillas son demasiado rosadas, y su dentadura, de un blanco antinatural. Es una persona cuya historia ya está escrita, y ella jamás será capaz de cambiar el desenlace por mucho que lo intente. Según lo que he leído en Internet, también quería ser actriz cuando era más joven. Quizá por eso me odia tanto. Miro cómo se retuerce su boquita, lanzando gotitas de saliva y graznando falsos elogios supuestamente dirigidos a mí. Mi mente se apresura a anticiparse, tratando de prever las granadas verbales que piensa lanzarme.

—Mi agente no me habló de ninguna entrevista…

—Ah, ya. Bueno, si no le importa… Es solo para la web de TBN, sin cámaras, solo conmigo. No debe preocuparse por su pelo o por el aspecto que tiene ahora mismo…

«Zorra.»

Me hace un guiño y su cara se crispa como si hubiera sufrido un derrame momentáneo.

—Puedo volver en otro momento si…

Respondo con una sonrisa forzada y me siento frente a ella, con las manos entrelazadas en el regazo para impedir que me tiemblen. Mi agente no habría accedido a darle esta entrevista si no hubiera creído que era buena idea.

—Dispare —digo, con la sensación de que realmente me va a acribillar.

Ella saca un cuaderno anticuado de una especie de cartera escolar que debe de haberle robado a una colegiala. A mí me sorprende, porque hoy en día la mayoría de los periodistas graban sus entrevistas con el teléfono móvil. Supongo que sus métodos, como su peinado, han quedado varados en el pasado.

—Su carrera de actriz empezó cuando obtuvo una beca de la Academia de Arte Dramático a los dieciocho años, ¿es así?

«No, empecé a actuar mucho antes, cuando era mucho mucho más joven.»

—Sí, así es. —Me recuerdo a mí misma que debo sonreír. A veces se me olvida.

—Sus padres debieron de sentirse muy orgullosos.

No respondo a preguntas personales sobre mi familia, así que me limito a asentir.

—¿Siempre quiso actuar?

Esta es fácil, me la hacen constantemente, y la respuesta siempre parece caer bien.

—Creo que sí, pero yo era extremadamente tímida, de niña…

«Todavía lo soy.»

—Cuando tenía quince años, hicieron pruebas para la representación escolar de *El mago de Oz*, pero a mí me dio demasiado miedo presentarme. Después, el profesor de teatro puso en el tablón de anuncios una lista de quién haría cada papel; yo ni siquiera la miré. Alguien me dijo que a mí me había tocado el papel de Dorothy, y yo creí que me tomaba el pelo; sin embargo, cuando me acerqué a mirarlo, vi que mi nombre estaba allí, en lo alto de la lista: «Dorothy: Aimee Sinclair». Pensé que era un error, pero el profesor de teatro me dijo que no lo era, que él creía en mí porque sabía que yo era capaz de hacerlo. Jamás nadie había creído en mí. Me aprendí mis diálogos, ensayé las canciones y me esforcé al máximo por él, no por mí, porque no quería decepcionarle. Me sorprendió que la gente pensara que era buena, y me encantó subirme a aquel escenario. Desde ese momento, lo único que deseé fue actuar.

Ella sonríe y deja de escribir.

—Ha interpretado un montón de papeles distintos en los dos últimos años.

Me quedo esperando la pregunta, pero al final me doy cuenta de que no la hay.

—Sí, así es.

—¿Cómo ha sido la experiencia?

—Bueno, como actriz, disfruto mucho el reto de transformarme en personas distintas, de retratar diferentes personajes. Es muy excitante y saboreo la variedad.

«¿Por qué digo "saboreo"? No hablamos de condimentos.»

—O sea, ¿que le gusta fingir que es alguien que no es?

Titubeo sin querer, todavía pensando en mi anterior respuesta.

—Supongo que podría decirlo así, sí. Aunque también pienso que todos cometemos ese pecado de vez en cuando, ¿no?

—Imagino que a veces debe de ser duro recordar quién eres realmente cuando no estás frente a las cámaras.

Me siento sobre mis manos para que dejen de moverse.

—No, la verdad es que no. Es solo un trabajo. Un trabajo que amo y por el que me siento muy agradecida.

—Estoy segura de que lo está. Con esta última película su carrera está claramente en alza. ¿Cómo se sintió cuando consiguió el papel de *A veces mato*?

—Me sentí entusiasmada. —Me doy cuenta de que no suena así.

—En esta película interpreta a una mujer casada que finge ser buena persona, pero que en realidad ha hecho cosas horribles. ¿Fue muy difícil asumir el papel de alguien tan... perturbado? ¿Le preocupaba que el público no sintiera simpatía por ella al saber lo que había hecho?

—No sé si conviene que revelemos la trama de una película que todavía no se ha estrenado.

—Desde luego, disculpe. Ha mencionado antes a su marido...

«Estoy completamente segura de que no lo he hecho.»

—¿Qué piensa él de este papel? ¿Ha empezado a dormir en la habitación de invitados por si usted vuelve a casa todavía metida en el personaje?

Suelto una carcajada, confiando en que suene auténtica. Me pregunto si Ben y Jennifer Jones se conocen. Ambos trabajan en la TBN, aunque en distintos departamentos. Es una de las mayores compañías mediáticas del mundo, así que nunca se me había ocurrido que sus caminos pudieran haberse cruzado. Además, Ben sabe cómo odio a esta mujer; me lo habría dicho si la conociera.

—No suelo responder a preguntas personales, pero no creo que a mi marido le importe que diga que está deseando ver la película.

—Suena como si fuera el compañero ideal.

Me inquieta lo que mi cara pueda hacer ahora y me concentro para recordarle que sonría. ¿Y si resulta que ella le conoce? ¿Y si él le ha contado que yo había pedido el divorcio? ¿Y si ese es el motivo de que haya venido a entrevistarme? ¿Y si se han confabulado para hacerme daño? Me estoy poniendo paranoica. Enseguida habremos acabado. Tú solo sonríe y asiente. Sonríe y asiente.

—Entonces, ¿usted no es como ella, como la protagonista de *A veces mato*? —pregunta, alzando una ceja demasiado depilada y espiándome por encima de su cuaderno.

—¿Yo? Uy, no. Yo no mato ni a una mosca.

Parece como si su sonrisa fuera a resquebrajarle la cara.

—El personaje que interpreta tiende a huir de la realidad. ¿Le resultó fácil identificarse con ese rasgo?

«Sí. Me he pasado la vida huyendo.»

Un golpe en la puerta me salva. Me reclaman en el plató.

—Lo siento mucho. Creo que no tenemos tiempo para más, pero me ha encantado volver a verla —miento.

Mi móvil vibra con un mensaje mientras ella recoge sus cosas y sale del camerino. Lo saco en cuanto me vuelvo a quedar sola y leo el mensaje. Es de Tony:

Tenemos que hablar, llámame cuando puedas. Y no, no he concertado ni concedido ninguna entrevista, así que diles que se vayan a la mierda. De momento, no hables con ningún periodista antes de hablar conmigo. Digan lo que digan.

Creo que me voy a echar a llorar.

Galway, 1987

—*B*ueno, bueno, ¿por qué estropeas esta carita preciosa con esas lágrimas tan feas?

Levanto la vista y veo a una mujer que me sonríe frente a la tienda cerrada. He venido corriendo hasta aquí después de que mi hermano me gritara. Solo quería mirar los zapatos rojos que pensaba que me regalarían por mi cumpleaños, pero ya no están en el escaparate. Los llevará otra niña, una niña con una familia normal y unos zapatos preciosos.

—¿Has perdido a tu mamá? —pregunta la mujer.

Empiezo a llorar otra vez. Ella saca un pañuelo arrugado de la manga de su chaqueta de punto blanca y yo me seco los ojos. Es una mujer muy guapa. Tiene un pelo negro largo y rizado, un poco como el mío, y unos grandes ojos verdes que no se acuerdan de parpadear. Es un poco mayor que mi hermano, pero mucho más joven que mi papá. Su vestido está cubierto de flores rosadas y blancas, como si llevara puesto un prado, y tiene exactamente el aspecto que me imagino que habría tenido mi mamá… si yo no la hubiera matado con el giro equivocado. Me sueno la nariz y le devuelvo el pañuelo lleno de mocos.

—Bien, y ahora no te preocupes. Preocuparse nunca resuelve nada. Estoy segura de que encontraremos a tu mamá.

No sé cómo decirle que no podemos. Ella extiende la mano y veo que sus uñas son del mismo color rojo que los zapatos que me gustaría que fueran míos. Está esperando que la coja y, al ver que no lo hago, se agacha de manera que su cara queda a la misma altura que la mía.

—Ya sé que te habrán dicho que no hables con extraños y que hay personas malas en el mundo, y está bien que hayas obedecido, porque es verdad. Pero esa es también la razón por la que no puedo dejarte aquí sola. Se está haciendo tarde, las tiendas están cerradas y las calles vacías; si te sucediera algo, bueno, nunca me lo perdonaría. Me llamo Maggie. ¿Y tú?

—Ciara.

—Hola, Ciara. Encantada de conocerte. —Me estrecha la mano—. Eso es, ahora ya no somos extrañas.

Yo sonrío; es graciosa y me gusta.

—Así pues, ¿por qué no vienes conmigo? Y si no conseguimos encontrar a tu mamá, podemos llamar a la policía: ellos te llevarán a casa. ¿Te parece bien?

Me lo pienso. Hay una gran caminata hasta casa, y ya está oscureciendo. Cojo la mano de esta señora tan amable y camino junto a ella, aunque sé que mi casa está en la dirección contraria.

Londres, 2017

Jack me coge la mano. Me mira desde el otro lado de la mesa del hotel-restaurante y tengo la sensación de que todos nos están mirando. Es imposible que no nazca entre los actores una relación fuera de la pantalla cuando nos pasamos tantos meses rodando juntos. Me doy cuenta de que él está disfrutando el momento, y su modo de tocarme parece más íntimo de lo que debería. Me asusta lo que está a punto de suceder, pero ya es demasiado tarde para eso, para fingir que no sabemos lo que viene a continuación. Veo a gente mirando hacia aquí, gente que sabe quiénes somos, y me parece que él capta mi aprensión y me aprieta los dedos en un ingenuo intento de tranquilizarme. No hace falta, en realidad. Cuando decido hacer algo, resulta casi imposible que nadie lo pueda cambiar, incluida yo misma.

Él paga la cuenta en efectivo y se levanta, abandonando la mesa sin decir palabra. Yo me limpio la boca con la servilleta que tengo en el regazo, aunque apenas he comido. Pienso en Ben durante un instante y enseguida me arrepiento de haberlo hecho, porque me cuesta quitármelo de la cabeza una vez que he pensado en él. Ya no recuerdo cuándo fue la última ocasión que me invitó a una cena romántica o me hizo sentir atractiva. Aunque, por otra parte, el presente siempre es un tiempo superior, que mira por encima del hombro al pasado y da la espalda a las tentaciones del futuro. Descarto el temor que trata de frenarme y sigo a Jack. Pese a mis titubeos, siempre he sabido que lo seguiría cuando llegara el momento.

Él sube al ascensor del hotel antes que yo. Las puertas empiezan a cerrarse, pero no me apresuro para llegar a tiempo, no hace falta. Las fauces metálicas vuelven a separarse justo a tiempo para tragarme entera cuando llego. No hablamos dentro del ascensor, permanecemos el uno junto al otro. Hemos evolucionado como especie para disimular nuestra lujuria, para ocultarla como si fuera un sucio secreto, aun cuando es precisamente para encontrar atractivas a otras personas para lo que fuimos diseñados. Aun así, yo nunca había hecho nada parecido.

Soy consciente de la presencia de las personas que nos rodean en el ascensor, consciente de que me observan. A cada planta que pasamos, siento más ansiedad ante nuestro destino final. Siempre supe que iba a pasar esto, desde la primera vez que nos vimos. Mi corazón se acelera en mis oídos, empiezo a respirar demasiado deprisa, y me inquieta que él pueda notar lo asustada que estoy por lo que estamos a punto de hacer. Su mano roza la mía cuando bajamos en la séptima planta; accidentalmente, creo. Me pregunto si me la va a coger, pero no lo hace. No está aquí en plan romántico. No se trata de eso, y ambos lo sabemos.

Pasa la tarjeta por el lector de la puerta, y yo pienso por un momento que no va a funcionar. Es más, albergo la esperanza de que no funcione, como un modo de ganar un poco de tiempo. No quiero hacer esto, lo que me impulsa a preguntarme por qué lo voy a hacer. Es como si me hubiera pasado la vida haciendo cosas que no quiero hacer.

Ya en la habitación, él se quita la chaqueta y la arroja sobre la cama como si estuviese enfadado conmigo, como si yo hubiera hecho algo mal. Vuelve su hermosa cara hacia mí, pero sus rasgos están crispados por algo semejante al odio y al asco, como si estuvieran reflejando mis propios pensamientos sobre mí misma en este momento, en esta habitación.

—Me parece que hemos de hablar, ¿no crees? Estoy casado. —Estas dos últimas palabras son como una acusación.

—Lo sé —susurro.

Da un paso hacia mí.

—Y amo a mi mujer.

—Lo sé.

Yo no estoy aquí para ganarme su amor; eso puede quedárselo ella. Desvío la mirada, pero él me sujeta la cara con las manos y me besa. Permanezco inmóvil, como si no supiera qué hacer, y por un momento me inquieta la idea de no recordar cómo se hace. Él actúa con mucha delicadeza al principio, con cuidado, como temiendo romperme. Cierro los ojos —resulta más fácil cuando los tienes cerrados— y le devuelvo el beso. Él cambia de marcha más deprisa de lo que esperaba; sus manos descienden de mis mejillas a mi cuello, a la pechera de mi vestido; las yemas de sus dedos recorren la silueta de mi sujetador bajo la fina tela de algodón. Entonces se detiene de golpe y se aparta.

—Joder. ¿Qué coño estoy haciendo?

Intento recordar cómo se respira.

—Lo sé, perdona —respondo, como si fuera culpa mía.

—Es como si te hubieras metido dentro de mi cabeza.

—Lo siento —vuelvo a decir—. Yo pienso en ti constantemente. Ya sé que no debería, y te aseguro que me he esforzado en no hacerlo, pero no puedo evitarlo…

Los ojos se me llenan de lágrimas. Él me saca al menos diez años; me siento como una cría inexperta.

—No importa. Sea lo que sea, esto no es culpa tuya. Yo también pienso en ti.

Dejo de llorar cuando me dice eso, como si esta última frase que ha salido de sus labios lo cambiara todo. Me alza la barbilla hacia su rostro; mis ojos lo escrutan, tratando de discernir si hay algo de verdad en sus palabras. Luego me incorporo de puntillas para besarle, con una invitación tácita en la mirada, y esta vez él no vacila. Ahora nuestras vidas fuera de aquí, en este momento, quedan enterradas y olvidadas.

Las manos de Jack se deslizan por la parte delantera de mi vestido y me lo desabrochan con destreza, dejando a la vista el encaje negro de mi sujetador. Me sube encima del escritorio, tirando al suelo el teléfono y la carta del servicio de habitaciones. Antes de que pueda darme cuenta, está encima de mí, sujetándome los brazos y embistiendo entre mis piernas.

—¡Corten! —dice el director—. Gracias, chicos. Creo que ya lo tenemos.

8

Galway, 1987

Maggie me sujetaba la mano durante todo el camino hasta la casita de la costa. Me la cogía con tanta fuerza que a veces me hacía un poco de daño. Creo que temía que volviera a salir corriendo y acabara tropezándome con una persona mala, como me había dicho. Pero yo simplemente corría para seguir su paso, porque caminaba muy deprisa y he acabado cansada. Ella no dejaba de mirar alrededor durante todo el rato, como si tuviera miedo, pero no nos hemos cruzado con ninguna persona, ni buena ni mala, a lo largo de las callejuelas.

La casita es preciosa, como Maggie. Tiene una puerta azul y ladrillos blancos: no se parece en nada a nuestra casa. No hay muchas cosas dentro; cuando le he preguntado por qué, me ha dicho que es solo una casa de vacaciones. Yo nunca he estado de vacaciones; por eso no sabía este tipo de cosas. Ahora está ocupada metiendo cosas en una maleta. Cuando creo que va a llamar a la policía, decide que vamos a tomar un té y a comer algo, lo cual me gusta. De camino hacia aquí, le he explicado todo lo que mi hermano dice que no podemos permitirnos comer, así que debe de pensar que estoy hambrienta.

—¿Quieres un trozo de pan de jengibre? —me pregunta desde la pequeña cocina.

Yo estoy sentada en el sillón más grande que he visto en

mi vida. He tenido que trepar para sentarme en él, como si fuera una montaña de cojines.

—Sí —digo, contenta, sentada en el bonito sillón y a punto de comer pastel con esta señora tan simpática.

Ella aparece en el umbral. La sonrisa perpetua en su cara ha desaparecido.

—Sí…, ¿qué?

Al principio no entiendo qué quiere decir, pero luego se me ocurre una idea.

—¿Sí, gracias? —Su sonrisa reaparece, cosa que me alegra.

Me pone el pastel delante, junto con un vaso de leche, y luego enciende la televisión para que la mire mientras ella va a la otra habitación a hablar por teléfono. Creía que se le había olvidado llamar a la policía, y ahora me pongo triste. Me gusta estar aquí y quiero quedarme un poquito más. No oigo lo que está diciendo con el barullo de los dibujos de la tele; me ha puesto el volumen muy alto. Cuando me he terminado el pastel, me chupo los dos dedos y me bebo la leche. Sabe un poco a yeso, pero tengo sed y me bebo todo el vaso igualmente.

Me siento adormilada cuando ella vuelve.

—Bueno, a ver, he hablado con tu papá, y me temo que lo que te contó tu hermano es verdad: dice que ya no hay comida suficiente para ti en casa. No quiero que tengas que volver a preocuparte, así que le he dicho a tu papá que puedes quedarte conmigo unos días y que te llevaré allí otra vez cuando él haya arreglado las cosas. ¿A que suena de maravilla?

Pienso en la televisión, en el pastel y en este cómodo sillón. Creo que estaría bien quedarse aquí un tiempo, aunque echaré mucho de menos a mi hermano y un poco a mi papá.

—Sí —digo.

—¿Sí, qué?

—Sí…, por favor…, y gracias.

Solo cuando ella vuelve a salir de la habitación me pregunto cómo ha hablado con mi papá: nosotros no tenemos teléfono.

9

Londres, 2017

$\mathcal{V}$uelvo a revisar el móvil antes de bajar del coche. Ya he llamado tres veces a mi agente, pero siempre salta el buzón de voz. He llamado incluso a la oficina, pero su secretaria me ha dicho que no podía ponerse, empleando ese tono que la gente reserva para las ocasiones en las que saben algo que tú no sabes. A lo mejor me estoy volviendo paranoica. Con todo lo que está pasando, supongo que es posible. Volveré a intentarlo mañana.

La casa está en completa oscuridad cuando subo lentamente por el sendero. Sigo pensando en Jack y en su forma de besarme en el plató. Parecía tan… real. Llevo su recuerdo como si fuese una manta, y la verdad es que me hace sentir segura y abrigada. El manto de la fantasía siempre es más fiable que la cruda realidad. Pero la lujuria es solo una cura temporal para la soledad. Cierro la puerta, dejando el deseo atrás, entre las sombras de la calle. Enciendo las luces de la vida real. Me parecen muy intensas: me permiten ver más de lo que quiero. La casa está demasiado silenciosa y excesivamente vacía, como un caparazón abandonado.

Mi marido sigue sin aparecer.

De repente, me veo arrastrada hacia atrás y revivo el momento en el que sus celos se dispararon y mi paciencia se agotó, generando la tormenta perfecta.

«Recuerdo lo que me hizo. Recuerdo todo lo que pasó aquella noche.»

Cuando los recuerdos enterrados salen sin previo aviso a la superficie, resulta extraño. Es como si te vaciaran los pulmones de aire y luego te arrojaran desde una gran altura: la sensación constante de la caída, mezclada con la conciencia ineludible de que vas a estrellarte.

Tengo más frío que hace un momento.

El silencio parece haberse vuelto más ruidoso, y miro en derredor, barriendo frenéticamente con los ojos el espacio vacío.

Me siento como si me estuvieran observando.

La sensación que tienes cuando alguien te mira es inexplicable, pero también es muy real. Al principio me quedo paralizada y trato en vano de calmarme diciéndome que son imaginaciones mías. Luego la adrenalina dispara mi reacción de lucha o huye, y entonces corro por la casa y voy cerrando cortinas y persianas, como si fueran escudos. Mejor prevenir que ser espiada.

La acosadora entró en mi vida hace un par de años, no mucho después de que Ben y yo iniciáramos nuestra relación. Empezó con correos electrónicos, pero después se presentó varias veces frente a nuestra antigua casa y dejó una serie de postales escritas a mano cuando creía que no estábamos. Además, alguien entró en la casa cuando yo aún seguía en Los Ángeles, y Ben estaba convencido de que había sido ella. Ese fue uno de los motivos principales por los que accedí a mudarme aquí, a una casa que ni siquiera había visto en persona. Ben se encargó de todo para que pudiéramos alejarnos de ella. ¿Y si me ha encontrado? ¿Y si nos ha encontrado?

La acosadora siempre escribía lo mismo: «Sé quién eres».

Yo siempre fingía no entender a qué se refería.

Estoy perdida. No sé qué hacer, cómo sentirme o cómo actuar.

¿Debería volver a llamar a la policía? ¿Preguntarles si hay novedades y contarles lo que no les expliqué la otra vez? ¿O tendría que quedarme aquí y esperar? No puedes prever realmente cómo te comportarás cuando la vida se desmanda; no lo sabes hasta que te sucede. La gente es capaz de las cosas más sorprendentes. Estoy manejando la situación lo mejor que puedo, sin decepcionar a los demás más de lo que ya lo he hecho. Soy consciente de que se me escapa algo, pero no sé qué. Lo que sí sé es que la única persona en quien puedo confiar para salir de esta situación soy yo misma. No me queda nadie que me coja de la mano. La idea me trae un recuerdo, y mi mente rebobina hasta la época en la que era una niña; entonces siempre había alguien a quien le gustaba cogerme de la mano.

Sucedió algo muy malo cuando era pequeña.

Nunca he hablado de ello con nadie, ni siquiera después de todos estos años; algunos secretos no pueden contarse. Todos los médicos infantiles que me obligaron a ver después decían que padecía algo llamado «amnesia global transitoria». Me explicaban que mi cerebro había bloqueado ciertos recuerdos, porque los consideraba demasiado estresantes o perturbadores para recordarlos, y que este trastorno perduraría probablemente toda mi vida. Yo era solo una niña y no me tomaba aquellos diagnósticos muy en serio. Sabía muy bien que solo había fingido no recordar lo sucedido. No he pensado mucho en ello en los últimos años. Hasta ahora.

Creo que me acordaría si hubiera vaciado y cerrado nuestra cuenta. Pienso muchas cosas; el problema es que no lo sé.

No dejo de pensar en la acosadora.

No consigo que mi mente deje de repasar la primera vez que la vi con mis propios ojos, de pie frente a nuestra antigua casa. Había oído el chasquido del buzón y creí que era el cartero. No lo era. Sobre el felpudo había una solitaria postal *vintage* boca abajo. Sin sello. La habían entregado en mano, y recuerdo que la sujeté temblando mientras leía aquella letra —una letra negra y enmarañada, para entonces bien conocida— en el dorso de la postal.

«Sé quién eres.»

Abrí la puerta y ella estaba allí, plantada en la acera de enfrente, mirándome. Pensé que iba a vomitar. Hasta entonces, nunca la había visto; Ben sí, pero para mí no pasaba de ser un fantasma. Un fantasma en el que no creía. Los correos electrónicos y luego las postales no me habían asustado mucho. Verla en carne y hueso, sin embargo, resultó aterrador, porque me pareció que la reconocía. Estaba a cierta distancia, con la cara en gran parte cubierta con una bufanda y unas gafas de sol, pero iba vestida exactamente igual que yo. En ese momento, pensé… que era «ella». No lo era. No podía serlo.

La mujer huyó al verme. Ben volvió a casa más pronto y llamamos a la policía.

Tendría que estar más preocupada por mi marido.

«¿Qué me pasa? ¿Estoy perdiendo el juicio?»

Es como si algo muy malo estuviera volviendo a suceder, algo mucho peor que la otra vez.

10

Galway, 1987

Al despertarme, me siento perdida. No sé dónde estoy.

Está todo oscuro y frío. Me duele la barriga y estoy un poco mareada, como cuando mi hermano me lleva en el bote de pesca de papá. Extiendo el brazo en la oscuridad, esperando encontrar la pared de mi cuarto, o la mesita hecha con madera de deriva de la bahía, pero mis dedos no tropiezan con eso, sino con algo frío, como de metal, alrededor de mí. Empieza a entrarme pánico, pero estoy muy cansada, tan cansada que pienso que debo estar soñando. Cierro los ojos y decido que si sigo sin saber dónde estoy cuando haya contado mentalmente hasta cincuenta, entonces me pondré a llorar. El último número que recuerdo haber contado es el cuarenta y ocho.

La siguiente vez que abro los ojos, estoy en la parte trasera de un coche. No es el coche de mi padre; eso lo sé sin tener que pensarlo demasiado, porque ya no lo tenemos. Lo vendió para pagar la factura de la electricidad cuando se fue la luz. Los asientos de este son de cuero rojo, y mi cara y mis brazos parecen como pegados al cuero cuando me despierto; tengo que despegarlos de ahí.

Miro el cogote de la persona que conduce antes de acordarme de esa señora tan simpática que se llama Maggie.

Entonces me siento como es debido y miro por las ventanillas, pero no sé dónde estamos.

—¿Adónde vamos? —Me restriego los ojos adormilados y luego me rasco las mejillas.

—Solo a dar una vuelta —responde Maggie, mirándome por el espejito, que solo muestra un rectángulo de su cara.

—¿Me llevas otra vez a la casa de mi papá?

—Te vas a quedar conmigo un poquito, ¿recuerdas? En tu casa ahora no hay comida suficiente para ti.

Sí, recuerdo que me lo había dicho; estoy tan cansada que se me había olvidado.

—¿Por qué no te echas otro sueñecito? Ya no falta mucho. Te despertaré cuando lleguemos a donde vamos. Te tengo preparada una sorpresa preciosa.

Me vuelvo a tumbar en el asiento de cuero rojo y cierro los ojos, pero no me duermo. Aunque me gustan las sorpresas, estoy asustada y excitada a la vez. Maggie parece simpática, pero todo lo que veo por la ventanilla es muy raro: las casas, los muros, incluso los rótulos de la carretera.

Quizá me equivoque, pero parece como si estuviéramos muy lejos de casa.

11

Londres, 2017

*C*reo que con un hogar sucede un poco como con los niños; quizás has de establecer un vínculo lo antes posible para llegar a alcanzar un apego emocional duradero. Las largas jornadas en los rodajes han implicado que esta casa sea poco más que un lugar donde dormir. Me he pasado la velada buscando una foto del hombre con el que llevo casada casi dos años. Debería haber estado estudiando mis diálogos de mañana, pero ¿cómo hacerlo cuando todo parece tan alterado? Al final, acabo con más preguntas que inquietud: cuestiones no respondidas en gran parte porque no me atrevo a formularlas.

Contemplo la única foto de Ben que he logrado encontrar: una foto enmarcada en blanco y negro tomada cuando era niño. Yo la odio, siempre la he odiado; me produce escalofríos. Ben, a los cinco años, lleva un traje formal que resulta extraño en un niño tan pequeño. Pero no se trata de eso. Lo que me perturba es la mirada inquietante que tiene en la cara, como si sus ojos risueños se salieran de la foto y te siguieran por todas partes. El niño de esa fotografía no solo parece travieso o taimado; parece maligno.

Un día le pedí que dejara ese retrato en su estudio para no tener que verlo, y recuerdo que él se echó a reír. No porque pensara que me estaba comportando de un modo absurdo, sino como si la foto formara parte de una broma de la que yo estaba excluida. No la había visto ni pensado en ella desde entonces, pero mirar ahora esta imagen en blanco y negro provoca en mi interior una sensación muy peculiar, algo equivalente al miedo y al asco. A mi marido y a mí no nos quedan parientes, ni paternos ni maternos; ambos somos huérfanos adultos. Solíamos decir que éramos él y yo contra el mundo..., antes de que pasáramos a ser él y yo enfrentados uno contra otro. Esto último nunca lo dijimos; solo lo sentimos.

Mientras deambulo esta noche por la casa, me doy cuenta de lo horriblemente grande que es para solo dos personas; no hay vida suficiente para llenar los espacios vacíos. Ben dejó bien claro —después de que nos casáramos— que no quería que tuviéramos hijos nunca. Me sentí engañada, estafada. Debería habérmelo dicho antes; él sabía lo que yo deseaba. Aun así, pensé que podría hacerle cambiar de idea. Pero no pude. Ben decía que se sentía demasiado viejo para convertirse en padre a los cuarenta y tantos. Siempre que yo intentaba retomar esa conversación, él respondía lo mismo:

—Nos tenemos el uno al otro. No necesitamos nada ni a nadie más.

Es como si hubiéramos formado un club exclusivo con solo dos socios. A él le gustaba así, pero a mí no. Yo me moría de ganas de tener un hijo con él, era lo único que quería, y él no estaba dispuesto a dármelo. Una oportunidad de clonarnos y empezar de nuevo. ¿No es eso lo que todo el mundo desea? Yo sabía que su resistencia tenía algo que ver con su pasado y su familia, pero él nunca hablaba de ellos, siempre decía que algunos pasados merecían que se los dejara atrás, y eso lo entiendo perfectamente. No es que yo le haya contado la verdad sobre el mío. Al hacernos mayores, cambiamos las divisas de nuestros sueños por una realidad financiada con resignación.

Me digo a mí misma que no puede ser tan difícil encontrar una sola foto reciente de Ben. En una época teníamos álbumes llenos de fotografías, pero luego abandoné esa costumbre. No porque los recuerdos no significaran nada, sino porque siempre pensé que crearíamos más. Sé que a otras personas les gusta compartir cada momento de su vida privada colgando fotos en las redes sociales, pero yo nunca he sido de esas, y él tampoco. Lo que nosotros teníamos en común era otra cosa. Me he esforzado demasiado en preservar mi intimidad como para cederla así como así.

Despliego la escalera del desván y subo los peldaños diciéndome que estoy buscando fotos. No hay ningún otro sitio donde no haya mirado. Se suponía que Ben iba a encargarse de la mudanza y de desembalarlo todo. Sospecho que ahí arriba debe de haber una caja llena de viejos álbumes de fotos, junto con el resto de nuestras pertenencias que no veo abajo: libros, adornos y esa serie de cachivaches cubiertos de polvo que dejan las vidas que se han vivido conjuntamente.

Enciendo la luz del desván y lo que veo me deja pasmada.

No hay nada.

Literalmente. Es como si la mayor parte de la vida que recuerdo hubiera desaparecido y quedara muy poco de nosotros. No lo entiendo. Es como si no hubiéramos vivido aquí realmente.

Mis ojos continúan examinando las telarañas y las polvorientas tablas del suelo, iluminadas por una sola bombilla que parpadea. Entonces la veo: una vieja caja de zapatos en el rincón del fondo.

El techo es muy bajo, así que me pongo de rodillas y trato de protegerme la cara de la mugre y las arañas que merodean en la penumbra. Hace frío aquí arriba, y las manos me tiemblan cuando levanto la tapa de la caja. Al ver lo que hay dentro, me siento enfermar.

Bajo los peldaños de la escalera con la caja de zapatos bajo el brazo. Un cóctel de temor y de alivio se agita en mi interior. Me da miedo lo que esto pueda significar, pero también siento alivio por el hecho de que la policía no la encontrara. Dejo la caja en el fondo del armario ropero, junto con otras que contienen lo que deben contener, no cosas que no deben. Después me desplomo en la cama sin desnudarme. Necesito quedarme tumbada un rato o no podré aguantar mañana una jornada de rodaje. Cierro los ojos y veo la cara de Ben; no necesito una foto para eso. Es como si el nosotros que yo creía que éramos estuviera siendo demolido, mentira a mentira, dejando poco más que los escombros de un matrimonio.

Empiezo a pensar que no conocía en absoluto a mi marido.

12

Essex, 1987

—*H*ora de levantarse —dice Maggie.

Pero yo no estaba dormida.

El cielo que se ve por la ventanilla del coche ha pasado del azul al negro.

—Vamos, no te entretengas —dice, abatiendo el respaldo del asiento delantero para que pueda bajar.

Me quedo parada en la acera, parpadeando en la oscuridad, mirando una hilera de tiendas de aspecto extrañísimo. Maggie me coge de la mano y me arrastra hacia una gran puerta negra. He de correr para seguir su ritmo, pues ella camina tan deprisa de noche como de día.

—¿Dónde…?

—¡Chist! —dice, tapándome la boca. Sus dedos huelen a jabón de baño—. Es tarde, no debemos despertar a los vecinos. Basta de hablar hasta que hayamos entrado. —Su mano me tapa la nariz, además de la boca, y me cuesta respirar, pero ella no la retira hasta que asiento—. Los dedos en los labios —susurra, y yo obedezco, copiando su modo de ponerse el dedo en los labios, esforzándome por parecerme a ella.

Saca de su bolso un llavero gigante: debe de haber al menos cien llaves; bueno, quizá solo diez. Son todas de formas y tamaños distintos, y tintinean y arman mucho más ruido del que yo he hecho cuando he abierto la boca. Mete una llave en la cerradura y abre la puerta.

No sé lo que esperaba encontrar, pero no era esto.

Es solo una escalera. Una muy larga. Sube tan arriba que ni siquiera veo qué hay en lo alto, como si los escalones llevaran directamente hasta la luna y las estrellas del cielo. Me gustaría preguntarle a Maggie si podré coger una estrella si subo todos los peldaños, pero todavía tengo el dedo en los labios, así que no puedo. Las escaleras son de madera, una madera pintada de blanco en los lados, pero desnuda por la parte de en medio. A la izquierda, junto a la puerta por la que hemos entrado, hay otra de metal. Maggie ve que la miro.

—Jamás cruces esa puerta, a menos que yo te dé permiso. ¿Me has entendido? —Asiento, de repente muerta de ganas de ver qué hay al otro lado—. Venga, arriba.

Me empuja por delante y cierra la puerta que da a la calle.

Empiezo a subir. Los peldaños son muy altos para mis piernas, así que me cuesta subirlos, pero si voy más despacio, ella me clava un dedo en la espalda para que me apresure. Los adultos siempre hacen eso: decirte las cosas con las manos o los ojos, no con la boca. No hay barandilla, así que apoyo la mano en la pared. Está cubierta de unos paneles que tienen el mismo aspecto que los tapones del vino de papá. Mi hermano solía ensartarlos con algodón para hacer coronas y collares de corcho, y yo fingía que era una princesa.

Estoy concentrada en mis pies para no tropezar, pero hay algo así como una sombra en lo alto que me hace mirar hacia arriba. No es una nube, ni la luna y las estrellas. Es un hombre alto y flaco, que me sonríe desde arriba. Su aspecto es extraño. Tiene tres tupidas cejas negras, la tercera sobre el labio; su piel es blanca como la de un fantasma; cuando sonríe, veo que uno de sus retorcidos dientes de delante es de oro. Suelto un grito. No pretendía hacerlo. Ya sé que debería estar callada, pero tengo tanto miedo que el grito me sale solo. Intento volver atrás por la escalera, pero Maggie está ahí y no me deja pasar.

—Basta de alboroto —dice, agarrándome del brazo con tanta fuerza que parece como si me quemara.

Yo no quiero seguir subiendo, pero ella no me dejará bajar; me siento un poco atrapada. No sé dónde estamos, pero no quiero estar aquí. Estoy cansada y quiero volver a casa.

Vuelvo a mirar al hombre que aguarda en lo alto de la escalera. Él sigue sonriendo, y el diente de oro destella en la oscuridad como una estrella podrida.

—Bueno, hola, señorita. Yo soy tu nuevo papá, pero por ahora puedes llamarme John.

13

Londres, 2017

—*P*uede llamarme Alex —dice con una sonrisa infantil.

—Gracias, pero prefiero seguir llamándola inspectora Croft, si no le importa —respondo.

Está esperándome frente a la puerta cuando vuelvo de mi recorrido matinal. Están los dos. Su compañero de media edad apenas dice nada, como de costumbre; va tomando esas notas mentales tan enfáticas que casi se pueden oír. No son ni las siete.

—Estoy muy ocupada —digo, buscando las llaves y abriendo la puerta a toda prisa, para que nos ocultemos dentro lo antes posible.

No sé absolutamente nada de mis vecinos, ni siquiera sé sus nombres, pero pienso que, aunque las opiniones ajenas no deberían importar, con frecuencia importan.

—Solo queríamos repasar algunos puntos, pero podemos volver en otro momento…

—No, disculpe, ahora está bien. Simplemente es que tengo que estar en Pinewood dentro de una hora. Es el último día de rodaje, no puedo fallarles.

—Entiendo. —Su tono indica a las claras que no lo entiende—. ¿Ha recorrido mucha distancia hoy?

—No. Cinco kilómetros.

—Impresionante.

—Tampoco es tanto.

—No, quiero decir que me parece impresionante cómo continúa con sus actividades normalmente: correr, trabajar, «actuar». —Sonríe al decir esta última palabra.

«¿Qué coño significa eso?»

Le sostengo la mirada todo el tiempo que puedo; luego mis ojos se refugian en el rostro de su silencioso compañero. Él es mucho más alto que ella, debe de tener el doble de su edad, si no más, pero no dice palabra. Me pregunto si ella actúa con tanta bravuconería para impresionar a este hombre, su superior.

—¿Usted va a quedarse ahí, dejando que me hable con este tono? —le pregunto.

—Me temo que sí, ella es mi jefa —responde él con un encogimiento de disculpa.

Me vuelvo hacia la joven con incredulidad y veo que su sonrisa ha desaparecido.

—¿Ha pegado usted alguna vez a su marido, señora Sinclair? —me pregunta.

De repente, el vestíbulo parece más pequeño, se tambalea ligeramente y casi pierdo el equilibrio.

—¡Claro que no! Yo nunca he pegado a nadie. Estoy a punto de presentar una queja formal…

—Le traeré un formulario del coche antes de irme. Estuvimos en el restaurante indio donde dijo que cenó con su marido la última vez que lo vio… —Hurga en su bolso y saca algo parecido a un iPad—. El local tiene cámaras de seguridad. —Da un par de golpecitos en la pantalla y me la muestra—. ¿Esta es usted?

Miro la imagen congelada en blanco y negro de nosotros dos: una imagen de una sorprendente claridad y definición.

—Sí.

—Eso me parecía. ¿Fue una cena agradable? —Da otro golpecito en la pantalla.

—¿Qué importancia tiene eso?

—Me gustaría saber por qué le pegó. —Vuelve otra vez el iPad hacia mí, pasando con su dedo infantil una serie de imágenes. En ellas aparezco abofeteando a Ben y saliendo del restaurante.

«Porque me acusó de algo que no había hecho y yo estaba borracha.»

Noto que me arden las mejillas.

—Tuvimos una pelea estúpida, habíamos bebido. Fue una simple bofetada.

Me mortifica el sonido de mis propias palabras a medida que salen de mis labios.

—¿Suele usted abofetearlo?

—No, nunca lo había hecho. Estaba enfadada.

—¿Le dijo algo que la ofendiera?

«Las actrices de éxito, o son guapas, o son buenas. Dado que tú no eres ninguna de las dos cosas, no dejo de preguntarme a quién te habrás follado esta vez para conseguir el papel.»

Las palabras de Ben aquella noche me han atormentado; dudo que las olvide alguna vez.

—No lo recuerdo —miento, demasiado avergonzada para decir la verdad.

Durante los últimos meses, Ben y yo vivimos sumidos en las sombras de la sospecha: una montaña de desconfianza provocada por una montaña de malentendidos. Él creía que yo tenía una aventura.

Alex Croft mira a su compinche y luego me mira a mí.

—¿Sabía que un tercio de las llamadas que recibimos por violencia doméstica en esta ciudad son de víctimas masculinas?

«¿Cómo se atreve?»

—Tengo mucha prisa.

Ella no me hace caso y se saca del bolsillo unos guantes de plástico azul.

—En la cartera de su marido había un recibo de la gasolinera que corresponde a la última noche en que lo vio. Nos gustaría echar un vistazo a su coche, si no le importa.

—Si creen que puede servir de algo.

Ella parece esperar. No sé muy bien qué.

—¿Tiene sus llaves?

Me siguen a la sala de estar.

—¿Han investigado ya a la acosadora?

Saco del cajón la llave del coche de Ben y la aprieto con el puño. No sé por qué.

Ella me mira con dureza y deja pasar unos segundos antes de responder.

—¿Todavía cree que una acosadora podría tener algo que ver con la desaparición de su marido?

—No veo cómo puede descartarlo...

—¿Ese es su portátil? —pregunta, señalando el pequeño escritorio del rincón. Asiento—. ¿Le importa que le echemos un vistazo? —Ahora me toca a mí vacilar—. Dijo que la cosa empezó por unos correos electrónicos, ¿no? A lo mejor podríamos rastrearlos y averiguar quién se los envió. Métalo en una bolsa, Wakely —le dice al otro detective.

Él obedece y se pone unos guantes, saca del bolsillo interior una bolsa transparente y coge el portátil.

—¿Señora Sinclair?

Miro su mano extendida.

—¿Sí?

—La llave del coche de su marido. Por favor.

Mis dedos se despliegan de mala gana y la inspectora Croft coge la llave, que me deja una marca en la palma de la mano porque la estaba apretando con demasiada fuerza. Antes de que acierte a decirle nada, echa a andar hacia la calle y yo no puedo hacer otra cosa que seguirla.

Al llegar junto al deportivo rojo de Ben, la inspectora quita el seguro, abre la puerta del conductor y echa un vistazo dentro. Recuerdo el día que le compré este coche a mi marido: una ofrenda de paz cuando las hostilidades en el frente doméstico estaban en su peor momento. Hicimos un viaje improvisado a los Cotswolds, conduciendo con la capota bajada y mi falda levantada. Su mano iba pasando de mis piernas al cambio de marchas y, al final, paramos en la primera casa de huéspedes con un rótulo de habitación libre. Nos recuerdo riendo, haciendo el amor ante la chimenea, comiendo pizza mala y bebiendo una botella de buen oporto. Me encantaba lo ansioso que él estaba por tocarme, por abrazarme, por follarme. Pero mi insistencia en la idea de tener hijos cambió todo eso. Él me amaba. Simplemente, no quería compartirme.

«Echo de menos aquella versión de nosotros.»

Entonces recuerdo el pintalabios de otra mujer que encontré debajo de nuestra cama.

—Comprendo lo angustiosos que son estos momentos… —dice Croft, devolviéndome al presente. Se inclina hacia delante un poco más y mete la llave de arranque. Las luces del salpicadero se encienden y la radio emite suavemente una canción famosa sobre amor y mentiras. Luego la inspectora rodea el automóvil hasta el lado del pasajero y abre la guantera. Solo me doy cuenta de que estaba conteniendo el aliento cuando veo que está vacía. Ella tantea bajo los asientos, pero no parece encontrar nada—. Cuando desaparece un ser querido, es muy duro sobre todo para el cónyuge —dice, mirándome. Luego cierra la puerta, se acerca a la parte trasera y baja la vista hacia el maletero. Me sorprendo mirándolo también. Todos lo miramos—. Debe de estar preocupada —dice, y lo abre.

Los tres atisbamos su interior.

Está vacío.

Me acuerdo de respirar otra vez. No sé exactamente lo que pensaba que la inspectora podía encontrar ahí, pero me alegro de que no sea nada. Mis hombros se aflojan y empiezo a relajarme un poco.

—Se me debe estar escapando algo —dice ella, cerrando el maletero.

Sus palabras enturbian mi alivio. Vuelve a la parte delantera y quita la llave. La música de la radio se interrumpe, y me da la sensación de que el silencio se me podría tragar. La miro mientras se quita los guantes de sus diminutas manos y luego trato de hablar, pero mis labios no parecen capaces de formar las palabras adecuadas. Me siento como si estuviera atrapada en una pesadilla hecha a medida.

—¿Qué cree que se le escapa? —pregunto finalmente.

—Bueno, es muy sencillo: si el último lugar donde estuvo su marido antes de desaparecer fue la gasolinera, ¿no le parece un poco extraño que el depósito esté casi vacío?

14

Essex, 1987

*E*s como si estuviera atrapada en mitad de la escalera más larga del mundo, y estoy llorando porque pienso que mi papá ha muerto. No sé por qué otra razón iba a decirme un hombre extraño que es mi nuevo papá. Él sigue hablando, pero yo ya no le oigo, estoy llorando demasiado ruidosamente. No parece que sea irlandés como Maggie y yo; su voz suena rara y a mí no me gusta nada.

—Sal de en medio, John, déjale a la niña un poco de espacio —dice ella cuando llegamos a lo alto de la escalera.

Veo cuatro puertas. Todas sin pintar y todas cerradas. Maggie me coge de la mano y me lleva a la del fondo. A mí me da miedo ver qué hay detrás, así que cierro los ojos, aunque eso me hace trastabillar un poco. Ella me aprieta la mano con tanta fuerza que mis pies no tienen otro remedio que seguirla.

Cuando vuelvo a abrir los ojos, veo que estoy en la habitación de una niña. No es como la de mi casa, con su alfombra marrón llena de parches y las cortinas grises que antes eran blancas. Esta habitación es como las que se ven solo en la televisión. La cama, la mesa y el armario están pintados de blanco. La alfombra es rosa, y las cortinas, las paredes empapeladas y la colcha están cubiertas de dibujos de una niña pelirroja y de arcoíris.

—Esta es tu nueva habitación. ¿Te gusta? —pregunta Maggie.

Me gusta, así que no entiendo por qué me meo encima.

No me lo había hecho en las bragas desde hace muchísimo tiempo. Quizá las paredes de corcho, las escaleras tan largas y el hombre del diente de oro me han asustado tanto que me he acabado meando sin querer. Noto que un reguero caliente me baja por la pierna y no sé cómo pararlo. Confío en que Maggie no lo note, pero, al mirar la alfombra rosa, veo una mancha oscura entre mis zapatos. Entonces ella se da cuenta, y su cara redondeada y sonriente se vuelve afilada de puro enojo.

—Solo los bebés se lo hacen encima. —Me da una bofetada en la cara. A veces, he visto a papá pegándole así a mi hermano, pero a mí nunca me habían abofeteado. Me duele la mejilla y me pongo otra vez a llorar—. A ver si creces un poco, solo ha sido un cachete.

Maggie me levanta con los brazos extendidos, para mantenerme lo más alejada posible de ella. Me lleva otra vez al pasillo y cruza la puerta que queda junto a la escalera. Es una pequeña cocina. El suelo está cubierto con tiras de una alfombra verde blandita que tiene unas palabras escritas encima, y los armarios son todos de diferentes formas, tamaños y colores. Hay otra puerta, al fondo, que da a un baño. Allí todo es verde: el váter, el lavamanos, la bañera, la alfombra y los azulejos de la pared. Pienso que a Maggie debe gustarle mucho este color. Me deja dentro de la bañera y sale un momento; enseguida vuelve con una gran bolsa negra. A mí me da miedo que quiera tirarme a la basura.

—Quítate la ropa —dice.

«No quiero.»

—¡He dicho que te quites la ropa!

Sigo sin moverme.

—Ahora. —Suena como si tuviera esa palabra atascada detrás de los dientes. Parece muy enfadada, así que obedezco.

Cuando ha metido toda mi ropa, incluidas las bragas mojadas, dentro de la bolsa negra, coge una pequeña manguera blanca enchufada al grifo de la bañera.

—La caldera está estropeada, así que habrás de apañártelas con agua fría.

Me empieza a rociar con la manguera. El agua está congelada y yo jadeo para coger aire, como aquella vez que me caí del bote de pesca y el agua oscura del mar estuvo a punto de engullirme. Maggie me echa champú en la cabeza y me restriega el pelo a lo bruto. En el frasco amarillo dice «No más lágrimas», pero yo estoy llorando. Cuando tengo todo el cuerpo cubierto de jabón, me vuelve a rociar de arriba abajo con agua fría. Procuro quedarme quieta como ella me dice, pero mi cuerpo tirita y mis dientes castañetean como en invierno.

Cuando ha terminado, me seca con una rígida toalla verde y luego me lleva a mi nueva habitación y me sienta sobre la cama cubierta de arcoíris. No llevo ninguna ropa y tengo frío. Ella sale un momento. La oigo hablar con el hombre que ha dicho que es mi nuevo papá, a pesar de que yo nunca lo había visto.

—Es exactamente igual que ella —dice él.

Luego Maggie vuelve con un vaso de leche.

—Bébetela.

Sujeto el vaso con las dos manos y doy un par de sorbos. Tiene un sabor extraño, como a yeso, igual que la leche que me dio en la casa de vacaciones.

—Toda —dice.

Cuando el vaso está vacío, veo que tiene otra vez su cara redondeada y sonriente, y me alegro. No me gusta la otra, me da miedo. Ahora abre un cajón y saca un pijama rosa. Me ayuda a ponérmelo y luego me lleva frente al espejo.

Lo primero que me llama la atención es mi pelo. Está mucho más corto que la última vez que me miré: me llega solo a la barbilla.

—¿Qué ha pasado con mi pelo?

Empiezo a llorar, pero Maggie alza la mano y yo paro en el acto.

—Estaba demasiado largo y había que cortarlo. Ya volverá a crecer.

Miro a la niña del espejo. La parte de arriba de su pijama rosa lleva escrita una palabra de cinco letras: «AIMEE». No sé lo que significa.

—¿Quieres un cuento antes de dormir?

Asiento.

—¿Se te ha comido la lengua el gato?

Yo no he visto ningún gato y me parece que mi lengua sigue aún dentro de mi boca. La paso por detrás de los labios para comprobarlo. Ella se acerca a un estante donde hay un montón de revistas de muchos colores y coge la de encima.

—¿Sabes leer?

—Sí. —Alzo un poco la barbilla, sin saber por qué—. Mi hermano me enseñó.

—Vaya, qué amable de su parte. Pues entonces lee esto tú misma. Hay un montón de ejemplares de *Story Teller* aquí, y también cintas de casete. Las puedes coger cuando quieras. *Gobbolino* es tu preferido. —Lanza la revista sobre la cama—. «El gato embrujado» —añade, al ver que no digo nada. A mí ni siquiera me gustan los gatos y preferiría que dejara de hablar de ellos—. Si sabes leer, dime qué pone en tu pijama.

Yo bajo la vista, pero las letras están del revés.

—Pone «Aimee» —dice Maggie, leyéndolas—. A partir de ahora, este será tu nombre. Significa «amada». Tú quieres que la gente te ame, ¿verdad?

—Pero yo me llamo Ciara —digo, levantando la vista.

—Ya no te llamas así, y si vuelves a usar ese nombre bajo este techo, te verás metida en un buen lío.

15

Londres, 2017

*E*stoy metida en un buen lío.

La detective ya ha sacado una conclusión sobre mí, pero se equivoca. De lo único de lo que soy culpable es de estafa, en el plano sentimental. A veces, todos fingimos que algo o alguien nos encanta, aunque no sea así: un regalo no deseado, el corte de pelo de una amiga, un marido. Hemos llegado a hacerlo tan bien que incluso podemos engañarnos a nosotros mismos. De hecho, es más pereza que engaño; reconocer que el encanto y el amor se han agotado implicaría tener que hacer algo. La estafa sentimental es endémica en nuestros días.

En cuanto se van los detectives, cierro la puerta, deseando con desesperación aislarme del mundo exterior. Supongo que ya puedo incluir a la policía en la lista de la gente que cree conocerme. Están en buena compañía con la prensa, los fans y mis supuestos amigos. Pero no me conocen. Solo conocen la versión de mí que yo les dejo ver. Los engranajes de mi mente siguen girando en dirección contraria, como atascados en la marcha atrás, y una vez más revivo aquella noche, recordando cosas que preferiría no recordar. Es verdad que discutimos en el restaurante. La inspectora Croft tiene razón. Yo me esforcé por tranquilizar a Ben asegurándole que no tenía una aventura, pero él se puso cada vez más furioso.

«Las actrices de éxito, o son guapas, o son buenas…»

Y cuanto más bebía, peor se ponía.

«Tú no eres ninguna de las dos cosas…»

Él quería hacerme daño, provocar una reacción.

«No dejo de preguntarme a quién te habrás follado esta vez para conseguir el papel.»

Y lo consiguió.

No pretendía darle una bofetada. Soy consciente de que no debería haberlo hecho y me siento profundamente avergonzada. Pero me he pasado la vida pensando que no estaba a la altura necesaria, y sus crueles palabras reflejaron con tanta fuerza y claridad mis propias inseguridades que algo se quebró dentro de mí. Nunca he sentido que esté a la altura en nada; por más que me esfuerzo, no acabo de encajar. Si mi marido es capaz de verlo, seguro que, a la larga, todo el mundo lo acabará viendo.

Mi reacción no solo fue física. Le dije que quería el divorcio, porque deseaba hacerle daño a mi vez. Si Ben me hubiera dejado tener el hijo que tanto deseaba, yo habría dejado en el acto esa carrera que según él se había interpuesto entre nosotros. Pero la respuesta era siempre la misma: no. Desconfiaba de mí en más de un sentido. Pasábamos semanas, a veces meses, sin un instante de intimidad, como si el solo hecho de tocarme pudiera dejarme embarazada. Ahora me siento tan sola que es como un dolor físico.

Nunca olvidaré lo que dijo cuando yo estaba saliendo del restaurante, ni la expresión de su rostro cuando me volví a mirarlo. No creo que fuera solo el alcohol; parecía decirlo en serio.

«Si me dejas, te destruiré.»

Subo al primer piso, me quito la ropa deportiva y me doy una ducha. El agua está demasiado caliente, pero no me molesto en ajustar la temperatura. Dejo que me escalde la piel, como si pensara que me merezco el dolor. Luego voy al dormitorio a vestirme. Abro el armario lentamente, como si hubiera algo terrible escondido dentro. Y así es. Me agacho y saco la caja que encontré en el desván. Antes de levantar la tapa, me siento en la cama. Contemplo su contenido durante un rato, como si pudiera quemarme al tocarlo. Luego saco el montón de vulgares postales *vintage* y las extiendo sobre la colcha. Debe de haber más de cincuenta. El algodón blanco camufla parcialmente los rectángulos de cartón amarillentos, de manera que mis ojos se ven todavía más atraídos por la letra negra y enmarañada que destaca en el dorso de cada una. Son todas idénticas: las mismas palabras, escritas con la misma letra femenina.

«Sé quién eres.»

Yo creía que las habíamos tirado todas. No sé para qué las habrá guardado Ben. Como prueba, supongo… Por si la acosadora reaparecía.

Vuelvo a meter las postales en la caja y la deslizo debajo de la cama. Ocultarnos la verdad a nosotros mismos es una maniobra parecida a ocultársela a los demás, solo que comporta una serie de normas más estrictas.

Una vez vestida, bajo las escaleras y observo el enorme ramo de flores que sigue sobre la mesa de la cocina, junto con la tarjetita que dice «Perdona». Las cojo (me hacen falta las dos manos), pongo el pie en el pedal de acero inoxidable del cubo y la tapa se abre obedientemente, dispuesta a tragarse mi basura, pero al mismo tiempo mostrando la suya. Mis manos se quedan suspendidas en el aire mientras mis ojos tratan de traducir lo que ven: dos botellas negras de plástico vacías que nunca había visto. Cojo una y leo la etiqueta. ¿Gel de encendido? Nosotros ni siquiera tenemos barbacoa. Vuelvo a dejar la botella, pongo las flores encima y las empujo dentro del cubo, convertidas en un amasijo de pétalos y espinas que ocultan todo lo que hay debajo.

16

Essex, 1987

*M*e despierto en la habitación rosa y blanca con un terrible dolor de barriga. La luz del día se cuela a través de las cortinas cubiertas de arcoíris, pero cuando las aparto solo se ven barrotes y un gran cielo gris. Tengo hambre y huelo a tostadas, así que me acerco a hurtadillas a la puerta y escucho. Extiendo la mano hacia el pomo; está más alto que los de casa. Abro muy despacio; la puerta hace ruido al rozar con la alfombra, así que me esfuerzo aún más para ser silenciosa.

Las paredes del pasillo se ven todas desnudas, y hace mucho frío. Al dar un paso, algo se me clava en el pie y me hace daño. Bajo la mirada y veo que el suelo aquí fuera también está cubierto de esa cosa verde esponjosa que vi anoche en la cocina. Alrededor de los bordes, hay unas finas rayas anaranjadas de madera con pinchitos plateados. Me agacho para tocar uno y me sale una pompa de sangre en el dedo, así que me lo meto en la boca y me lo chupo hasta que se me pasa el dolor.

Sigo el olor de las tostadas, intentando no pisar ninguno de los pinchitos y me paro al llegar a la primera puerta. Está cerrada, así que sigo adelante. La siguiente puerta está un poquito entornada y oigo una televisión detrás. Intento atisbar por la rendija, pero la puerta me delata con un chirrido.

—¿Eres tú, Aimee? —pregunta Maggie.

Me llamo Ciara, así que no sé qué decir.

—Pasa, no seas tímida. Ahora esta es tu casa.

Empujo la puerta y veo a Maggie sentada en la cama al lado del hombre del diente de oro. Él tiene agujeros en su sonrisa, como si la hubiera usado demasiadas veces, y algunos trocitos de la tostada se le han quedado pegados en el pelo oscuro de la cara. Veo la televisión reflejada en sus gafas. Al volverme hacia la pantalla, sale un cartel que dice *TV-am* y luego un hombre y una mujer sentados en un sofá. Las paredes de esta habitación están tan desnudas y peladas como las del pasillo, y aquí tampoco hay alfombra, solo esa cosa mullida verde.

—Pasa, ven aquí con nosotros. Hace frío. Aparta, John —dice Maggie.

Él sonríe y da unas palmaditas en el espacio entre los dos. Yo estoy temblando, pero no quiero meterme en su cama.

—Venga —dice ella, al ver que no me muevo.

—Sube de un salto —dice él, apartando la colcha.

Los conejitos saltan. Pero yo no soy un conejito.

Veo que Maggie lleva un camisón; sus piernas flacas sobresalen de debajo de las sábanas. El largo pelo negro rizado le cae sobre los hombros; ojalá yo lo tuviera tan largo. Me subo al lado de Maggie, pero solo porque parece que su cara alegre podría convertirse en esa otra cara enojada si no lo hago.

La habitación de Maggie está hecha un desastre, cosa que me parece rara, porque ella parece limpia y ordenada. Hay tazas y platos sucios por todas partes, montones de periódicos y revistas apoyados contra las paredes y ropa tirada por el suelo. La colcha huele no sé bien a qué, pero no es agradable. Los tres nos quedamos sentados mirando la tele. Luego mi barriga ruge tanto que estoy segura de que todos lo oyen.

—¿Quieres desayunar? —pregunta Maggie al darse cuenta.

—Sí. —Su expresión cambia y yo añado «Por favor» antes de que sea demasiado tarde.

—¿Qué te apetece? Puedes tomar lo que quieras.

Miro a uno de los platos sucios con migas.

—¿Una tostada?

Ella pone una carita de fingida tristeza, igual que un payaso.

—Me temo que tu papá se ha comido el pan que quedaba.

Me siento confusa al principio; luego recuerdo que se refiere al hombre del diente de oro.

—No te vayas a preocupar con esa cabecita tan linda. Voy a prepararte tu desayuno favorito. Vuelvo en un periquete.

No sé lo que es un periquete.

Maggie sale de la habitación. Me alegro de que no cierre la puerta; no quiero quedarme sola con John. Él parece como si llevara una alfombra en el pecho, pero al mirar mejor veo que solo es más pelo. Parece que tiene una cantidad tremenda. Él se inclina hacia mi lado y yo me aparto. Entonces veo que está cogiendo un paquete de cigarrillos. Enciende uno y va tirando la ceniza en una taza vacía mientras se ríe con algo de la tele.

Maggie vuelve con un plato. Es extraño, porque ha dicho que iba a prepararme mi desayuno favorito: gachas con miel. Mi hermano solía preparármelas en casa; yo siempre me las comía en un cuenco azul, que era mi preferido aunque estuviera desportillado. Mi hermano decía que podía ser mi favorito a pesar de que ya no fuera perfecto. Decía que las cosas un poco rotas pueden seguir siendo bonitas.

—Bueno, aquí tienes. A comer —dice Maggie.

Sus frías piernas desnudas tocan mis pies cuando vuelve a meterse bajo las sábanas.

—¿Qué es? —pregunto, mirando el plato.

—¡Es tu desayuno favorito, tonta! Galletas con mantequilla. Cómetelas todas, hemos de engordarte un poco; te has quedado demasiado flacucha.

Yo pienso que estoy igual que ayer y que anteayer.

Miro varias veces de Maggie al plato y del plato a Maggie, sin saber qué hacer. Luego cojo una de esas cosas redondas y veo que lleva su propio nombre escrito debajo, igual que mi pijama lleva mi nuevo nombre. Deletreo la palabra en mi cabeza. D-I-G-E-S-T-I-V-A.

—Venga, dale un mordisco —me dice.

Yo no quiero.

—Que-te-la-comas.

Doy un mordisquito y mastico lentamente. Lo único que noto es el gusto de la mantequilla, que me da un poquito de asco.

—¿Qué se dice?

—Gracias.

—Gracias… ¿qué?

—¿Gracias, Maggie?

—No, Maggie, no. A partir de ahora, llámame mamá.

17

Londres, 2017

$\mathcal{H}$oy parece un día de últimas veces.

Mi última vez cruzando las puertas de los estudios Pinewood.

Mi última vez interpretando este personaje.

«Mi última oportunidad.»

Me siento frente al espejo del camerino mientras doman mi melena y disimulan las imperfecciones de mi cara. Hoy no me siento yo misma; ni siquiera estoy segura de recordar quién es esa. Siempre paso un periodo de tristeza cuando dejo de rodar; tantos meses de duro trabajo y de repente todo se acaba. La sensación de final de este día, sin embargo, es más siniestra de lo normal. Guardarme todo lo que me está ocurriendo empieza a pasarme factura, pero solo hay que superar un día más y sé que tampoco soy la única que tiene secretos. Todos tomamos a diario decisiones sobre cuáles revelar y cuáles guardarnos para más adelante, cuando tal vez tengan mejor sabor en nuestra boca.

Al volver a quedarme sola, me miro en el espejo, sin saber a quién estoy viendo, y reparo en una cosa que no es mía. Nina, la mujer maravillosa que transforma mágicamente mi pelo, se ha dejado una revista. La empiezo a hojear, más por aburrimiento que por curiosidad, y me detengo al ver un reportaje a doble página sobre Alicia White.

La mujer que sonríe en la enorme fotografía retocada con Photoshop fue a la misma escuela secundaria y a la misma escuela de arte dramático que yo. Iba un curso por delante, pero parece una década más joven. Alicia White también es actriz. De las malas. Ahora tenemos el mismo agente y a ella siempre le gusta recordar que Tony la contrató antes que a mí. De lo único que me habla siempre es de él, como si las dos participáramos en una especie de silenciosa competición. Ella tiene la necesidad de humillarme cada vez que nos vemos, como si pretendiera ponerme en mi lugar. Pero no hace ninguna falta, en realidad; yo nunca he tenido una gran opinión de mí misma.

Al pensar en ella, recuerdo que Tony me pidió que le llamara, aunque todavía no he conseguido localizarle. Hurgo en el bolso para buscar el móvil y vuelvo a intentarlo. Salta el buzón de voz directamente. Llamo a la oficina, cosa que detesto hacer, y su secretaria descuelga al segundo timbrazo.

—Sí, claro, ahora está libre —gorjea, y me deja en espera.

Escucho una musiquilla clásica, que me pone aún más nerviosa de lo que estaba. Siento una oleada de alivio cuando cesa y Tony me responde. Solo que no es él.

—Disculpe, me he equivocado —susurra su secretaria—. Está en una reunión, pero la llamará más tarde.

Y me cuelga antes de que pueda preguntarle cuándo.

Me concentro de nuevo en la revista, ansiosa por distraerme de algún modo de la creciente lista de preocupaciones que se acumulan en mi mente. Las cosas deben de estar muy mal si tengo que recurrir a leer un reportaje sobre Alicia White.

No siempre he tenido agente. Hasta hace dieciocho meses nadie me quería representar. Estaba en una agencia que apenas hacía otra cosa que mandar mi foto a diversos trabajos y llevarse un cincuenta por ciento cuando conseguía uno. Yo siempre tenía trabajo, aunque no siempre del tipo que deseaba. Cuando Ben y yo nos casamos, era suplente en una obra de teatro de Shaftesbury Avenue. La protagonista se puso enferma una noche y yo actué en su lugar. Resultó que la esposa de mi agente estaba entre la audiencia y le habló bien de mí. Tengo una deuda impagable con ella, porque solo unas semanas después de que Tony empezara a representarme conseguí mi primer papel en el cine.

A veces solo hace falta que una persona crea en ti para que tu vida cambie para siempre. En ocasiones solo hace falta una persona que no crea en ti para destruirla. La humana es una especie muy delicada.

Les doy un respiro a mis cansados ojos y vuelvo a mirar la foto de Alicia. Dejo la revista en mi regazo cuando su cara se vuelve tridimensional y empieza a hablarme. Un catálogo de los comentarios maliciosos que ha soltado en el pasado cae de sus rojos labios de papel.

«A mí Tony me llevó a comer a un restaurante de lujo cuando firmamos el contrato; claro que yo estaba tan solicitada que todo el mundo quería representarme, lo cual no es tu caso», dice la Alicia de la revista, agitando su larga melena rubia. Sus mechas se despliegan como serpentinas fuera de la página, cayendo sobre mi regazo.

«Me sorprendió mucho que decidiera representarte. ¡A todo el mundo le sorprendió!», continúa, arrugando su perfecta naricita de papel hacia mí.

«Fue muy amable de su parte darte una oportunidad, aunque él siempre ha sido un hombre caritativo.» De su bolso saca un billete de cincuenta libras, lo enrolla y enciende un extremo. Luego inhala como si fuera un cigarrillo y me lanza una nube de humo a la cara. Me pican los ojos, y me digo que es por eso que se me están llenando de lágrimas.

«No es que tu cara encaje con las de sus otros clientes; vamos, es que no encaja en absoluto.» En eso tiene razón; yo no encajo en ninguna parte, jamás he encajado.

«Ya sabes que algún día se deshará de ti, ¿no? Muy pronto, me imagino. ¡Y entonces no volverás a encontrar trabajo!» Echa la cabeza atrás y se ríe como una malvada de comedia, arrojando por la boca diminutas palabras en blanco y negro, mientras las páginas se doblan para formar arruguitas alrededor de sus ojos.

Me despiertan unas risas fuera de mi camerino y me doy cuenta de que he dado una cabezada en la silla. Estaba soñando. Apenas he dormido durante tres noches seguidas y estoy tan cansada que temo estar perdiendo el juicio. Arranco a Alicia de la revista, estrujo su cara y la tiro a la papelera; en cuanto desaparece, me siento más calmada.

Alicia White me odia, pero no parece capaz de dejarme en paz. Durante los últimos meses, ha copiado mi corte de pelo (aunque reconozco que le queda mejor a ella…, todo le queda mejor); ha copiado mis ropas, e incluso ha usado las mismas respuestas que yo doy en las entrevistas, reproduciéndolas «palabra por palabra». Aparte del color de su cabello, teñido con agua oxigenada, es como si quisiera ser yo. La gente dice que la imitación es la forma de halago más sincera, pero yo no me siento halagada, sino asustada.

Aparte del agente y la profesión, no tenemos absolutamente nada en común. Para empezar, ella es guapa, al menos exteriormente. Por dentro ya es otra cosa, y debería aprender a disimularlo mejor. Ser una bruja quizá funcione en otras profesiones, pero no en esta. La gente habla, y lo que se dice de Alicia raramente es bueno. Eso me hace pensar que yo no podría ser agente; solo querría representar a buenas personas.

Hay algo que me mosquea, y siento la necesidad de rebobinar, no solo de reiniciarme. Me agacho y saco de la papelera la bola de papel estrujado. Aliso con la palma la imagen de Alicia. Miro su cara, sus ojos, sus relucientes labios rojos. Entonces leo la última pregunta de la entrevista y me siento enfermar.

—¿Cuáles son los tres artículos de maquillaje sin los que no puede salir de casa?

—¡Ah, muy fácil! Rímel, lápiz de ojos y mi pintalabios Chanel Rouge Allure.

El nombre de ese pintalabios no es nuevo para mí. Lo tengo escrito en mi mente en letras indelebles: es el pintalabios que encontré bajo mi cama de matrimonio cuando volví el año pasado del rodaje.

«¿Alicia White se acostó con mi marido?»

El primer ayudante de dirección me reclama con un golpe en la puerta; estrujo la cara de Alicia en una bola aún más apretada y la tiro a la papelera antes de abandonar el camerino y salir con él. Charlamos educadamente de naderías mientras el cochecito de golf traquetea por los terrenos del estudio. El primer ayudante aún es joven y se preocupa por cosas que no le preocuparán más adelante, tal como hacíamos todos antes de descubrir lo que la vida nos tenía reservado. Escucho sus congojas, intercalando de vez en cuando un comentario comprensivo, mientras circulamos a menos de treinta kilómetros por hora. Disfruto de la ligera brisa que me da en la cara y del olor a serrín y pintura que impregna el ambiente de todos los platós de rodaje. Me hace sentir como en casa.

Los diseñadores se pasan meses construyendo mundos enteros y luego, cuando termina la película, los desmantelan del todo, como si nunca hubieran existido. Igual que en una ruptura, solo que de una forma más material y menos dañina. A veces resulta difícil despedirse de los personajes en los que me he convertido. Paso tanto tiempo con ellos que al final empiezan a ser como miembros de la familia…, quizá porque yo no tengo una familia de verdad.

Mi ansiedad está en su punto más álgido cuando el carrito dobla la última esquina. No he ensayado para el rodaje de hoy, como suelo hacer; no he tenido tiempo. El tráfico de pensamientos inquietantes ha llegado a un atasco en mi mente, como si fuera la hora punta ahí arriba, y me siento varada en un lugar donde no quiero estar.

Nos detenemos frente a nuestro destino final: un enorme almacén que contiene la mayor parte de los interiores de *A veces mato*. Vacilo antes de entrar. Tengo la mente tan atestada con lo que está pasando en mi vida privada que, por un instante, ni siquiera consigo recordar qué escena estamos rodando.

—Bien, ya estás aquí. Hoy necesito que muestres algo especial, Aimee —ladra el director en cuanto me ve—. Tenemos que creer que tu personaje es capaz de matar a su marido.

Siento una ligera náusea. Es como si estuviera atrapada en una broma de tamaño natural.

Me planto en el set de mi cocina ficticia, esperando a que mi marido ficticio llegue a casa, y veo que Jack me sonríe antes de la primera toma.

Nadie sonríe cuando llegamos a la número veinte.

No paro de olvidar mis diálogos, cosa que nunca me sucede. Estoy segura de que en este momento el resto del reparto y los miembros del equipo deben maldecirme. Yo podré volver a casa después de esta escena, pero ellos no. Suena la claqueta, el director dice «Acción» de nuevo, y yo me esfuerzo todo lo posible para hacerlo bien esta vez.

Me sirvo una bebida que nunca me trago; luego finjo sorpresa cuando Jack aparece a mi espalda y me rodea la cintura con los brazos.

—Ya está —digo, volviéndome para mirarlo.

Su cara cambia de golpe, exactamente como lo ha hecho en las diecinueve tomas anteriores.

—¿Qué quieres decir?

—Ya lo sabes. Ya está. Asunto resuelto. —Me llevo el vaso a los labios.

Él da un paso atrás.

—No creía que fueras a hacerlo.

—Él no me daba lo que quería, pero estoy segura de que tú sí lo harás. Te amo. Quiero estar contigo; nadie más va a interponerse entre nosotros.

La palabra «Corten» resuena en mis oídos y, por la expresión que tiene el director, deduzco que esta vez lo he clavado. En cuanto él haya repasado la secuencia, podré irme.

Estoy charlando con Jack afuera, a la luz del sol, cuando el carrito de golf reaparece a lo lejos. Al principio no le doy más importancia y continúo charlando sobre el calendario de posproducción. Pero luego mis ojos identifican algo familiar en la silueta de la mujer a la que están trayendo hacia nosotros.

«No puede ser.»

La inspectora Alex Croft luce una sonrisa más amplia de lo que la había imaginado capaz. El vehículo se detiene justo frente a nosotros y ella se baja sonriendo. Su secuaz —él nunca sonríe— salta del asiento posterior, orientado hacia atrás, y se alisa los pantalones como si la posición en el asiento le hubiera dejado una mortificante arruga.

—Gracias —le dice Croft al conductor—. Y gracias a usted también —añade, mirándome.

—¿Por qué? —pregunto.

—Siempre había deseado dar una vuelta en un carrito por un estudio de cine. ¡Y ahora ya lo he hecho! ¡Todo gracias a usted! ¿Hay algún sitio donde podamos hablar?

—Esto es un plató cerrado —dice el director, apareciendo justo cuando yo creía que las cosas ya no podían empeorar—. No sé quién es usted, pero no puede estar aquí.

Ella sonríe.

—Esta es mi placa y significa que sí puedo. Siento haber olvidado presentarme entre tanta excitación y tanto glamur. Soy la inspectora…

Leo las preguntas desconcertadas en la cara de Jack sin que él tenga que decir nada.

—Lo lamento, han venido aquí por un problema personal. Yo me encargo —la interrumpo, y espero hasta que los demás se alejan y no pueden oírnos.

Jack sigue lanzando miradas inquietas por encima del

hombro y yo le sonrío tranquilizadoramente para transmitirle que todo va bien.

—¿Era necesario que vinieran aquí? —pregunto, cuando creo que nadie me oye.

—¿Hay alguna razón por la que no quisiera que viniéramos?

—Podría haberme llamado.

—Podría, pero entonces no habría tenido la ocasión de ver todo esto. Usted debe estar acostumbrada, pero para mí, bueno, esto es como un viaje a Disneyland. Y que conste que nunca he estado allí.

—¿Qué quiere?

—Creo que la primera pregunta que haría la mayoría de la gente en su situación sería: «¿Han encontrado a mi marido?».

—¿Han encontrado a mi marido?

—No, lamentablemente no lo hemos encontrado, pero necesito que me ayude en una cuestión. ¿Hay algún lugar donde podamos hablar en privado?

Su rostro se ilumina como un árbol de Navidad cuando entramos en mi camerino.

—Así que realmente hay luces alrededor del espejo y toda la pesca —dice, sonriendo.

—Sí, así es. Ha dicho que necesitaba mi ayuda.

—En efecto. Creo que quizá nos hicimos un lío durante su declaración, motivo por el cual me disculpo. Trabajamos una cantidad de horas demencial y a veces cometemos errores. —Saca su iPad del bolsillo interior de la chaqueta—. Tengo anotado que después de salir del restaurante usted se fue directa a casa, se metió en la cama y, al día siguiente, se fue a trabajar, dando por supuesto que su marido había dormido en la habitación de invitados.

—Así es.

—Solo que no teníamos noticia de que usted hubiera ido a dar una vuelta con el coche de su marido.

—No lo anotaron porque yo no hice tal cosa.

—¿De veras? Pues sin duda parece usted... —Vuelve la pantalla hacia mí; con un dedo índice pequeño y huesudo, con la uña bien recortada, va pasando las imágenes—. Quiero decir, soy consciente de que la imagen es un poco granulosa comparada con la que tenemos del restaurante, pero en esta parece usted aparcando el coche de su marido en la gasolinera... y en esta parece usted pagando en la caja. Verá, nosotros solo contamos con el recibo de la tarjeta de crédito, y me imagino que cualquiera daría por supuesto que la persona en cuestión estaba llenando el depósito. Desde luego es lo que yo pensé, y por eso necesito su ayuda, porque, según los registros, esta mujer (la que conduce el coche de su marido y emplea su tarjeta de crédito: la mujer que se parece tanto a usted), bueno, no estaba pagando la gasolina. Estaba comprando varias botellas de gel de encendido, de esas que se utilizan para rociar la barbacoa si eres un poco impaciente. ¿Seguro que no es usted? Me refiero a la mujer de la imagen de la pantalla, no necesito saber si es usted impaciente.

Observo a la mujer de la fotografía. Una mujer con un abrigo que parece igual que el mío, con el pelo oscuro y rizado hasta los hombros y con unas enormes gafas de sol en la cara.

—No, no soy yo.

—Pues se le parece mucho. ¿No cree que esta mujer se parece a la señora Sinclair, Wakely?

—Eso fue lo que pensé.

—¿Han investigado a la mujer de la que les hablé, esa que me acosaba? —pregunto.

—¿Por qué? ¿Se parece a usted?

—Sí. Nunca la he visto de cerca, pero solía vestir como yo y se quedaba plantada delante de nuestra antigua casa.

—¿Sabe cómo se llama?

—No, ya se lo dije. No sé su nombre real.

—¿Qué nombre usaba?

Titubeo, porque no deseo decirlo en voz alta, pero me doy cuenta de que no me queda otra.

—Se llamaba a sí misma Maggie. Maggie O'Neil, pero ese no es su nombre real.

—¿Cómo lo sabe?

—Porque Maggie O'Neil está muerta.

18

Essex, 1987

—*E*spabila. Hoy debes levantarte, vestirte y venir abajo. No tengo tiempo para andar vigilándote —dice Maggie, que entra de golpe en mi cuarto vestida con un camisón.

Descorre las cortinas, dejando a la vista otro día lluvioso por detrás de los barrotes de la ventana. Aparta la colcha de mi cama y yo me estremezco. Aún llevo el pijama con la palabra AIMEE delante, para recordarme cuál es mi nuevo nombre. Lo he llevado desde que llegué aquí; hace unos tres días, creo.

—¿Por qué hay barrotes en la ventana? —pregunto.

—Para mantener a raya a los hombres malos. Hay personas malas que intentan llevarse cosas que no son suyas, y los barrotes nos ayudan a estar a salvo. —Yo no me siento a salvo cuando lo dice; más bien me siento asustada. Luego pienso que yo no soy suya, pero que ella se me llevó igualmente. Maggie se acerca al armario, lo abre y veo que está lleno de ropa. De otra persona. Coge un top morado y unos pantalones y los deja sobre la cama, junto con unas bragas y unos calcetines—. Ponte esto —dice, saliendo de la habitación.

Cuando vuelve, está vestida y tiene la cara cubierta de color: naranja en las mejillas, marrón en los ojos, rojo en los labios. Lleva una falta corta y unas botas altas. Me mira a mí con mis pantalones, que se me caen todo el rato, y mueve la cabeza, chasqueando la lengua. Siempre chasquea la lengua.

—Aún estás demasiado flaca; has de comer más. Quítatelos.

Hago lo que me dice mientras vuelve a abrir el armario. Su mano golpea las perchas colgadas de la barra como si estuviera enfadada con todo lo que ve.

—A ver, pruébate esto. —Extiende una prenda de tela azul oscuro y me hace meter una pierna y luego la otra. Nunca había visto nada parecido.

—¿Qué es?

—Se llama mameluco —responde, atándome los tirantes. Yo repito el nombre calladamente, disfrutando de la forma silenciosa en que la nueva palabra obliga a poner mi lengua dentro de la boca—. Venga. Tengo mucho que hacer. Bajemos, date prisa.

No había bajado las escaleras desde que llegué.

Lo tengo prohibido.

Incluso hay una reja blanca arriba para recordármelo.

Cuando Maggie abre la reja y me empuja hacia el primer escalón, me asusto. Ya había olvidado la cantidad de escalones que hay y me entra dolor de barriga al mirarlos. Nosotros no teníamos ningún escalón en casa, vivíamos en lo que llaman un bungaló, y creo que prefería vivir a ras de suelo.

—¿Qué son estas cosas? —pregunto, pisando una de las tiras anaranjadas de madera con mucho cuidado para no lastimarme los pies con los pinchos metálicos.

—Se llaman agarradores de alfombra; y la cosa verde es forro de alfombra. Venga, date prisa.

—¿Y dónde está la alfombra? —Paso los dedos por la pared de corcho.

—La alfombra cuesta dinero, y el dinero no crece en los árboles. Tú tienes una bonita alfombra en tu habitación, y es lo único que debe importarte. Tienes la habitación más bonita de todo el piso, así que debes sentirte agradecida, bebé.

Así es como le gusta llamarme ahora: bebé. Otro nombre nuevo, como Aimee.

Al llegar al final de la escalera, pienso que quizá vamos a salir y me preocupa no llevar ni abrigo ni zapatos. Pero no salimos. Maggie saca su llavero gigante y empieza a abrir la puerta metálica que vi la primera noche, cuando llegué aquí. Luego descorre los cerrojos de arriba, de en medio y de abajo. Cuando abre la puerta, no veo nada, está todo oscuro, pero entonces aprieta un interruptor y se encienden todas las luces del techo. Es como si hubiéramos entrado en una nave espacial.

—Esto es «la tienda» —dice.

No parece una tienda. Hay pantallas de televisión por todas partes, y yo me pregunto cómo puede mirar alguien más de un programa a la vez. Las paredes son blancas y están cubiertas de recortes de periódico, de carteles llenos de números y fotos de caballos. Hay unos taburetes de cuero negro que son más altos que yo, y ceniceros por todos lados. En un rincón, hay un mostrador que se parece un poco a los de los bancos. Tiene un panel de cristal con varios agujeros para poder hablar.

—Tú no debes entrar nunca en «la tienda» cuando tenemos clientes. Has de quedarte en la «trastienda» —dice, abriendo la puerta que da a la parte de detrás del mostrador.

Veo dos cajas registradoras y un montón de trocitos de papel.

—¿Qué vende la tienda?

—Somos corredores de apuestas.

Me quedo pensando un momento.

—¿Y por dónde corréis?

—Los que corremos no somos nosotros.

—Entonces, ¿qué vendéis?

Ella piensa un momento y sonríe.

—Sueños.

No lo entiendo.

Entramos en otra habitación donde hay varios teléfonos, una

máquina que da un poco de miedo y un fregadero mugriento. Y luego pasamos a un cuarto más pequeño, con solo un escritorio polvoriento, una silla y un televisor diminuto, y otra puerta con cerrojos que quizá debe dar a la calle. Me sienta en la silla de un empujón. Su mano me hace daño en el hombro.

—¿Podré volver a casa a tiempo para celebrar mi cumpleaños la semana que viene? Voy a cumplir seis años el 16 de septiembre.

—Ahora esta es tu casa, y tu cumpleaños no es la semana que viene. Es en abril del año próximo, y cumplirás siete.

No sé qué responder. Se equivoca. Yo sé los años que tengo y cuándo es mi cumpleaños.

—¿Sabes lo que es una apuesta? —pregunta.

—Sí.

—A ver, dímelo.

—Es como si te apuesto una castaña a que lloverá mañana.

Ella se ríe, recordándome lo guapa que es cuando sonríe.

—Sí, chica lista, es eso exactamente. La tienda es un sitio donde la gente viene a hacer apuestas, pero no sobre el tiempo: apuestan sobre todo por caballos y, a veces, por perros.

—¿Caballos y perros? ¿Cómo puedes apostar por un caballo?

—Bueno, los caballos corren en las carreras y la gente apuesta a cuál llegará primero. Pero no lo hacen por castañas, lo hacen por dinero.

Trato de entenderlo.

—¿Y si pierden?

—Buena pregunta. Si pierden, nosotros nos quedamos su dinero y compramos más alfombras para el piso. ¿Entiendes?

Niego con la cabeza y ella empieza a parecer irritada.

—Si es una tienda, ¿no tienes que vender algo?

—Claro, ya te lo he dicho. Vendemos sueños, bebé. Sueños que nunca se harán realidad.

19

Londres, 2017

—$\mathcal{M}$e temo que aún no la sigo.

La inspectora Croft y su secuaz llevan ya un rato en mi camerino, y empiezo a tener la sensación de que aquí no hay suficiente oxígeno para los tres. No dejo de mirar hacia la puerta, como si fuera una salida de emergencia por la que me gustaría escapar, pero ella sigue observándome fijamente y suelta otro suspiro antes de continuar.

—Se lo pregunto de nuevo: ¿qué ocurrió cuando volvió de la gasolinera?

—Y yo ya le he respondido varias veces que no fui a la gasolinera. Salí del restaurante y me marché sola a casa a acostarme.

Ella niega con la cabeza.

—¿No se ha preguntado por qué enviaron a dos detectives a su casa cuando usted denunció la desaparición de Ben?

—Bueno…

—No es el procedimiento habitual, pero en este caso se consideró que su marido se hallaba en una situación de alto riesgo. ¿Quiere saber por qué?

Yo la miro, no muy segura de querer saberlo.

—Porque aquel día, unas horas antes de su desaparición, se presentó en la comisaría y la denunció por agresión y lesiones... O es usted muy buena actriz, o deduzco que no lo sabía.

Tengo la sensación de estar cayendo, así que me siento. Es como si en los últimos dos días me hubiera metido en un desquiciado universo paralelo donde sigo siendo yo misma, pero todo y todos a mi alrededor están retorcidos y deformados. Al ver que no digo nada, ella continúa.

—Su marido mencionó que usted fue diagnosticada de niña de cierto tipo de amnesia. Que este tipo de dolencia implicaba que a veces olvidaba los hechos traumáticos, que los borraba de su memoria por completo, sin darse cuenta siquiera. Dio a entender que sus síntomas persistían, pero que usted lo negaba. De tal manera que usted piensa que tiene una memoria perfecta, pero en realidad podría olvidar algunas de las cosas que ha hecho cuando está alterada. ¿Hay algo de cierto en todo esto?

—No. O sea, sí. Me diagnosticaron un trastorno cuando era pequeña, pero era un diagnóstico erróneo. No he olvidado nada desde entonces.

Tampoco olvidé nada de lo que sucedió en el pasado, solo lo fingí. Conservo los recuerdos de mi vida anterior en un viejo baúl dentro de mi cabeza. Un baúl que ha permanecido cerrado durante mucho tiempo.

—¿Está segura de esto?, ¿de que no sigue experimentando una pérdida de memoria de algún tipo? Fue uno de los motivos por los que su marido decidió no presentar cargos.

—Presentar cargos... ¿por qué?

—¿Usted bebe, señora Sinclair?

—Todo el mundo bebe.

—¿Cree posible que estuviera demasiado borracha aquella noche como para recordar lo que ocurrió entre usted y su marido?

«No. Lo recuerdo todo. Simplemente soy muy egoísta con la mayor parte de mis recuerdos; prefiero no compartirlos.»

—¿Necesito un abogado?

—No lo sé. ¿Cree que lo necesita? Usted dijo, y cito sus palabras, que fue «una simple bofetada», ¿no? —Aguarda a que responda, pero yo no digo nada. Empiezo a pensar que quizá será mejor decir lo menos posible—. ¿Dónde está su marido, señora Sinclair?

Algo dentro de mí se quiebra.

—¡No-lo-sé! ¡Por eso les llamé a ustedes!

El volumen de mi voz me sorprende, pero ella no se inmuta.

—¿Ha conseguido encontrar una foto reciente de Ben para ayudarnos a investigar?

—No.

—No se preocupe. Yo tengo una aquí. —Mete la mano en el bolsillo y saca una fotografía de la cara de Ben ensangrentada y magullada, con un ojo casi cerrado por la hinchazón. Nunca le he visto con ese aspecto. Está casi irreconocible—. Este es el aspecto que tenía su marido cuando acudió a la comisaría el día que, según usted, desapareció. Tenía la nariz rota por dos sitios. No soy médica, pero yo diría que estas lesiones las causó algo más que «una simple bofetada». El único motivo por el que no la detuvimos fue que él renunció finalmente a presentar cargos. Creo que le tenía miedo.

Admito que mi mente pueda tener una fisura, pero mi memoria funciona perfectamente.

«No estoy loca.»

—¡Esto es demencial! Yo nunca le he visto con ese aspecto…

—Su marido declaró que la había interpelado sobre la aventura que él creía que usted mantenía con Jack Anderson, su coprotagonista en esta película. ¿Hay algo de cierto en ello?

—¡Eso no es asunto suyo!

—Todo lo que contribuya a localizar a su marido y a garantizar su seguridad es asunto mío. Unas horas después de que él abandonara la comisaría, usted denunció su desaparición. Dígame, señora Sinclair, ¿dónde está ahora su marido?

Hay un ruido ensordecedor. Lo único que quiero es que deje de hablar. O que alguien me explique lo que está pasando con un mínimo de lógica.

—Ya se lo dicho, no lo sé. Si supiera dónde está, o si le hubiera hecho daño yo misma, ¿por qué iba a llamar a la policía?

Ella mueve la cabeza.

—Una última pregunta: ¿puede recordarme a qué hora dijo que volvió a casa el día que descubrió que su marido había… desaparecido?

—Hacia las cinco de la tarde, me parece, aunque no lo sé con exactitud.

Veo que Wakely toma nota.

—Vaya, esto es interesante, porque significa que usted estaba en casa cuando su marido hizo una última llamada con ese móvil que usted dijo que era suyo, el que estaba sobre la mesita de café. Ben llevaba un tiempo visitando a un psicólogo especializado en violencia doméstica… y dejó un mensaje en el teléfono del psicólogo. ¿Quiere saber lo que dijo?

«No, la verdad.»

Ella pulsa un botón de su iPad y la voz de Ben, apenas un cuchicheo, inunda el camerino. Es como oír a un fantasma: «Disculpe que llame, pero me dijo que podía hacerlo si volvía a sentirme en peligro, y creo que ella va a matarme».

20

Essex, 1987

—Se te van a quedar los ojos cuadrados —dice Maggie, levantándose de la cama y apagando la televisión.

Ya llevo viviendo aquí mucho tiempo y siempre me está diciendo eso; me miro los ojos en el espejo todas las veces que puedo para comprobar que aún los tengo redondos. Ahora sigo mirando la pantalla, aunque la imagen ha desaparecido. En ella veo a una niña, una especie de fantasma gris de mí misma que sonríe cuando sonrío, que se levanta cuando me levanto y que está triste cuando estoy triste. No veo lo que hace cuando me doy la vuelta y me marcho, pero a veces me imagino que ella se queda donde está, dentro de la pantalla. Observándome.

—¿Sabes qué es lo mejor de la Navidad? —pregunta Maggie.

Se me había olvidado que ella había dicho que hoy era Navidad y no respondo.

—¡Las sorpresas!

Me envuelve la cabeza con uno de sus sujetadores, como si fuera un antifaz. No siempre me gustan las sorpresas de Maggie. Me levanta y me lleva hacia la puerta del piso que nunca he cruzado hasta ahora. Está cerrada, y me da miedo lo que pueda haber detrás. Oigo que saca su llavero gigante y que abre. Entramos arrastrando los pies. Está oscuro, pero noto una alfombra mullida bajo mis pies, igual que en mi habitación. Me quita el sujetador de la cara, cosa que me alivia, pero todavía no veo nada hasta que descorre unas cortinas de aspecto pesado.

La habitación es preciosa, como la gruta de los Dunnes Stores de Galway por Navidad. Tiene un bonito estampado de flores rojas y blancas en todas las paredes y una alfombra roja en el suelo. Veo un gran sofá rojo con montones de cojines y una chimenea que se parece un poco a la de casa. Hay cadenas de papel colgadas de un techo blanco con redondeles y, en un rincón, un gigantesco árbol verde cubierto de espumillón, con una gran estrella plateada arriba. Y lo mejor de todo, hay regalos debajo, más regalos de los que nunca vi.

—Bueno, venga, a ver si hay algo para ti —dice Maggie.

Lleva una camiseta amarilla con una carita sonriente y se pone de rodillas con alegría. Pero los dientes le castañetean, lo cual hace que los míos también. Da la sensación de que el frío de la habitación es de esos que te hacen toser y estornudar, algo que se puede contagiar. Ella aprieta un interruptor que hay en la chimenea y veo que el fuego no es real, solo unas llamitas azules de mentira. Luego aprieta otro interruptor y aparecen unas lucecillas de colores por todo el árbol. Es precioso. Sin embargo, de repente se apagan las luces del árbol y el fuego, y la cara de Maggie pasa rápidamente de la alegría al enfado.

—Maldita sea, John, se suponía que iba a ser perfecto.

Mira hacia atrás. Cuando me vuelvo, lo veo en el umbral. Ni siquiera me había dado cuenta de que estaba aquí; siempre parece escondido en las sombras.

—Para el carro —replica él, metiéndose la mano en el bolsillo de los vaqueros y desapareciendo por el pasillo.

Lo que ha dicho es una tontería: Maggie no tiene ningún carro.

En el gran armario que está en lo alto de la escalera hay una cosa que se llama «contador». Es en el mismo sitio donde están la tabla de planchar y el aspirador, aunque no es que los usemos nunca. Si no ponemos peniques suficientes en la boca del contador, se va la corriente. Hay que alimentarlo sin parar, como a un dragón-mascota. John debe de haberle echado más monedas, porque las luces y el fuego vuelven a encenderse.

Maggie pone otra vez su cara alegre, igualita que la que lleva en la camiseta.

—Bueno, venga —dice.

Me acerco al árbol y, al agacharme, veo que todos los regalos tienen unas etiquetas con el nombre atadas con un lazo. Le doy la vuelta a uno y veo que dice «AIMEE». Cojo otro y pone lo mismo. Pero todos están cubiertos de polvo, como si hubieran estado mucho tiempo bajo el árbol. Miro por la habitación y veo que todo lo demás también está lleno de polvo.

—¿No vas a abrirlos? —pregunta John, encendiendo un cigarrillo y sentándose en el sofá—. No veo por aquí a nadie más que se llame Aimee, ¿verdad?

Justo cuando lo dice, veo a otra niña en la habitación, o al menos una fotografía suya enmarcada en la repisa de la chimenea. Se parece a mí, aunque es mayor, y tiene el pelo igual de largo que yo. Maggie se da cuenta de que la estoy mirando y pone la foto boca abajo.

—Abre tus regalos —dice, cruzando los brazos.

Cojo el que tengo más a mano, ensuciándome las manos y el pijama de polvo. Lo abro lentamente, despegando cada trocito de cinta adhesiva y procurando no desgarrar el precioso papel. Dentro veo una cosa de lana anaranjada y la saco. John me hace una foto con su Polaroid. Es algo que le encanta. No para de sacarme fotografías en todas partes: en la tienda, en mi habitación, en el baño. No creo que las fotos que me hace por la noche en el baño o en la cama sean muy buenas, porque nunca nos las enseña ni a Maggie ni a mí.

—¡Es Rainbow Brite, la protagonista de *La tierra del arcoíris*! ¡Es tu muñeca favorita! ¿Te gusta? —me dice Maggie.

Asiento, sin saber muy bien quién es Rainbow Brite, pero recordando que está en la colcha y en el papel pintado de mi habitación.

—Venga, abre otro.

Esta vez es una máquina roja.

—Es un reproductor de casetes Fisher-Price nuevecito, para que puedas escuchar todas esas casetes de *Story Teller* que tanto te gustan. Pero este procura no romperlo, ¿eh?

«Yo no he roto nada.»

—¿Y qué se dice ahora, antes de abrir el siguiente?

Pienso un buen rato antes de responder, porque Maggie se enfada muchísimo cuando me equivoco. Finalmente, se me ocurre la respuesta y me vuelvo hacia ella.

—Gracias, mamá.

Cojo otro regalo, confiando en que aún me dejen abrirlo.

Ella me sonríe.

—De nada, bebé.

21

Londres, 2017

—¿*E*stás bien? —pregunta Jack.

No. Mi marido está intentando incriminarme. La única persona que me ha conocido de verdad, que yo creía que me amaba, va a por mí de un modo increíblemente retorcido. Estoy aterrorizada y hecha polvo, y muy cabreada, todo a la vez.

Jack ha llamado a la puerta de mi camerino en cuanto la policía se ha ido. Creía que eran ellos otra vez, así que verlo ahí plantado no me produce más que alivio.

—Estoy bien —digo.

Él entra sin que le invite a hacerlo. Me apresuro a cerrar la puerta.

—Eres una gran actriz, pero mientes fatal. Dime que me meta en mis asuntos si quieres, pero he pensado que quizá necesitaras hablar, y me preguntaba si te apetecería tomar una copa rápida en el bar. Esta ha sido nuestra última escena juntos, al fin y al cabo, y me parece que voy a echar de menos tu cara.

Me encantaría tomar una copa. Tampoco es que me espere nada interesante en casa. Ben, obviamente, ha decidido castigarme del modo más sofisticado y original posible. Me cuesta creer que todo esto se le haya ocurrido a él solo. Ahora que sé que acudió a la policía a contarles esa historia de que yo le había agredido, toda la inquietud que sentía se ha transformado en odio. Pero seguro que no puede tener planeado seguir con esto eternamente. A la vista de los hechos, que por sí solos han formado un montón más alto que las verdades mal recordadas, y aunque estoy segura de que es la decisión equivocada, acepto tomarme una copa.

—Sí, suena bien. Un momento, voy a coger el bolso.

—Perfecto. Quizá deberías cambiarte también, *mon amie*.

Sigo la mirada de Jack a lo largo de mi cuerpo y caigo en la cuenta de que aún llevo el largo camisón de seda que me ha puesto antes la gente de vestuario. No puedo creer que haya estado hablando así con la policía. Queda todo cubierto, pero por debajo estoy completamente desnuda, y yo misma veo la silueta de mis pezones a través de la fina tela rosada.

—¿Seguro que estás bien? Ya sabes que puedes confiar en mí, ¿no? —La amabilidad de su tono perfora mi armadura y los ojos se me llenan de lágrimas—. Mierda, perdona, no pretendía hacerte llorar.

Me rodea la cintura con un brazo y me atrae hacia sí. Me quedo inmóvil de entrada, porque no sé muy bien qué hacer sin guion ni indicaciones escénicas. Él me limpia las lágrimas y me da un beso en la frente. Parece un gesto un poco artificioso, pero ese es el problema con los actores, que nunca saben cuándo parar. Aun así empiezo a relajarme y apoyo la cabeza en su hombro y cierro los ojos mientras él me acaricia el pelo. Aspiro su aroma y, cuando se acerca más, no me resisto. Disfruto de la sensación de su cuerpo junto al mío; me imagino su pecho bajo la camisa y me veo quitándosela. Noto su corazón casi tan acelerado como el mío.

—Pero si quieres entrar en el bar con un camisón *sexy* transparente, adelante, tampoco hace falta escandalizarse. Yo no te lo voy a impedir.

Me echo a reír. Jack es uno de esos hombres que creen que pueden curarlo todo a base de humor.

—O puedo ayudarte a quitártelo…

Supongo que aún sigue bromeando, así que me meto detrás del biombo para vestirme de un modo menos insinuante. Luego me apresuro a quitarme el maquillaje manchado de lágrimas, mientras Jack manipula su móvil. Se le ve tan concentrado que me pregunto qué demonios estará haciendo. Revisar su cuenta de Twitter, seguro.

Recorremos el pasillo hasta el Club Bar de Pinewood atrayendo las miradas de todos aquellos con los que nos cruzamos. A veces el bar se utiliza como decorado, pero durante el resto del tiempo cualquiera puede tomarse algo aquí: un buen ejemplo de cómo la vida imita al arte y obtiene de paso un pingüe beneficio. El local está concurrido, pero el encargado pide a dos personas que se cambien de sitio, liberando una mesa para nosotros. Detesto este tipo de cosas, pero estoy demasiado cansada para quedarme de pie y acepto el ofrecimiento. Además, si les han pedido a esas personas que se cambien es por Jack, no por mí. Sin duda, él es un actor de primera fila; todo el mundo le saluda y le mira sonriendo. Es como entrar en un bar con un Tom Cruise más alto, y yo estoy encantada de ocultarme bajo su sombra.

—No tienes que contármelo si no te apetece, pero estoy a tu disposición si quieres hacerlo —dice, una vez que hemos escogido una botella de vino.

Todo el mundo tiene que ir a pedir a la barra, pero Jack no.

—Ben ha desaparecido.

Él me mira frunciendo el ceño.

—¿Y por qué viene la policía aquí, en lugar de buscarlo?

—Porque creen que yo tengo algo que ver.

«Está bien poder decirlo en voz alta. En cierto modo, resulta menos terrorífico.»

Jack me mira unos momentos, luego echa la cabeza hacia atrás y se ríe a carcajadas. Se le pone la cara roja y se agarra el pecho como si le doliera de tanto reírse.

—Chist, no tiene gracia —le susurro.

Pero su reacción me ha hecho sonreír por primera vez desde hace días.

—Perdón, no puedo evitarlo. Ya sé que interpretas a una malvada de verdad en la película, pero cualquiera que te conozca en la vida real sabe que tú no podrías hacerle daño a nadie…

«Supongo que debo ser mejor actriz de lo que yo creo.»

—Seguro que todo es un malentendido; aparecerá mañana. Yo me ausentaba con frecuencia sin decirle a mi esposa dónde estaba… Quizá por eso ya no estoy casado. Además, tu hombre es periodista, ¿no? Probablemente está borracho en algún bar. ¿No es lo que suelen hacer los periodistas?

—Sí, quizá tengas razón —digo, sabiendo que se equivoca.

—*Bien sur, je suis très intelligent!*

—¿A qué vienen estas salidas en francés?

—Estoy tratando de impresionar a cierta dama que conozco. ¿Crees que lo estoy logrando?

Niego con la cabeza.

—*Merde.*

Jack se excusa y desaparece en dirección al baño, dejándome sola con mis pensamientos y temores. Está claro que Ben me ha tendido una trampa para castigarme por algo que ni siquiera he hecho. De eso se trata: de una venganza. Ben no solo es mayor que yo; también es más inteligente. Ha vivido más, ha leído más y ha visto más. Conoce el mundo como yo nunca lo conoceré. En cambio, yo sé juzgar mejor a la gente. Eso a él siempre le ha costado. Entiendo a la gente y por qué hacen lo que hacen. Y comprendo a Ben. Pretende hacerme daño arruinando la carrera profesional que, según él, ha destruido nuestro matrimonio.

Pero no voy a permitirlo.

Jack regresa y sirve dos copas de vino tinto. Noto que llena la mía considerablemente más que la suya.

Doy un sorbo.

—Gracias por tu apoyo. Estoy segura de que tienes razón y todo se arreglará.

—Pues claro —dice—. Tú no matarías ni a una mosca.

22

Essex, 1988

$\mathcal{M}$ato la mosca sobre la pantalla de la tele con un periódico enrollado, tal como Maggie me enseñó, y me siento satisfecha conmigo misma por haberla pillado a la primera.

Me he acostumbrado al pequeño cuarto trasero donde paso el rato cuando la tienda de apuestas está abierta. Ya me sé de memoria todas las grietas de las paredes y las marcas del escritorio; y he aprendido a recordar que debo ponerme un abrigo por la mañana, aunque esté todo el día dentro, porque el radiador se ha estropeado y hace frío. Es el abrigo de otra persona el que llevo; tiene su nombre cosido por dentro por si se me olvida. Pero ahora es mío. Mi nombre, mi abrigo.

Me paso el tiempo leyendo, mirando la televisión y escuchando cintas de *Story Teller* en mi reproductor Fisher Price. Cuando se me agotan las historias que leer, mirar o escuchar sobre otras personas, me invento mi propia historia sobre una niña que vivía en Irlanda. Me cuento a mí misma mi historia para no olvidarla. Lo hago susurrando para que no pueda oírla nadie, y me gusta ver las nubecillas de mi propio aliento cuando las palabras salen de mis labios a hurtadillas. A veces imagino que soy un bebé de dragón y que un día aprenderé a volar hasta casa y quemaré a los que hayan sido malos conmigo.

La tienda es muy ruidosa. Oigo el alboroto de las carreras

de caballos todo el día, y los hombres que las miran se desgañitan gritando: «¡Vamos! ¡Vamos!» a las pantallas que hay ahí fuera, como si los caballos pudieran oírles, lo que es una tontería: no pueden. A veces echo un ojo a través de la cortina de tiras de plástico colgada entre el mostrador de la tienda y la habitación de los teléfonos, y entonces veo a los clientes. A mí me parecen todos iguales, con vaqueros azules y cara de malos, por lo que veo entre el humo de sus cigarrillos.

Sé cuándo cierra la tienda porque el ruido se detiene y todo vuelve a quedar en silencio, salvo por el sonido de la máquina de sumar de John, que va haciendo clic-clac, clic-clac. Deben de gustarle las matemáticas pues la utiliza mucho. Ahora viene al cuarto trasero, finge un momento que le gusta el dibujo que he hecho y abre la puerta de atrás.

—Hasta luego, cocodrilo —dice, con su diente dorado destellando hacia mí.

—Nos vemos, caimán —respondo, porque a él le gusta que lo diga.

He visto fotos de caimanes y cocodrilos, y son tremendamente parecidos. No entiendo por qué la gente está siempre fingiendo que las cosas son diferentes cuando son iguales. Un nombre no cambia lo que es una cosa; es solo un nombre.

—Creo que ya es hora de que te ganes el pan, bebé. Ven conmigo —dice Maggie, que cierra la puerta cuando John ha salido, volviendo a la tienda.

Supongo que esta noche nos quedamos las dos solas. A veces, John sale y no vuelve a casa. No sé adónde va, pero Maggie se entristece y se enoja al mismo tiempo. Dice que es su «truco» para desaparecer; durante un tiempo, yo me preguntaba si John no sería un mago secreto.

En la tienda hay un tremendo desbarajuste. Los grandes taburetes de cuero están esparcidos por todos lados y el suelo ha quedado cubierto de boletos de apuestas, colillas de cigarrillos y envoltorios de barritas de chocolate.

También veo una escoba.

—Quiero que barras todo esto y que vuelvas a poner los taburetes pegados a las paredes. Cuando hayas terminado, ven a buscarme —dice, y sale por la puerta metálica que lleva a la escalera.

Oigo que enciende arriba el televisor y después la musiquilla de esa serie que tanto le gusta, donde todo el mundo habla como John: *EastEnders*.

Empiezo por los taburetes. Son más altos que yo y muy pesados. Los empujo hacia las paredes, donde se supone que deben estar, y sueltan un chirrido horrible sobre las baldosas del suelo. Hecho esto, cojo la escoba y finjo volar por la tienda como si fuera una bruja; luego empiezo a juntar la basura en pequeños montones. Lo que no sé es cómo meter los montones en la bolsa negra que Maggie ha dejado, así que al final lo hago con las manos. Cuando termino, las tengo sucias y pegajosas. Me planto al pie de la escalera y la llamo varias veces.

—¡Maggie! —chillo al tercer intento, pero ella sigue sin responder.

Estoy cansada y hambrienta. Creo que para esta noche tenemos aros de espagueti con tostada: normalmente tomamos alguna cosa con tostada para cenar. Pueden ser alubias, queso o huevos, pero, sea lo que sea, siempre es con una tostada. Maggie dice que la tostada pega con todo. A mí se me ocurre una idea y la llamo otra vez:

—¡Mamá!

—¿Sí, bebé? —dice, apareciendo en lo alto de la escalera como por arte de magia.

—Ya he terminado de barrer.

Ella baja y examina el suelo de la tienda, asintiendo.

—Lo has hecho muy bien. ¿Tienes hambre? —Asiento—. ¿Te gustaría un McDonald's?

Vuelvo a asentir, ahora a más velocidad. McDonald's es lo que me compra cuando su cara está alegre. McDonald's es mucho mejor que cualquier clase de tostada. Viene en una caja con un muñeco, y a mí me encanta.

—Bien, pues espera aquí. —Va al fondo de la tienda, cruza la puerta que da a la parte de detrás del mostrador y se mete en la habitación de los teléfonos, donde ya no la veo. Oigo el ruido del grifo y luego vuelve con una mopa y un cubo: el agua está humeando y tiene burbujas, como en una bañera en miniatura—. Quiero que friegues todo el suelo, incluido el baño de los clientes, y yo voy a salir para buscarte una Happy Meal. Has de hacerlo así.

Mete la mopa en el cubo, la saca y la retuerce bien, exprimiendo casi toda el agua, y luego la desliza adelante y atrás por el suelo. Terminada la demostración, me pone la mopa en la mano y se va hacia la parte delantera de la tienda; saca el enorme llavero que lleva consigo a todas partes, abre la puerta y, al salir, cierra de golpe. Nunca he cruzado esa puerta; ni siquiera sé lo que hay fuera. No he salido desde que llegué aquí. Espero un momentito después de que Maggie haya salido y me acerco a mirar por el buzón. Veo una hilera de casas y una calle, un viejo de pelo blanco paseando a su perro y una parada de autobús. Me pregunto si el autobús que pasa por ahí me llevaría a casa.

Empiezo a fregar el suelo. Es muy grande y está muy sucio, o sea, que me lleva mucho rato; además, el cubo es demasiado pesado para que pueda levantarlo, así que tengo que ir parándome para empujarlo con las dos manos. Nunca había estado en el baño de los clientes. Huele fatal y me quedo parada en la entrada. La tapa del váter está levantada y hay muchas manchas amarillas y marrones en la taza, y montones de charquitos en el suelo. No quiero entrar ahí con mis calcetines favoritos, así que me dedico a fregar todo lo demás.

Oigo la puerta de la parte delantera de la tienda y supongo que Maggie ha vuelto de McDonald's. Pero no es Maggie.

—Hola, criatura, ¿cómo te llamas? —dice el viejo.

Es el que he visto antes, al mirar por el buzón. Tiene una barba blanca como Papa Noel y un perro, así que pienso que debe ser bueno.

—Ciara.

Suena extraño volver a oír mi nombre de verdad. Me agacho para acariciar la bola peluda que tiene a su lado. Es una cosita blanca y marrón, con unos grandes ojos y una cola que no para de menearse. Pienso que se parece a Toto, el perrito del *Mago de Oz*.

—Tendrás que hablar más alto, niña. Mis oídos ya no son lo que eran.

—Me llamo Ciara —digo, alzando un poco la voz, concentrada en rascarle la barriga al perrito. Creo que le gusta.

—Es un nombre muy bonito.

—Estamos cerrados —dice Maggie.

Levanto la vista y la veo detrás del viejo. Tiene en la mano una Happy Meal de McDonald's, pero no parece contenta.

—Ah, perdone, me he equivocado.

El viejo sale arrastrando los pies, como si le pesaran mucho.

Maggie cierra la puerta, echa la llave y luego se vuelve y me da una fuerte bofetada.

—Tu… nombre… es Aimee.

Echa un vistazo al suelo de la tienda. Está todo mojado, no me he dejado nada. Camina hacia la parte trasera, dejando un rastro de pisadas, se detiene frente al lavabo de clientes y mira dentro. Sé que ahora aún voy a tener más problemas, pero no sé hasta qué punto. Ella sale de allí tan deprisa que parece como si volara. Sujetando mi Happy Meal con una mano, me agarra del brazo con la otra y me arrastra por el suelo húmedo. Mis calcetines resbalan y patinan durante el camino.

—Te he dicho que tu nombre es Aimee, y te he dicho que fregaras también esto. ¿Lo has fregado, bebé? —dice, señalando el baño de los clientes.

Miro los pegajosos charcos amarillos.

—Sí —miento, arrepintiéndome en el acto.

—¿Sí? Ah, bueno, entonces no pasa nada. Me parecía que no lo habías fregado, pero tú no me mentirías a mí, ¿verdad? Después de todo lo que yo he hecho por ti, llenándote la barriga y comprándote ropa cuando tu papá ya no te quería más.

«Ojalá dejara de decir eso de mi papá.»

—No —susurro, meneando la cabeza y pensando que a lo mejor ella no sabe que he mentido y no puede ver los charcos y la mugre del suelo.

Maggie vuelca el Happy Meal en el suelo del baño, y luego lo aplasta y esparce con el tacón por todas partes, hasta que las patatas fritas quedan planas, y los bocaditos de pollo, rotos.

—Cómetelo.

Yo no me muevo.

—¡Có-me-te-lo! —exclama.

Cojo media patata frita, la que está más lejos del váter y me la pongo en la boca.

—Todo. —Cruza los brazos—. Solo tenemos tres reglas bajo este techo. Yo no paro de decírtelas, pero parece que a ti se te olvidan una y otra vez. ¿Cuál es la regla número uno?

Me fuerzo a tragarme la patata.

—Trabajamos duro.

—Sigue comiendo. ¿Por qué trabajamos duro, Aimee?

Tengo miedo y ganas de vomitar, pero cojo un trozo de bocadito de pollo aplastado.

—Porque la vida no nos debe nada.

—Exacto. ¿Regla número dos?

—No nos fiamos de los demás.

—Correcto. Porque las demás personas no son de fiar, por muy buenas que finjan ser. ¿Regla número tres?

—No nos mentimos entre nosotros.

—¿Cuántas de esas tres reglas has quebrantado esta noche?

—Todas —musito.

—No te oigo.

—Todas.

—Sí, así es. Tengo que darte una lección, y debe ser dura, bebé, porque quiero que la recuerdes y te hagas mayor. Así que vas a comerte toda tu cena en este suelo, por mucho que tardes; y luego espero que no vuelvas a mentirme nunca más.

23

Londres, 2017

—*D*ebería haber pedido algo de comer si íbamos a tomarnos otra botella —digo.

Jack parece haber pedido una segunda botella mientras yo estaba en el baño.

—Tonterías, entonces me resultará más difícil emborracharte y satisfacer mis perversas intenciones contigo. Es lo que hago con todas mis coprotagonistas el último día de rodaje, ¿no lo habías oído? Seguramente figura en alguna cláusula de tu contrato; deberías leer esos documentos con atención.

Me llena la copa de nuevo.

Jack tiene motivos para beber. Lo disimula bien, pero me consta que su divorcio a principios de este año le causó mucho más dolor de lo que deja entrever. Nunca le hago ninguna pregunta al respecto, porque sé que es como yo: escoge con mucho cuidado qué versión de sí mismo permite que vean los demás. Algunas personas no creen que merezcan ser felices. Somos solo —y siempre— lo que nosotros mismos creemos ser.

Dejo de resistirme a la tentación y doy otro sorbo de vino mientras recorro el bar con la vista. Ahora está todavía más concurrido, solo hay sitio de pie, y cada vez entra más gente a relajarse y desconectar tras una larga jornada de rodaje. Reconozco alguna que otra cara, pero la mayoría no; cuando noto que todas las miradas están vueltas hacia nosotros, la timidez me ruboriza ligeramente.

—Hoy has estado magnífica —dice Jack—. Ha sido asombroso cómo te has puesto a llorar de repente, sin gotas para los ojos ni nada… ¿Cómo lo haces?

«Simplemente, pienso en algo muy triste.»

Le escucho mientras pasa a su tema favorito —él mismo— y continuo escaneando el bar de vez en cuando. Es entonces cuando veo a Alicia White. Aparece como un cisne mecánico, con su largo y pálido cuello asomando de un ceñido vestido rojo en busca de una presa. Observo embelesada cómo se mueve de aquí para allá, absorbiendo en su camino, como un potente aspirador, toda la atención y las migajas de elogio. Pienso en su pintalabios, pero descarto la idea de que esté liada con mi marido; ella juega en otra liga. Poco me ha faltado para no reconocerla, porque se ha teñido su pelo rubio con un tono castaño oscuro; ahora se parece mucho a mí, aunque en una versión bastante mejor. Aparto la mirada demasiado tarde: nos ha visto.

—Jack, cariño —ronronea, interrumpiéndolo a medio monólogo.

Él se pone de pie y la abraza, besándola en ambas mejillas y repasando su escote antes de mirarla a los ojos.

—Alicia, qué espléndida te veo, *tu es très jolie ce soir* —dice, permitiéndose a sí mismo otro trago virtual de su voluptuoso cuerpo. Mi francés de secundaria me permite captar el cumplido, pero ella parece algo confusa—. Te presento a Aimee. Hemos trabajado juntos en una película y va a ser la nueva sensación, te doy la primicia.

La cara de Alicia vacila durante un instante; no le ha gustado ese comentario. Me pregunto si Jack está aprendiendo francés para impresionar a Alicia, y la idea me molesta un poquito.

—En realidad, ya nos conocemos —dice. Sus palabras parecen recién desenvueltas, frescas y crujientes—. Aimee es como mi pequeña sombra. Me siguió desde la escuela secundaria a la escuela de arte dramático; luego, unos años más tarde, consiguió el mismo agente. Conoces a Tony, ¿no, Jack?

—El mejor agente de la ciudad.

—Exacto, o sea, que imagínate mi sorpresa cuando el nombre de la pequeña Aimee Sinclair apareció justo al lado del mío en su lista de clientes. ¡Cualquiera diría que me está acosando! —Echa la cabeza atrás y ambos se ríen. Yo no, aunque acierto a esbozar una sonrisita que más bien me hace daño en la cara—. ¿Cuál es el papel que acabas de terminar? —me pregunta, como si no lo supiera.

Su pelo y su maquillaje parecen perfectos, como siempre; ahora lamento haber venido al bar sin ninguna armadura. Sus relucientes labios rojos forman un mohín bien ensayado de expectación.

—Era el papel protagonista de *A veces mato*. Hemos terminado de rodar hoy.

Noto cómo se tuerce su boca cuando digo «protagonista».

—*A veces mato* —dice, llevando sus dedos de perfecta manicura a su barbilla perfecta, en una exagerada pose pensativa.

«¿Ya he dicho que la muy zorra es una actriz terrible?»

—*A veces mato* —repite—. Ah, sí, ahora lo recuerdo. Tony me envió el guion; me dijo que yo era la primera opción del director, pero lo acabé rechazando. No era el papel adecuado para mí, pero estoy segura de que a ti te iba perfecto. En esta fase inicial e incierta de tu carrera, me imagino que no puedes ser demasiado exigente. De hecho, supongo que tuviste bastante suerte de que yo lo rechazara; así, nuestro querido Tony pudo enviarles a cambio tu fotografía.

—Supongo que debería darte las gracias, ¿no?

—Supongo que sí. —Me sonríe de oreja a oreja, o bien porque no ha entendido la ironía, o bien porque prefiere ignorarla. Enseguida la sonrisa da paso a una expresión ceñuda, y apoya una mano gélida sobre la mía—. Seguro que ya habrás oído los rumores de que Tony está reduciendo su lista de clientes, ¿no? —Mis ojos deben responder por mí, porque ella deduce que no he oído nada y parece encantada—. Espero, por tu bien, que no adopte una política de «los últimos en llegar, los primeros en salir». Sería espantoso para tu carrera que te dejara tirada en este momento.

Desconecto unos instantes y recuerdo que Tony dijo que debíamos hablar, pero no me ha devuelto las llamadas. Prefiero guardarme mi inquietud.

Alicia se sienta con nosotros y yo bebo más vino del que debería. Los escucho cotillear sobre directores, productores y actores, mientras me angustio en silencio por la posibilidad de que mi agente esté a punto de deshacerse de mí. Jack la mira con ojos risueños y muy abiertos, pero no parece capaz de verla tal como es. No es que Alicia tenga dos caras; la cosa es más complicada; ella tiene muchos lados, todos igualmente orientados en su propio interés. Es como un dado cargado, pero la mayoría de gente no se da ni cuenta cuando la están manipulando. Ella se pasa todo el rato mirando más allá de Jack, para ver si hay alguien más famoso sobre el que abalanzarse. Según mis últimas noticias, ahora estaba dándose un pequeño descanso en el terreno de la interpretación, así que me parece un poco raro encontrarla aquí, en Pinewood.

Admiro sus pestañas postizas, que aletean con cada palabra impostada, y observo con asombro que cada diminuto pelo sintético adopta la forma de una letra. Una cadena de papel de palabras negras en miniatura empieza a fluir de sus ojos, de su nariz, de las comisuras de su boca, hasta que toda su cara queda cubierta con un tatuaje de pequeñas mentiras negras. Sé que me lo estoy imaginando todo, y considero la posibilidad de que quizás haya bebido demasiado. Mientras ella sonríe, observo que una mota de pintalabios rojo se ha instalado en su blanca dentadura; esa visión me provoca una alegría indescriptible, así que doy otro gran trago de vino para celebrarlo.

Cuando la botella se vacía, pido otra y me lleno la copa hasta arriba en cuanto llega. Veo cómo mira Jack a Alicia y me gustaría que ella se largara. Quiero que ella me mire así a mí. Solo a mí. Por un momento, esa idea me hace sentir culpable —aún estoy casada—, pero entonces recuerdo lo que Ben me está haciendo y lo que me ha hecho en el pasado. La barra de labios que había debajo de nuestra cama no llegó allí sola, y un plan tan sofisticado tampoco se le podría haber ocurrido a él solo.

«¿Quién será ella? ¿Quién está ayudando a mi marido a destruirme? Cuando lo descubra, acabaré con los dos.»

No hay duda: estoy borracha.

Alicia se levanta para irse y huelo su perfume cuando besa el aire a cada lado de mis mejillas. Su fragancia es demasiado fuerte, abrumadora y mareante, exactamente como la mujer que la lleva. Se me traba la lengua cuando trato de decir adiós. Ahora nos quedamos otra vez solos Jack y yo. Finalmente, me mira a mí y yo, tanto si estoy preparada como si no, sé perfectamente lo que quiero.

24

Essex, 1988

—Aún no sé si está preparada para esto —dice Maggie.

—Está preparada —responde John—. Lo único que ha de hacer es caminar y cogerme de la mano. Tampoco es tan difícil.

Pienso que quizá van a tener una pelea. Se pelean mucho, lo que hace que me pregunte si mi papá y mi mamá de verdad también se peleaban tanto antes de que ella muriera. Quizá sea lo que hacen los adultos: gritarse cosas que no tienen nada que ver con el motivo por el que estén enfadados.

—¿Es que preferirías que me pasara algo a mí? —pregunta John—. Empiezo preguntarme quién te importa más. ¿Yo, o una niña que ni siquiera es nuestra?

Oigo el ruido de la bofetada que Maggie le da en la mejilla. Conozco ese sonido porque a veces es mi mejilla la que la recibe. Luego oigo que las botas de John se acercan a mi habitación. La puerta se abre de golpe. Me agarra de la muñeca y me saca al pasillo. Solo veo un instante a Maggie, cuando pasamos volando frente a su habitación. Nunca hasta ahora la había visto llorar.

Tropiezo en las escaleras un par de veces mientras bajamos, pero John me levanta por un brazo hasta que mis pies vuelven a dar con los escalones de madera. Al llegar abajo, pienso que vamos a girar a la derecha para cruzar la puerta metálica de la tienda, pero no hacemos eso. John se agacha hasta situar su cara frente a la mía. Su aliento huele raro; al hablar, me salpica de saliva la nariz y las mejillas.

—Mantente a mi lado todo el rato. Cógeme de la mano. No hagas ni digas nada a nadie, o te daré tal paliza en el culo que no podrás sentarte durante una semana. Si alguien te dice algo, tú solo sonríe. Yo soy tu papá, y hemos salido a dar un paseo. ¿Lo has entendido? —En realidad, no entiendo la mayor parte de lo que acaba de decirme, pero se me olvida responder porque estoy mirándole mascar. Últimamente masca chicle, en lugar de fumar cigarrillos, pero creo que debería seguir fumando porque el chicle lo vuelve irritable—. ¿Hola?, ¿hay alguien en casa? —Me da unos golpes en la cabeza, como si fuera una puerta. A mí me duele cuando hace eso, y me gustaría que no lo hiciera—. Venga, ponte los zapatos.

No me los había puesto desde que llegué, y tardo un poco en recordar lo que he de hacer. Además, deben de haberme crecido los pies, pues los zapatos ahora me aprietan de mala manera. John menea la cabeza, como si yo hubiera hecho algo mal, pero abre la gran puerta por la que entré la primera noche y me doy cuenta… de que vamos a salir fuera.

Hay casas, árboles, hierba y luz del sol, un montón de cosas que mirar, pero caminamos tan deprisa por la calle que todo pasa de largo y se ve como un cuadro borroso. John anda tan deprisa que tengo que correr para seguir su paso. Me aprieta mucho con una mano, y con la otra sujeta una bolsa roja y negra con la palabra «HEAD» escrita encima.

Solamente me suelta la mano cuando entramos en el banco. Sé que es un banco porque lo parece, y porque lo decía en un cartel de la entrada. Ahora paso tanto tiempo leyendo que me parece que lo hago bastante bien. El mostrador es casi exactamente igual que el de la tienda de apuestas, con un cristal entre nosotros y la mujer de detrás. No soy lo bastante alta para verla, pero oigo su voz a través de los agujeros del panel. Suena como si fuera guapa y me pregunto si lo será.

John abre la cremallera de la bolsa, empieza a sacar fajos de billetes y los pone sobre el mostrador. La mujer que no veo desliza un cajón hacia dentro para vaciarlo; luego vuelve a sacarlo y empiezan otra vez. Hay un montón de dinero, así que la cosa se alarga mucho rato. Primero hay fajos de billetes atados con gruesas gomas elásticas; luego él saca montones de bolsitas de plástico de diferentes colores llenas de monedas. Las verdes tienen monedas de diez y veinte peniques; las amarillas son para las monedas de cincuenta, y las rosadas, para las libras. Hay muchísimas de color rosa. Cuando la bolsa grande donde pone «HEAD» está vacía, John le da las gracias a la mujer del mostrador y le pregunta si puede invitarla a una copa en algún momento. Supongo que ella debe de parecer sedienta.

En el camino de vuelta a la tienda de apuestas, John me coge de la mano con menos fuerza. Camino tan despacio como puedo porque me gusta estar fuera. Me gusta ver el cielo y los árboles de nuevo, y sentir el sol en las mejillas. Me gusta la cantinela del hombre que está delante de la verdulería diciendo: «Diez ciruelas a una libra», y me gusta cómo el hombrecito de la luz verde, en su caja de color negro, te señala cuándo puedes cruzar la calle con seguridad. John dice que ahora no tenemos tiempo para esperar, así que cruzamos igualmente, aunque es el hombre rojo el que está encendido.

—Has sido una buena chica y creo que te mereces un capricho —me dice más adelante, cuando casi hemos hecho todo el camino de vuelta.

No respondo, pues John dice la palabra «capricho» igual que Maggie dice la palabra «sorpresa», así que, a fin de cuentas, pienso que quizá no sea algo bueno.

John llama «parada» a la hilera de tiendas en la que vivimos. No sé bien por qué. En mi casa, una «parada» es algo ruidoso y colorido, con un montón de gente uniformada desfilando por la calle principal. Aquí una «parada» parece algo muy silencio-so. Hay cinco tiendas seguidas: una verdulería, una de vídeos, nuestra tienda de apuestas, un sitio donde la gente lava la ropa y luego una tiendita en la esquina que no sé lo que vende. Por lo que veo en el escaparate, parece que tienen de todo.

Al abrir la puerta suena una campanita y veo a una mujer de piel oscura sentada tras una caja registradora. Yo solo he visto gente de piel oscura en la televisión. La mujer tiene un punto rojo en la frente, creo que es la persona más guapa que he visto en mi vida.

—Cierra la boca, Aimee, no somos pececitos —dice John, y yo me río porque es algo que dice Mary Poppins, y viene a ser como un chiste entre él y yo. *Mary Poppins* es una película que John me grabó por Navidad en una cosa que se llama VHS. Me gusta verla una y otra vez—. Venga, date prisa y escoge algo antes de que cambie de idea.

Me quedo mirando las hileras e hileras de golosinas y pa-tatas fritas. Nunca había visto tantas distintas; yo solo he pro-bado las patatas fritas Taytos. No sé cómo son todas estas, así que no sé cuál elegir.

—¿Qué tal unas Monster Munch? ¿Y quizás unos Hula Hoops para Maggie, y una barra de chocolate Dairy Milk para los tres? —pregunta él, al ver que no me decido.

Nos acercamos a la caja y John se saca dinero del bolsillo para pagar a esa señora tan guapa. Ella le da el cambio y él me pone una moneda de diez peniques en la mano.

—Para la niña, el combinado de diez peniques, por favor —dice, alzándome para que pueda ver detrás del mostrador. Hay tarros y tarros llenos de caramelos de todos los colores y formas que puedas imaginar—. Tú señala un tarro, cariño, y esta señora tan amable te pondrá uno de los caramelos en una bolsa de papel. Puedes escoger diez.

Hago lo que me dice, señalando los tarros que parecen más bonitos; cuando la bolsa de rayas rosadas y blancas está llena, la señora me la da. Yo quiero tocarle la piel para ver si es como la mía, pero ella cree que quiero estrecharle la mano, y eso es lo que hacemos al final.

—Encantada de conocerte. ¿Cómo te llamas? —Su voz suena como una canción y su mano es cálida y mullida.

—Me llamo Aimee.

—Buena chica —responde John, y yo veo que habla en serio y que he dicho el nombre correcto.

Al salir de la tienda, ambos estamos contentos. John sonríe, igual que yo, a pesar de que le veo el diente de oro. Ya casi estamos en el piso, pero no quiero volver dentro.

—¿John?

—Papá.

—Papá, ¿qué le pasó a esa niña de la foto que hay en la sala de estar?

No sé lo que me ha hecho pensar en ella. Supongo que me preguntaba si John también le compraba caramelos.

—Desapareció.

Camina un poco más deprisa y tengo que volver a correr para seguir a su altura.

—¿Desapareció?

—Así es, mocosa. Desapareció. Pero ahora ha vuelto y eres tú.

No sé lo que quiere decir. Solo yo puedo ser yo.

La calle principal estaba llena de gente y de ruido, pero aquí está todo tranquilo, como si John y yo fuéramos las únicas personas que hubieran salido a pasear. Estamos solo a unos pasos de la tienda de apuestas cuando se oye un tremendo chirrido en la calle. En ese momento, aparece un coche y empiezan a sonar gritos. Todo sucede muy deprisa, como cuando apretamos el botón de avance rápido en el aparato de VHS. Veo a tres hombres vestidos de negro, con unas terroríficas máscaras de lana que les cubren toda la cara y que son como calcetines negros gigantes con agujeros para los ojos.

—Dame la bolsa —dice el más alto.

Pienso que se refiere a mi bolsa de caramelos, así que la dejo caer sobre la acera. Pero él no me habla a mí, está hablando con John y le apunta con una cosa que parece la escopeta del cazador de Bugs Bunny, solo que más corta, como si le hubieran recortado el final.

—No llevo dinero. Estoy volviendo del banco, malditos idiotas.

Uno de los otros dos hombres le da un puñetazo en el estómago y John se dobla sobre sí mismo y empieza a toser.

—Última…puta… oportunidad —dice el tipo de la escopeta.

Echo a correr. Quiero ir con Maggie.

—No te muevas, enana —suelta el tercer hombre, que me agarra del pelo y me arrastra hacia atrás.

—¡No le hagáis daño a la niña! La bolsa está vacía. Toma, compruébalo tú mismo.

El de la escopeta le golpea con ella en la cara, muy fuerte, y John se cae al suelo.

Entonces oigo un estruendo.

Cuando abro los ojos, veo que no ha sido el hombre de la escopeta el que ha hecho ese ruido. Es Maggie. Está delante de la tienda de apuestas con su propia arma y tiene puesta su cara de enojo. Nunca la había visto tan furiosa.

—Soltad a la niña, subid al coche y largaos ahora mismo. O acabaré con todos vosotros.

El hombre que me sujeta sonríe desdeñosamente y ella dispara hacia nosotros. Me caigo al suelo y me siento extraña. Maggie está ahí mismo, y veo cómo se mueven sus labios, pero al principio no oigo lo que está diciendo. Es como si estuvieran tocando una campana dentro de mi cabeza. Ella mira más allá de mí y, al volverme, veo que los tres hombres malos han vuelto al coche y se están marchando. Creo que Maggie no le ha disparado al que me sujetaba. Creo que ha fallado a propósito. Mientras me acaricia el pelo, mi oreja derecha decide empezar a oír de nuevo.

—Estás bien, bebé. Estás a salvo.

Me abraza, y yo la abrazo por primera vez, porque, puede que ella me haga daño, pero sé que nunca dejará que nadie más me lo haga. Me coge en brazos y le rodeo el cuello con los míos, así como la cintura con las piernas. Solo me echo a llorar cuando veo que todos los caramelos de mi bolsa de diez peniques se han desparramado por el suelo.

Londres, 2017

$\mathcal{M}$e despierta un ruido, como si alguien intentara entrar en mi habitación.

Cuando abro los ojos, está a oscuras; el ruido es tan leve al principio que creo que me lo estoy imaginando. Sin embargo, cuando parpadeo y ajusto mi visión a las sombras menos densas, empiezo a distinguir algo, algo que preferiría no ver. Mis oídos identifican el sonido y mis ojos se concentran en el pomo de la puerta. Mientras este empieza a girar muy despacio, comprendo que hay algo siniestro ahí detrás.

El corazón me palpita en los oídos y en el pecho; quiero gritar, pero no parezco capaz de moverme ni de emitir ningún sonido; mi cuerpo se ha quedado paralizado de miedo y angustia.

El pomo gira del todo, pero la puerta no se abre. Los cerrojos que hice colocar en la parte de dentro se encargan de impedirlo; siento una breve oleada de alivio hasta que el terror reaparece, propagándose aún más deprisa por mi agarrotado cuerpo. El estrépito de unas patadas en la puerta resuena por toda la habitación. Al final, la puerta se abre de golpe, rebotando contra la pared. Antes de que pueda coger algo para defenderme, él ya está sobre mí.

Aunque estamos a oscuras, puedo ver quién es.

No puedo moverme, ni siquiera lo intento.

Tiene sus manos alrededor de mi cuello y aprieta cada vez más fuerte.

—Verán las marcas —musito.

Mis roncas palabras surten efecto. Él afloja su tenaza, pero empieza a herirme por dentro, donde las magulladuras no se pueden ver.

Dejo que haga conmigo lo que quiera. No reacciono, no hago ningún ruido. Ya he tratado de resistirme otras veces y nunca salgo bien librada. Esta no es la primera vez, pero sin duda es la peor. Sé que lo ha planeado de antemano: solo la tiene tan dura y durante tanto tiempo cuando se ha tomado una pequeña píldora azul. Se detiene. Oigo que se saca el condón y que lo tira al suelo. No lo necesita para lo que viene ahora: nadie se ha quedado embarazada haciéndolo de esa forma.

Me da la vuelta como si fuera una muñeca y me deja boca abajo. Cierro los ojos, abandono mi cuerpo y me pregunto si la gente consideraría esto una violación si supiera que es mi marido quien me lo está haciendo.

Después, él siempre se arrepiente.

Sé por qué me hace daño de este modo, pero no cómo lograr que pare. Cree que ya no le amo, pero sí le amo. Es como si quisiera demostrar que todavía soy suya. Pero no es así. Nunca he sido suya. Yo soy mi única dueña.

Se me quita de encima. Oigo que va al baño y tira el condón al inodoro. Pienso que la cosa ha terminado, pero entonces oigo que vuelve a la cama y saca el cinturón de sus pantalones tirados por el suelo: va a ser una de esas noches. Permanezco inmóvil, boca abajo, tal como me ha dejado, usada y desechada, y él empieza a pegarme con el cinturón en los sitios que sabe que nadie verá. Mi marido siempre se ha empeñado en leer mis guiones, no porque le interese, sino porque, en cada papel que interpreto, quiere saber qué partes de mí podrá ver el mundo y qué partes seguirán siendo solo suyas. Vuelve a pegarme. Por mi parte, procuro no darle la satisfacción de llorar, por mucho que me duela.

26

Londres, 2017

$\mathcal{M}$e despierta un ruido que no sé descifrar.

Me siento en la cama cubierta de mi propio sudor. Estoy jadeando, temblando y llorando porque soy consciente de que lo que acabo de experimentar era un sueño de un recuerdo, más que un recuerdo de un sueño. Me acuerdo del daño que Ben me hizo la última vez que lo vi. Me acuerdo de cómo me siguió desde el restaurante después de que yo le dijera que quería el divorcio, cómo abrió a patadas la puerta e hizo lo que hizo.

Yo ni siquiera le pedí que parara.

En cierto sentido, creo que pensaba que me lo merecía.

Nos casamos con nuestro propio reflejo: alguien que es lo opuesto de nosotros, pero que nos parece igual. Si él es un monstruo, ¿en qué me convierte eso?

No era la primera vez, pero me prometí que aquella noche sería la última y que no volvería a dejarle que me lastimara así. Yo siempre cumplo mis promesas, especialmente las que me hago a mí misma.

«¿Y si le hice algo que no puedo recordar?»

No, no es así. Estoy segura. Casi completamente segura…

Una esquina no cartografiada de mi conciencia se despliega como un mapa del tesoro y empiezo a pensar que tal vez haya recuerdos enterrados en mi cabeza, después de todo. Cuando de niña has visto a los hombres hacer cosas que no deberían, quizá puede resultar más difícil comprender, en tu vida adulta, hasta qué punto estaban mal esas cosas. Todos estamos condicionados y ajustados según nuestro propio baremo de lo que es normal; es algo que llevamos incorporado, como nuestras huellas dactilares. Nos enseñan a encajar con los demás, y desde que nacemos aprendemos lo que se espera de nosotros. Todo lo que hacemos en la vida es una actuación.

Fui una estúpida al casarme con alguien tan deprisa, sin saber de verdad quién era esa persona. Creía saberlo, pero me equivocaba. Me dejé seducir por nuestro apasionado romance, y temí que lo perdería si decía que no. Pensaba que éramos iguales. Creí que él era mi espejo, hasta que miré mejor y me di cuenta, demasiado tarde, de que debía escapar de lo que estaba viendo. Pasé meses recurriendo a mis ahorros de recuerdos felices hasta que la cuenta quedó vacía. Creí que podría cambiarlo. Si hubiéramos tenido un hijo, quizá las cosas habrían sido distintas, pero él no quiso darme lo que quería y, como venganza, yo le quité lo que más deseaba: a mí. Le retiré mi afecto, mi amor, mi cuerpo, creyendo que así cambiaría de idea. No comprendí que él era de esos hombres que toman lo que quieren, sin importar si se lo dan o no.

Vuelvo a oír algo, unos pasos lejanos, y el ruido me devuelve al presente. Intento sentarme, pero el dolor de cabeza no me lo permite. Abro los ojos una fracción de segundo, solo lo justo para averiguar dónde estoy y qué hora es, pero la luz es demasiado intensa y vuelvo a cerrarlos.

«No me encuentro bien.»

Recuerdo que estaba en el bar de los estudios Pinewood con Jack. Recuerdo que Alicia White se sentó con nosotros. Recuerdo vagamente una tercera botella de vino y luego mi memoria se interrumpe.

«¿Dónde estoy?»

Me obligo a abrir los ojos y me relajo un poco al ver el entorno familiar de mi propia habitación. O sea, que llegué a casa; ya es algo. Me duele la garganta y tengo un gusto asqueroso en la boca. Debo haber vomitado. Soy completamente idiota. Sé que no puedo beber tanto con el estómago vacío. No sé en qué estaba pensando. Supongo que no pensaba. Espero no haberme puesto en evidencia antes de irme, y espero haber cogido un taxi: me habría sido imposible conducir.

«No recuerdo lo que ocurrió.»

Hago un gran esfuerzo para llenar las lagunas, pero no encuentro nada. Lo que ha sugerido la detective —que padezco un trastorno que me hace olvidar las experiencias traumáticas— viene a atormentarme. Si no soy capaz de acordarme de anoche, ¿no podría ser que tampoco recordara lo que realmente sucedió con Ben? Rechazo la idea, sin embargo; esto no tiene nada que ver con la amnesia, es solo el alcohol.

«¿Cómo llegué a casa?»

Vuelvo a oír algo, y esta vez presto atención.

Hay alguien abajo.

Mi primera idea es que debe de ser Ben, pero entonces el resto de mis recuerdos empiezan a encajar en su sitio y me acuerdo de lo que ha pasado. Recuerdo la fotografía que me enseñó ayer la inspectora Croft de la cara de Ben magullada y ensangrentada, y recuerdo que me acusó de ser la culpable.

Oigo otro ruido abajo. Unos pasos silenciosos.

O bien mi marido desaparecido ha vuelto, o bien hay alguien deslizándose sigilosamente por la planta baja. Alguien que no debería estar aquí.

Acabo cayendo en la cuenta, o más bien cayendo de morros: estoy segura de que es ella, la acosadora.

Tener una acosadora no es emocionante ni glamuroso; puede ser terrorífico.

Cuando empezaron a traer las postales en mano a nuestra casa, ese temor se convirtió en un ser vivo que me perseguía a todas partes durante el día; y cuando Ben me dijo que había visto a una mujer merodeando frente a la casa, ya no fui capaz de dormir por las noches. Finalmente, cuando la vi con mis propios ojos, creí que había visto a un fantasma.

«Sé quién eres.»

El mensaje era siempre el mismo, como la firma: «Maggie».

Ben y yo no llevábamos mucho juntos cuando empezó todo. Ya habían aparecido algunos reportajes sobre mí en los periódicos, con mi fotografía, y también se habían proyectado adelantos de la película que había rodado, así que supongo que cabía pensar que se trataba de una fan. Nunca me había ocurrido nada semejante. La policía no se lo tomó en serio, pero yo sí. Cuando Ben me llamó a Los Ángeles y me dijo que alguien había entrado en nuestra antigua casa, comprendí que había sido ella y decidí hacer algo.

Accedí a mudarme a una casa que no había visto y compré una pistola.

Las pistolas no me dan miedo; la gente sí.

No se lo conté a Ben, porque sé lo que opina de las armas, pero él y yo tuvimos vidas muy diferentes mientras crecíamos. Ben cree conocer el mundo, pero no ha visto lo que yo he visto. Yo sé de lo que es capaz la gente mala. Por lo demás, a mí se me da bien disparar; es algo con lo que disfruto y que he hecho durante años para relajarme. Era todavía una niña cuando empuñé mi primera pistola. No es algo ilegal; tengo una licencia y pertenezco a un club de tiro del campo. Aunque tampoco es que ahora disponga de mucho tiempo para practicar.

Tanteo debajo de la cama, donde la suelo guardar.

No está.

Los pensamientos y temores agolpados en mi cabeza se interrumpen cuando oigo pasos en la escalera subiendo hacia la habitación. Vuelvo a buscar bajo la cama; mis dedos tantean con desesperación bajo el armazón de madera, pero la pistola ha desaparecido.

Hay alguien al otro lado de la puerta.

Intento gritar, pero cuando abro la boca no sale ningún sonido.

Veo que el pomo de la puerta empieza a girar lentamente y experimento una angustiosa sensación de *déjà vu*.

Podría esconderme, pero tengo demasiado miedo como para moverme.

La puerta se abre y lo que veo me deja estupefacta.

27

Essex, 1988

𝓗e intentado dormirme, como me ha dicho Maggie, pero cada vez que cierro los ojos veo a los tres hombres malos con máscaras de lana y voces chillonas frente a la tienda.

No sabía que Maggie tenía una pistola.

Creía que solo las personas malas tenían ese tipo de cosas.

Aún noto raros los oídos, como si me hubieran puesto unas campanillas en la cabeza. He pensado mucho en ello, y estoy segura de que ella no le ha dado al malo a propósito, de que solo quería advertirle o algo parecido. Me tapo la cabeza con la colcha; me siento más segura aquí debajo. Y más calentita, aunque no puedo parar de temblar.

Maggie y John han discutido mucho esta noche, incluso más de lo normal. Todavía siguen, aunque lo hacen con ese modo de gritar por lo bajini que creen que yo no puedo oír; sus palabras silban como serpientes. Necesito ir al baño, pero me da miedo tener que pasar por delante de su habitación. También me da miedo mojar la cama si no voy al baño. Me levanto y me acerco a hurtadillas a la puerta de mi cuarto, notando la alfombra mullida bajo mis pies. Pego la oreja a la madera para ver si puedo oír lo que están diciendo.

—Te dije que deberíamos haber buscado un local más alejado —dice Maggie.

—Y yo ya te dije que no habría ninguna diferencia. Además, ¿qué clase de tipos montan un atraco como ese delante de una niña? —pregunta John.

—Precisamente la clase de tipos con la que hemos de vérnoslas. Te pedí que no llevaras a Aimee. La has puesto en peligro.

—Bueno, no me llevé a Aimee, ¿sabes? ¿Cómo iba a llevármela? Aimee está muerta.

Oigo un ruido de algo rompiéndose.

«Yo no estoy muerta.»

Vuelvo a la cama y me escondo otra vez bajo la colcha. Al cabo de unos segundos, se abre la puerta. Contengo el aliento. En mi cabeza, así me vuelvo invisible.

«Invisible, pero no muerta.»

Oigo que alguien se acerca a la cama. Espero que sea Maggie, no John. A veces, él viene a mi habitación por la noche. Supongo que debe de preocuparle que tenga mucho calor o algo así, porque siempre aparta la colcha. Lo hace lentamente, sin ruido, como si no quisiera despertarme, así que yo finjo que todavía estoy dormida, aunque no lo esté. Algunas veces oigo su cámara Polaroid y me pregunto si está sacando fotos en la oscuridad. A veces, oigo otras cosas.

Alguien aparta las sábanas y se tumba a mi lado. Me rodea la barriga con el brazo y me besa en la cabeza, y yo sé que es Maggie porque huelo su perfume. Ella lo llama «número cinco» y huele bien, aunque siempre me pregunto cómo olerán los otros números. Maggie me aprieta con mucha fuerza, haciéndome un poco de daño, pero no digo nada. Está llorando y enseguida me moja el cuello por detrás con sus lágrimas.

—No te preocupes, bebé. Nadie te hará daño nunca; no mientras yo viva.

Pienso que lo dice para que me sienta mejor, pero hace que me sienta peor. Mi primera mamá murió el día que nací y Maggie podría morirse cualquier día; entonces me quedaría sola. Al cabo de un rato, deja de llorar y se duerme, pero yo no. No puedo. Sé que está dormida porque de su boca salen directamente sobre mis oídos unos ligeros ronquidos; juntos forman una musiquilla con las campanitas que todavía continúan sonando. Intento dormirme yo también, pero no puedo dejar de pensar que si Maggie se muriera, esos tres hombres malos volverían a la tienda y no habría nadie para salvarme.

28

Londres, 2017

—*N*o te preocupes, esto te salvará.

Jack entra en mi habitación con dos tazas humeantes de algo que parece café.

—¿Qué haces aquí?

Me envuelvo en la colcha.

—¡Vaya, qué agradecida! Iba a meterte en un taxi anoche, pero no estaba seguro de que consiguieras llegar bien a casa, y no me equivocaba. Vomitaste durante el trayecto. Dos veces. Y eso fue solo el principio. Creía que habías dicho que podías beber, ¿no? He pasado aquí la noche para asegurarme de que no te ahogabas con tu propio vómito. Me parece que la palabra que estás buscando ahora mismo es «gracias».

—Gracias —digo, tras unos momentos, asimilando todo lo que acaba de decir, sin estar segura de que sus palabras llenen las lagunas que me han quedado en la memoria.

Me tomo el café; está demasiado caliente, pero también muy cargado y me lo bebo de golpe. Miro el pijama que llevo y me pregunto cómo me lo habré puesto si estaba tan grogui como dice. Jack parece leerme el pensamiento.

—Te ayudé a quitarte el vestido, más que nada porque te lo dejaste perdido por delante cuando vomitaste al bajar del taxi. Te limpié un poco y tú misma te cambiaste. No vi nada que no hubiera visto ya en el plató, y yo he dormido en el suelo.

Miro hacia donde señala y veo una almohada y una manta sobre la moqueta. Me arden de tal modo las mejillas que estoy segura de que me he puesto roja de la vergüenza. No logro encontrar las palabras precisas, así que me sirvo de las dos que parecen más indicadas en estas circunstancias.

—Lo siento.

En cuanto esa disculpa susurrada sale de mis labios, los ojos se me llenan de lágrimas. No paro de cometer un error tras otro y de complicarlo todo; no sé qué me pasa.

—Eh, no importa. —Jack deja la taza vacía y se sienta en la cama—. Obviamente, estás atravesando un momento difícil en tu vida privada, después de todo lo que me dijiste anoche…

«¿Qué demonios le conté?»

—Todos hemos pasado por esto, créeme. Te repondrás, te lo aseguro. Ha sido una suerte que yo supiera dónde vivías. Te negabas en redondo a decirle tu dirección al taxista o a cualquier otra persona.

«Uno de los efectos de tener una acosadora.»

Mi mente rebobina las palabras de Jack.

—¿Cómo es que tú sabías dónde vivo?

Ahora les toca a sus mejillas enrojecer, y a mí me sorprende descubrir que Jack Anderson pueda ruborizarse.

—Vivo a un par de calles de aquí, aunque es solo una casa que he alquilado mientras rodamos en Pinewood, y te he visto correr por las mañanas. Incluso te he saludado un par de veces, pero pareces encerrada en tu mundo en esos momentos y siempre pasas de largo como si no nos conociéramos.

No sé qué decir. Es verdad que tiendo a desconectar y que ni siquiera veo a los demás corredores con los que me cruzo, todos persiguiendo sueños que nunca alcanzarán. Parece un poco raro que viva tan cerca y nunca me lo haya mencionado, pero me acuerdo que el malvado aquí es mi marido, ni Jack ni yo. Debo estar volviéndome paranoica.

Oigo que mi móvil vibra con la llegada de un mensaje. Por algún motivo, está cargándose en el lado de la cama de Ben. Lo cojo y leo el mensaje antes de que Jack pueda alcanzarlo; él parece un poco azorado y me quita el teléfono de la mano.

—Este es el mío —dice—. Perdona, estaba casi sin batería y he usado tu cargador… No tenía pensado quedarme toda la noche.

Ese es el problema con los iPhone, que todos parecen iguales. Decido no comentar lo que acabo de leer: «Llámame luego. Alicia. Besos».

No sabía que Jack y Alicia White tenían una relación tan estrecha como para enviarse mensajes. Me digo que no es asunto mío. No quiero quedar como una colegiala celosa.

—¿Sabes dónde está mi móvil? —pregunto.

—No estoy seguro. Dejaste tirado el bolso abajo, porque casi te desplomaste cuando cruzamos la puerta. Tuve que subirte hasta el baño…

Me incorporo, me duele todo. Creo que voy a volver a vomitar.

—¡Uau! Quizá mejor que te quedes donde estás; ya voy yo a buscarlo —dice, y observo que se lleva su propio teléfono, como si no se fiara de mí lo suficiente para dejarlo aquí.

Cuando vuelve con mi bolso, me alivia encontrar el móvil y la cartera dentro; me inquietaba la idea de haberlos perdido en el estado en el que me encontraba. Enciendo el móvil y la pantalla se ilumina, mostrando una cantidad de notificaciones de dos dígitos en casi cada aplicación.

—Qué raro.

—Mierda. —Jack vuelve a mirar su propio teléfono.

—¿Qué pasa?

Las arrugas que enmarcan sus ojos desaparecen al mismo tiempo que su sonrisa y parecen resurgir en su ceño fruncido. Al ver que no responde, abro Twitter. Es una cuenta relativamente nueva y nunca había encontrado tantas notificaciones y mensajes directos. A decir verdad, no suelo entrar en las redes sociales, pero esto es una locura. Pincho un enlace que me lleva a un artículo de la web de TBN, una noticia escrita por Jennifer Jones. Cara de Pato.

AMOR DENTRO Y FUERA DEL PLATÓ
EN LOS ESTUDIOS PINEWOOD

Mis ojos se fijan antes en las fotografías que en los textos de debajo, porque son fotos mías. Hay una en la que Jack y yo aparecemos en el bar de anoche. Veo otra tomada en el plató, en la que estamos simulando que tenemos sexo en el escritorio de un hotel. Parece real. En la última aparecemos en mi camerino. Yo llevo el camisón de seda de la escena de ayer, que no deja absolutamente nada a la imaginación, y Jack me abraza tiernamente y me besa en lo alto de la cabeza. No entiendo cómo pueden haber tomado esa foto; estábamos allí los dos solos.

Las palabras son todavía peores:

> Jack Anderson dejó a su esposa una vez que empezó el rodaje de *A veces mato*. Aimee Sinclair aún está casada, pero no quiso hablar de su marido durante la entrevista. Ahora sabemos por qué.

Reviso mi correo electrónico: hay cientos de ellos. Muchos son de todas las personas que eran amigas mías. Los ojeo sin leerlos y solo me detengo cuando veo entre ellos el nombre de mi agente. El mensaje es muy breve, incluso para ser de Tony:

> Aimee,
> Creo que deberías venir para que hablemos. Cuanto antes.
> TONY

Leo el mensaje un par de veces. Dada su brevedad, no tardo en hacerlo.

Ahora todo encaja: su mensaje del otro día, las llamadas sin devolver. Digiero sus palabras y, después de haberme obligado a mí misma a tragármelas, veo que las he entendido correctamente: mi agente va a deshacerse de mí, estoy acabada.

29

Essex, 1988

𝓗oy es domingo.

Es el único día de la semana que la tienda de apuestas no está abierta, de manera que nos quedamos todos en la cama hasta la hora de almorzar. Lo hacemos así cada domingo. A mí al principio no me gustaba, pero ahora sí.

John me lleva los viernes por la tarde a la tienda de vídeos que está aquí al lado y alquilamos dos películas para todo el fin de semana. La primera siempre la miramos juntos el sábado por la noche en la sala de estar. El árbol de Navidad sigue en el rincón, aunque ya estamos en febrero. Temo que eso pudiera dar mala suerte, pero Maggie dice que no importa, siempre que no encendamos las lucecitas. Y yo lo creo, porque Maggie no miente.

Los sábados por la noche comemos curry, y a mí me gusta comer algo sin tostada. Nunca había tomado curry antes de vivir aquí. Sabe de maravilla y ni siquiera tienes que prepararlo tú: te lo prepara otra persona. Esta comida viene de la India, que es un sitio que está muy lejos, pero cuando John la trae en una bolsa de papel marrón aún está caliente. Se llama «comida para llevar» porque te la llevas y te la comes en tu casa.

Siempre miramos el segundo VHS el domingo por la mañana, en la cama de John y Maggie, mientras comemos sándwiches de beicon. Maggie los llama de otra manera, algo así como «tocatas» de beicon, pero cuando yo lo dije la primera vez, se mondaron de risa. Y ahora los tres los llamamos tocatas de beicon, aunque yo sé que está mal.

Cada semana, John escoge uno de los videos y yo el otro. No creo que a Maggie le importe mucho; ella se pasa el rato leyendo periódicos y revistas mientras vemos las películas, y me tapa los ojos y los oídos en algunos trozos, cuando John ha elegido un video donde pone «18» en la portada. A veces se le olvida taparme los ojos y veo cosas malas, pero yo sé que no son de verdad, así que no me asusto. Hoy estamos comiendo tocatas de beicon y mirando una película que se llama *La historia interminable*. ¡Es la mejor película del mundo! También la miramos el fin de semana pasado. Creo que deberíamos mirarla cada domingo, pero Maggie dijo que esta tendría que ser la última vez durante un tiempo, lo cual quiere decir mucho tiempo. Por alguna razón, me pongo a recordar cómo eran los domingos antes de que viniera aquí. No eran así para nada.

—¿Por qué no vamos los domingos a la iglesia? —pregunto, sin dejar de mirar la película.

—Porque Dios no atiende las plegarias de la gente como nosotros —dice John, encendiendo un cigarrillo. Ha empezado a fumar otra vez desde que vinieron los hombres malos. Yo me alegro porque así él y Maggie discuten menos.

—Cierra el pico, John. Y tú no hagas caso. ¿A ti te gustaría ir a la iglesia, bebé?

Me lo pienso antes de responder. A veces sus preguntas son como una trampa.

—No, no creo.

Aún sigo con los ojos fijos en la pantalla. Ahora es mi momento preferido de la película, cuando sale un perro volador que en realidad es un dragón. John parece aburrido, tal vez porque ya hemos visto la película. Finjo no darme cuenta, pero él está todo el rato intentando tocar a Maggie, tratando de hacerle cosquillas. Ella chasquea la lengua y le da un cachete en la mano cada vez, porque creo que no le gusta. Desde luego a mí no me gusta cuando me lo hace a mí.

Al terminar la película, me siento triste. A veces me gustaría quedarme en las historias de las películas y los libros, y vivir allí. Maggie dice que vaya a mi habitación, que cierre la puerta y escuche una de mis casetes, pero yo aún no estoy lista para pasar a otra historia. Ella se cree que no oigo los ruidos que hacen, pero sí los oigo. Siempre parece como si él le estuviera haciendo daño, y a mí eso no me gusta. Oigo que Maggie va al baño después. Luego entra en mi habitación y yo aprieto el botón del casete para que crea que estaba escuchando la cinta, y no escuchándolos a ellos todo el rato. Tiene el pelo alborotado y las mejillas rojas.

—Ponte ropa adecuada, vamos a salir todos —dice, y da media vuelta.

—¿Afuera?

—Sí, afuera. Date prisa.

Salimos al cabo de poco por la puerta trasera. Hasta ahora, nunca había salido por esa puerta. Al cruzar el umbral, no veo más que hormigón gris y unas vallas demasiado altas para ver por encima. También hay un coche rojo que me parece haber visto antes. Maggie echa el asiento hacia delante para que pueda subir al asiento trasero; cuando lo hago, me viene como el olor de un recuerdo.

No sé cuánto rato pasamos en el coche; yo no dejo de mirar por las ventanillas. Creo que había olvidado que existen más cosas que las tiendas de nuestra calle. Hay muchas calles, muchas casas y mucha gente, y el mundo de repente parece muy grande. Paramos en un pub, que es un sitio al que va la gente cuando tiene sed pero no quiere beber en casa. Eso lo sé porque a mí papá de verdad le gustaba mucho hacerlo.

Maggie y yo nos sentamos a una mesa mientras John va a

buscar las bebidas: una pinta de Guinness para él, una Coca-Cola para ella y una limonada para mí. Bebemos en silencio. Maggie tiene una cara extraña. No sé bien qué estamos haciendo aquí: en casa también hay refrescos. John dice que quizá deberíamos irnos, pero entonces se acercan dos hombres y todo el mundo, excepto yo, se abraza y se estrecha la mano. Uno de los hombres me acaricia la cabeza, alborotándome el pelo que me acababan de cepillar.

—¿Te acuerdas de mí? —pregunta con una sonrisa que no encaja en su cara.

Niego con la cabeza: nunca nos hemos visto, aunque la verdad es que me recuerda a alguien.

—Soy tu tío Michael, y la última vez que te vi eras un bebé.

—Aún sigue siendo mi bebé, ¿verdad, Aimee? —Maggie me lanza una mirada que significa: «Estate calladita», aunque sin tener que decir las palabras.

Él tiene el pelo anaranjado, igual que Rainbow Brite, y unas manos muy pequeñas para ser un hombre. No es mi tío, pero tampoco Maggie es mi mamá, en realidad, ni tampoco John es mi papá. A la gente de aquí parece que le gusta fingir que es alguien que no es. Los dos hombres suenan como Maggie, no como John, y su modo de hablar me recuerda a cuando estaba en mi casa, en Irlanda. Creo que Michael debe ser hermano de Maggie; se parecen un montón, con el mismo tipo de ojos y labios.

Charlan mucho rato y yo empiezo a adormilarme. Maggie me dice que deje de moverme, pero yo no puedo evitarlo. Estoy aburrida, y me habría traído mis revistas de *Story Teller* si hubiera sabido que íbamos a pasar la tarde sentados.

—Te lo digo, las tres últimas tiendas que han atacado tenían vínculos irlandeses. Los jodidos idiotas se creen que somos del IRA solo por nuestro acento —dice Maggie.

—Baja la voz. —John nota que estoy prestando atención—. ¿Tú qué miras, mocosa? ¿Por qué no vas a jugar allí?

Miro hacia donde señala y veo en la esquina tres máquinas de colores muy altas, con un montón de luces y botones. John se mete la mano en el bolsillo de los vaqueros y me da unas monedas, pero yo no sé qué hacer con ellas.

—Es demasiado pequeña, John. No lo entenderá.

Maggie sorbe la pajita de su vaso vacío, haciendo un ruido gracioso. A mí me riñe cuando lo hago.

—¡Tonterías! ¡Esta niña es más lista que el hambre! Siempre tiene la cabeza metida en un libro. Ven, te enseñaré. —John me alza en brazos y me lleva a la primera máquina; acerca una silla y me sube encima para que pueda llegar. Luego me pone la mano en la suya para apretar un botón y suena una musiquilla—. Esto se llama *Pac-Man* y creo que te va a encantar.

—Se ha convertido en la niña de los ojos de su papi —dice el hombre que dice ser mi tío.

Todos sonríen, salvo Maggie.

30

Londres, 2017

*M*e ducho y me pongo ropa limpia. Me he tomado un par de tabletas de paracetamol y debería empezar a sentirme mejor, pero no es así. Mi agente va a deshacerse de mí. No ha respondido al correo que le envié; me ha contestado su secretaria, y solo para decirme que Tony podría hacerme un hueco dentro de una hora, con lo que apenas me ha dado tiempo de prepararme. Esta última invasión de la realidad en la ficticia vida feliz que me había construido resulta completamente inesperada. No tengo suficientes defensas para detener o al menos mitigar el ataque de ansiedad que me asalta. Apenas acabo de alcanzar la vida que creía desear; ahora no puedo perderla.

—Seguramente tu agente solo quiere charlar, como dice su correo. Me parece que estás sacando las cosas de quicio —dice Jack, mientras intento maquillarme un poco.

No suelo molestarme en maquillarme toda la cara cuando no estoy trabajando; no se me dan bien estas cosas. Mis dedos localizan a tientas un pintalabios en el interior de mi bolso; procuro dominarlos para aplicármelo y descubro demasiado tarde que esta barra de color rojo intenso no es mía. Es de ella. De la mujer que se la olvidó aquí cuando yo no estaba. Solo me he pintado el labio inferior, y por un momento me siento tan agotada y confusa que considero la idea de dejarlo así.

—Es solo un estúpido artículo —añade Jack—. Mañana todo el mundo lo habrá olvidado; y a tu agente seguro que no le importa si tienes una aventura o no.

Me vuelvo a mirarlo.

—Pero nosotros no tenemos una aventura.

—No hace falta que me lo digas.

Está sentado en la cama, en el lado de Ben, con los pies levantados. No sé por qué me siento tan culpable cuando no he hecho nada malo.

—Todavía no comprendo cómo Jennifer Jones consiguió esas fotografías.

Me aplico color en el labio superior y vuelvo a mirar mi reflejo. Por un momento, es la cara de Alicia la que veo. La idea de que ella tenga una aventura con mi marido y de que ambos estén tratando de incriminarme parece absurda, pero cosas más extrañas se han visto. Quizá la descarté demasiado deprisa. Ben es guapo y encantador, ingenioso y divertido. Al menos esa es la versión de sí mismo que él da ante el resto del mundo. Nadie creería cómo es de puertas adentro. La sola idea de que los dos estén juntos alimenta el odio que ha ido creciendo en mi interior durante todos estos años. Alicia ha sido una bruja conmigo desde la escuela.

—¿Hasta qué punto conoces a Alicia?

—No muy bien. —Jack se echa a reír—. Pero no creo que haya estado sacándonos fotos en secreto con su iPhone y que las haya vendido a la prensa, si te refieres a eso.

—No insinuaba tal cosa. —Quizá sí lo he hecho. Intento analizar la cuestión con lógica—. Estábamos en un plató cerrado; solo un miembro del equipo podría haber tomado una foto de nuestra escena de sexo. Y supongo que hay un montón de gente que podría habernos fotografiado anoche en el bar. Pero la foto de mi camerino…

—Jennifer Jones te estaba esperando en tu camerino la otra mañana, cuando te hizo la entrevista.

—¿Y?

—Debió de instalar una minicámara antes de que llegaras.

—¿En serio? Suena muy rebuscado. Es una reportera de espectáculos, no James Bond. ¿Eso sería legal siquiera?

—Creo que hoy en día hay gente capaz de cualquier cosa por un reportaje, sin importar si es ético, o si la noticia que dan es cierta.

Bajamos al primer piso y me detengo en la cocina para beber agua. Ir a la ciudad con resaca para ver a mi agente no es ideal, pero estoy decidida a terminar de una vez con esto, sea lo que sea. De soslayo veo el cubo en el rincón y recuerdo lo que hay dentro: las botellas vacías de gel de encendido que la policía cree que compré. Me vuelven a entrar náuseas.

—Voy un momento a sacar la basura. Creo que está empezando a oler.

Jack se me acerca.

—Ya lo hago yo…

—No, de veras, estoy bien. ¿Por qué no me esperas en el salón? Solo será un minuto.

Cuando vuelvo dentro al cabo de un momento, Jack está mirando algo que sujeta con la mano.

—¿Quién es este chico de aspecto intimidante? —Alza la foto en blanco y negro de mi marido, cuando era niño.

—Ben, de pequeño. Es la única foto suya que he conseguido encontrar.

—Qué extraño.

—Ya. He buscado por todas partes. Las había a montones…

—No. Digo qué extraño porque no se parece nada a él.

Había olvidado que Jack y mi marido se conocieron en una fiesta hace unos meses. Ben se había invitado a sí mismo en un acceso de celos y paranoia, y yo estaba furiosa. Al principio, cuando empezamos a estar juntos, me parecía halagador que me quisiera solo para él. Pero esa sensación se desvaneció con el tiempo para dar paso a un sordo resentimiento. He adquirido el mal hábito de amar a personas que me menosprecian, confiando en que eso cambie. Pero nunca me valoran. Y yo caigo más y más, y cada vez más acelerada y brutalmente.

Aquella noche, durante la fiesta, vi a Jack y Ben hablando en un rincón como si fuesen uña y carne, y me pareció extraño. Ese recuerdo me inquieta, como si prefiriese que los dos pertenecieran a ámbitos separados de mi vida; el hecho de que se hayan conocido contamina de algún modo mi futuro con mi pasado. Una nota mental se perfila por sí sola en mi subconsciente; deja una marca, como si hubiera sido escrita con un lápiz afilado, pero será fácil borrarla.

Jack vuelve a dejar la espeluznante fotografía boca abajo y me sigue hacia el vestíbulo. Abro la puerta y me llevo una sorpresa. No esperaba encontrarme a nadie en el umbral, a punto de llamar al timbre.

—Vaya, vaya. Qué casualidad encontrarlos a los dos juntos esta mañana —dice la inspectora Croft con una gran sonrisa.

Wakely está a su lado y, por detrás de ellos, veo que hay dos grandes furgonetas de la policía aparcadas en la calle.

—Quizá será mejor que me vaya. —Jack casi parece decepcionado, como si hubiera esperado encontrar a otra persona en el umbral—. Nos vemos luego.

Frunzo el ceño, sin entender por qué lo dice, sobre todo delante de la detective.

—En la fiesta de fin de rodaje —me aclara, al ver mi expresión de desconcierto.

Se me había olvidado que era esta noche.

—¡La fiesta de fin de rodaje! Qué emoción. Qué vida tan apasionante llevan ustedes, las estrellas de cine. ¿Podemos pasar? —Croft ya ha dado un paso hacia la puerta.

Le corto el paso.

—No, lo siento. Estoy saliendo.

—Será breve. Quiero informarla sobre la acosadora de la que me habló.

Ahora sí que capta mi atención, pero, aun así, no puedo llegar tarde a la cita con mi agente, hoy menos que nunca.

—Pues infórmeme. —Mantengo la puerta medio cerrada.

Ella vuelve a sonreír.

—Muy bien. En primer lugar, quería mostrarle algunas imágenes más que hemos obtenido. Son del día en el que usted denunció la desaparición de Ben. —Saca su fiel iPad y pasa un dedo por la pantalla—. Aquí hay una grabación de la cámara de vigilancia del banco, a la hora exacta en la que su cuenta fue vaciada y cerrada.

Miro la pantalla y veo por detrás a una mujer que parece idéntica a mí acercándose al mostrador.

—Ya se lo dije, ella viste igual que yo…

—«Ella» se identificó con su pasaporte.

Titubeo.

—Bueno, entonces debía ser una falsificación…

—Hemos revisado los correos electrónicos que usted dice haber recibido de alguien que se hacía llamar Maggie O'Neil. Hemos rastreado la dirección IP y hemos descubierto que usted se los había enviado a sí misma. Desde su propio portátil.

Al principio no puedo hablar. La idea es absurda. Yo no me he enviado correos a mí misma. ¿Por qué iba a hacer tal cosa?

—Se equivocan —digo, y noto que mi voz se quiebra un poco, como yo.

—Hemos rastreado la dirección IP. No hay ningún error.

—No lo entiendo.

—¿Su pasaporte ha desaparecido?

Me paro a pensar un momento y recuerdo que no solo había desaparecido el pasaporte de Ben del cajón donde los guardamos.

—¡Sí, así es!

Ella suspira.

—¿Hay alguien más que tenga acceso a su casa?

—No. Espere. Sí, antes teníamos una asistenta.

—¿Antes?

—Devolvió la llave, pero podría haber hecho una copia.

—¿Por qué la despidió?

—No la despedí…, simplemente dejamos de necesitarla.

«Porque soy una persona reservada y no me gustaba la idea de que alguien fisgoneara por mi casa y tocara mis cosas.»

Croft me escruta el tiempo suficiente como para que me sonroje, pero he aprendido a no decir más de lo necesario.

—¿Cree que su antigua asistenta es su acosadora?

Parece poco probable, pero aun así considero la posibilidad. María era algo mayor que yo, pero más o menos de igual estatura. Cambiaba de color de pelo más a menudo de lo que mucha gente cambia las sábanas, pero tenía acceso a mi ropa y a mi pasaporte. Supongo que podríamos parecer iguales vistas desde detrás. Pero no, no puede ser ella; a mí siempre me pareció muy amable.

—También hemos revisado el historial de búsquedas de su portátil —continúa Croft, sin aguardar a mis conclusiones—. Alguien, presumiblemente usted, estuvo buscando abogados especializaos en divorcios. ¿O cree que eso también podría ser cosa de su asistenta? A lo mejor ella no tiene Internet en casa.

Eso lo hice yo. Pero no llamé a ningún abogado. Simplemente, estaba disgustada. ¿Cómo se atreve Croft a invadir mi intimidad de esta forma? Dejé que se llevaran mi portátil de buena fe y, una vez más, ella está utilizándolo todo contra mí.

—¿Tiene usted una pistola, señora Sinclair?

No respondo.

—Según nuestros registros, sí la tiene. ¿Cree que la amnesia que su marido mencionó podría haber hecho que se le olvidara también esto?

«No. Lo recuerdo todo. Siempre lo he recordado todo.»

—No es un delito poseer un arma registrada legalmente.

—En efecto, no lo es. ¿Puedo verla?

Le sostengo la mirada.

—Si a estas alturas tuviera algo sólido contra mí, ya me habría detenido.

Ella sonríe y se acerca un paso más.

—Es verdad, lo habría hecho.

—¿Alguna vez ha oído decir que alguien es inocente hasta que no se demuestre lo contrario?

—Sí, por supuesto. También he oído hablar de Dios y de Papa Noel, y, sin embargo, no creo en ellos. Nos gustaría registrar la casa otra vez, si le parece.

Se vuelve hacia las dos furgonetas policiales; las puertas laterales están abiertas y veo a varios agentes en cada una.

—No, no me parece. ¿Y no necesita una orden para registrar mi casa?

—Solo si se niega a darnos permiso.

—Entonces le sugiero que consiga esa orden.

31

Essex, 1988

—*T*e he traído varias cintas nuevas —dice Maggie, entrando en mi habitación.

Huele a laca y a su perfume número cinco a la vez. Hoy lleva un traje amarillo y, por alguna razón, tiene los hombros acolchados para que parezcan más grandes. Estoy contenta de que me haya traído más cintas. Las viejas las he escuchado un montón de veces y ya me sé de memoria todas las historias.

—Pero estas cintas son muy especiales. —Introduce una en mi casete Fisher-Price y aprieta el «play». Empieza a sonar una voz extraña.

«Hoy, niños, vamos a estudiar el sonido de las vocales. Repetid conmigo: *how, now, brown, cow.*»

Maggie aprieta el botón de pausa.

—Venga, haz lo que dice.

Esta cinta no parece nada divertida. Abro la boca, pero ya he olvidado lo que se supone que debo decir. Maggie chasquea la lengua. Aprieta otro botón y, cuando el ruido de la cinta rebobinándose se detiene, le da otra vez al «play». Me concentro para recordarlo todo.

«Hoy, niños, vamos a estudiar el sonido de las vocales. Repetid conmigo: *how, now, brown, cow.*»

Maggie pone el casete en pausa y yo repito las palabras: «*How, now, brown, cow*». Creo que se quedará satisfecha, pero resulta que no.

—¡Así no! Has de decirlo como ella. Se acabó el irlandés; debes empezar a hablar como ella. Como ellos. Debes adaptarte.

—¿Por qué no puedo hablar como tú?

—Porque la gente te juzga por tu apariencia exterior, por tu aspecto y tu modo de hablar. A nadie le importa el interior. Has de imaginarte que estás actuando, simplemente, lo cual no tiene nada de malo. Hay algunas personas que se ganan muy bien la vida de ese modo.

—Yo no quiero actuar.

—Claro que sí. Esa película que te gusta tanto, ¿cómo se llama? Ah, sí, *La historia interminable* de las narices… Solo son actores actuando, no es real. —Está consiguiendo que me entren ganas de llorar, pero sé que me dará una bofetada si lo hago, así que parpadeo una y otra vez para contener las lágrimas—. Actuar es superdivertido. Si aprendes a hablar como ellos, podrás vivir todo tipo de aventuras increíbles cuando seas mayor, igual que el niño de la película.

—¿Podré volar algún día en un perro-dragón?

—Probablemente no, pero podrás hacer otras cosas si te esfuerzas y aprendes a hablar como es debido.

—Si debo aprender, ¿por qué no voy al colegio?

Maggie empieza a cambiar de cara.

—Porque aún no eres lo bastante mayor.

«Sí lo soy.»

—Entonces, ¿por qué hay un uniforme en mi armario?

La cara de Maggie se tuerce y temo que vaya a llenarse de enojo, pero no hace eso, sino algo diferente que no recuerdo haberle visto nunca. Se acerca al armario y abre las puertas lentamente, como si le diera miedo lo que pueda haber dentro. Sus manos se deslizan por las pequeñas perchas hasta encontrar la que busca al final de todo. La saca. La chaqueta azul, la camisa y la corbata de rayas aún tienen las etiquetas.

—¿Te refieres a esto? —pregunta, hablando tan bajo que casi no la oigo.

Asiento.

—Bueno, se suponía que iba a ser una sorpresa, y me parece que el delantal quizá sea todavía un poco grande para ti, pero creo que en septiembre te irá perfecto.

—¿Quieres decir que iré al colegio en septiembre?

—Sí —dice tras unos momentos, y yo me levanto y salto sobre la cama—. Siempre que… —Vuelvo a sentarme—. Siempre que aprendas a hablar como ellos. Solo has de escuchar todas estas cintas de dicción y hacer lo que dice esta señora. Enseguida lo pillarás.

—Pero ¿por qué? ¿Por qué no puedo hablar como hablo yo?

—La gente nos juzga a tu papá y a mí por nuestra manera de hablar y no quiero que a ti te pase lo mismo, bebé. Quiero que crezcas y puedas convertirte en lo que tú quieras. Es solo una actuación, simplemente. Todos hemos de aprender a actuar, Aimee. Nunca es buena idea dejar que los extraños te vean tal como eres realmente. Con tal de que no olvides quién eres de verdad, actuar te salvará.

32

Londres, 2017

$\mathcal{A}$ mí se me da muy bien actuar como si estuviera bien, incluso cuando no lo estoy. Tengo mucha práctica. Pero la cara que pongo hoy no parece la mía, y me da la sensación de que mi vida se está desmoronando, pieza a pieza. No parece que pueda hacer nada para mantener en pie lo que queda, y mi agente piensa que ahora es buen momento para deshacerse de mí, lo cual acabará con mi carrera.

La oficina de Tony está justo en el centro de la ciudad. Hace un día soleado, así que hago una parte del camino a pie, evitando el metro y las hordas que lo abarrotan. Solo porque haya escogido una vida en la pantalla grande, no quiere decir que no tenga derecho a una vida propia y privada. Pese al ataque de hoy en los medios *online*, no temo en especial que la gente me reconozca; hoy en día, se tiende a ver lo que se quiere, no lo que sucede realmente. He visto a otras actrices salir con sombrero y gafas de sol, pero eso solo sirve para llamar la atención. Dejarme el pelo rizado, no llevar mucho maquillaje y vestirme como cualquier otra persona es un disfraz mucho mejor. A veces hay personas que se quedan mirándome una fracción de segundo más de la cuenta; percibes en sus ojos ese brillo de reconocimiento. Pero no son capaces de situarme, no recuerdan dónde han visto antes mi cara.

Y eso me gusta.

Llego con tiempo de sobra, así que deambulo por Waterstones, en Piccadillly. Por primera vez desde hace muchos días me permito perderme un poco, y este es un buen sitio para hacerlo: hay una cantidad enorme de libros bajo un solo techo. Suelo venir aquí y me encanta que nadie me reconozca. A veces me gustaría poder esconderme en un rincón y solo salir cuando se haya ido todo el mundo y el personal haya cerrado y abandonado el local. Me pasaría la noche leyendo un libro antiguo, y al amanecer leería uno nuevo. No puedes permitir que el pasado te robe el presente; pero el pasado, si consigues absorber la cantidad adecuada, puede contribuir a impulsar tu futuro.

Siempre me he sentido segura en las librerías. Es como si las historias que contienen pudieran rescatarme de mí misma y del resto del mundo. Un santuario literario lleno de paracaídas de papel que te salvarán al caer. Algunas personas se las arreglan para formar su propia burbuja infantil y esconderse dentro para protegerse de la verdad de la vida. Pero aunque atravieses la vida flotando, a salvo dentro de tu burbuja, todavía puedes ver lo que sucede a tu alrededor. No puedes aislarte del todo del horror, a menos que cierres los ojos.

Compro un libro. Rodeada de tantos sería una grosería no hacerlo. Es una historia escrita en 1958. Ya la he leído, pero me resulta curiosamente reconfortante deslizarlo en mi bolso. Al dejar atrás la tienda y el mundo de la ficción, tengo la impresión de llevarme un poquito de fantasía conmigo. Un talismán hecho de papel y palabras para ayudarme a mantener a raya la realidad.

Salgo con un poco más de esperanza que cuando he entrado. Empiezo a pensar que al final quizá todo se arregle. De repente una mujer me sujeta del brazo y me empuja hacia atrás, justo cuando un autobús de dos pisos pasa disparado. Un borrón rojo se desliza ante mis ojos mientras el bocinazo del conductor inunda mis oídos.

—¡Mire por dónde anda! —me grita mi salvadora, meneando su agresiva permanente.

Murmuro un gracias, incapaz de formar las palabras ni de recuperar todavía el aliento. Por poco. Por demasiado poco. A veces no entiendo qué me ocurre; parece como si me hubiera pasado la vida mirando en la dirección errónea.

Recorro las últimas dos calles hasta la oficina de mi agente y subo en ascensor a la quinta planta. El ascensor está vacío, así que aprovecho para examinarme ante el espejo y rociarme de Chanel N.º 5, no porque desee oler bien, sino porque este perfume en particular siempre me ha tranquilizado cuando estoy asustada, aunque no sé bien por qué. Al verme a mí misma me acuerdo de las imágenes de las cámaras de vigilancia del banco que me ha enseñado antes la inspectora Croft. No era yo, desde luego, pero esa mujer realmente se parecía a mí. Yo no cerré nuestra cuenta y después lo olvidé. No estoy loca. Estoy más convencida que nunca de que Ben está maquinando con alguien para intentar arruinar mi carrera. De todos modos, por ahora, estos pensamientos sobre él y esa mujer, sea quien sea, debo guardármelos para mí. Debo enterrarlos a ambos.

Miro el sofisticado letrero de detrás de recepción: «AGENCIA DE TALENTOS». Como siempre, me pregunto qué hago aquí. Yo no tengo talento y no encajo en este lugar. Siempre he pensado que Tony decidió representarme por error, o sea, que supongo era solo cuestión de tiempo que también él se diera cuenta. Aguardo, procurando no moverme nerviosamente mientras van a decirle que he llegado.

Son unas grandes oficinas. Todo un laberinto de despachos con puertas de cristal, como un zoo de agentes alimentados por una mezcla de talento y ambición. Gente capaz de realizar tus sueños un día y de destrozarte el corazón al siguiente. La mujer de recepción me sonríe cuando nuestras miradas se cruzan. Me ha estado mirando desde que he llegado. Es nueva. No la había visto antes, y me pregunto si sabe por qué estoy aquí. Me pregunto si lo saben todos.

Los agentes se deshacen continuamente de sus clientes.

Antes, cuando venía hacía aquí, se me ha ocurrido la idea de mirar la lista de clientes de Tony, pero finalmente no me he animado a hacerlo, por si resultaba que mi nombre y mi fotografía ya habían sido eliminados de la página. Mi escasa seguridad en mí misma se ha encogido y se ha vuelto tan pequeña que no veo resquicio alguno para albergar la menor esperanza. Alicia tenía razón; desde el principio, yo no encajaba con los demás clientes de Tony, y sigo sin hacerlo. Un par de papeles en el cine no iban a bastar para cambiarlo.

Los nervios me acaban dominando y creo que voy a vomitar. Justo cuando me levanto para ir al baño, aparece la secretaria de Tony para acompañarme a su despacho, así que me obligo a sonreír y la sigo. Estoy convencida de que todo el mundo me está mirando mientras avanzamos por el laberinto de pasillos, y cada paso me exige un enorme esfuerzo mental y físico. Es como si estuviera luchando contra la gravedad.

De mediana edad y clase media, Tony es un hombre que parece estar en medio de algo apremiante en todo momento. Siempre está bronceado y siempre luce un traje caro. El ceño fruncido es marca de la casa, a menos que alguien le esté mirando: en ese caso, desarruga el ceño y su cara se ilumina con una sonrisa traviesa. El pelo se le ha empezado a poner blanco hace poco, de forma prematura. Confío en que no sea por representarme a mí. A través de la pared de cristal parece ocupado, encorvado sobre su escritorio con la vista fija en la pantalla. Su secretaria me pregunta si quiero beber algo; le digo que no a pesar de tener sed. No he llegado a acostumbrarme a este tipo de atenciones; siento como si no me las mereciera. Tony me ve y parece que tarda un segundo más de lo que solía en transformar su expresión ceñuda en una sonrisa. Intento no tomármelo como algo intencionado.

—Bueno, ¿cómo estás? —pregunta, cerrando la puerta mientras tomo asiento.

«Estoy jodida de verdad, y lo sabes.»

—De maravilla, ¿y tú?

«Seguro que dice que está ocupado.»

—Ocupado, muy ocupado. La película ya ha terminado, ¿no? No quería mantener esta conversación hasta que hubiera concluido todo.

«Joder. Lo sabía. Estoy frita. El muy hijo de puta, ¿por qué no podía habérmelo dicho por correo electrónico? Quizás encuentre otro agente; tal vez, sí, pero no será lo mismo. Estoy segura de que los papeles que me han dado solo los he conseguido porque me representaba él. Yo confío en Tony, o al menos confiaba. No me fío de nadie más. Estoy muy jodida.»

—¿Aimee? —pregunta, interrumpiendo mi monólogo interior—. ¿Estás bien?

«No.»

—Sí, perdona, solo… un poco cansada.

—Entonces voy a ir directo al grano. ¿Sabes por qué te he pedido que nos viéramos hoy?

«Porque vas a dejarme tirada, y ya te odio por ello.»

Niego con la cabeza. Mi miedo dictará lo que diga ahora. Y lo que no diga. Me sorprendo mirándome los pies, incapaz de escuchar mientras una persona en la que confiaba afila el cuchillo. Siento una náusea cada vez más grande y pienso que tal vez acabe vomitando aquí en medio, en su despacho. Mis rodillas empiezan a temblar como suelen hacer cuando estoy asustada. Menudo estereotipo. Intento mantenerlas quietas con las manos, mientras me pregunto si hay algo que pueda decirle a Tony para que cambie de idea. Él empieza antes de que yo pueda hablar.

—Bueno, en realidad son dos cosas…

Siempre escucho lo que dice, pero ahora gran parte de mi energía se concentra en tratar de no llorar ni vomitar.

«Por favor, no lo hagas.»

—Recibí un correo de tu marido.

El tiempo se detiene.

—Me decía que no podías soportar la presión a la que te has visto sometida. Soy consciente de que has rodado dos películas este año, lo cual es mucho incluso para un actor con experiencia. Y quiero que sepas que puedes decírmelo con toda libertad si en algún momento es demasiado. Está bien rechazar algún proyecto de vez en cuando. Hay cosas, y personas, de las que puedo protegerte.

—No sé por qué se puso en contacto contigo. Estoy bien, de verdad.

Me mira unos instantes de más.

—¿Va todo bien en casa?

—Sí. —Nunca le he mentido a Tony, y me parece fatal hacerlo—. En realidad, no. Pero se arreglará pronto. Espero.

Él asiente y mira el guion que tiene sobre la mesa.

—Bien, porque el otro motivo por el que quería verte es que un director se ha puesto en contacto conmigo para hablar de otra película. Querían que volaras a Los Ángeles la semana pasada para hacer una prueba, pero les dije que no de tu parte, porque sabía que tu calendario de rodaje no lo permitía. Así que el director y su equipo vendrán a Londres la semana próxima para verte. Creo que el papel ya casi es tuyo…, si lo quieres. El trabajo no empezará hasta dentro de un mes, al menos; o sea, que tendrás un poco de tiempo para descansar…

—¿Quién es el director? ¿Lo conozco?

—Sí, ya lo creo. —Tony sonríe.

—¿Quién?

—Fincher.

Espero unos momentos. ¿He oído bien? No, no puede ser.

—¿Fincher?

—Sí.

Tiene que ser un error o una broma de mal gusto.

—¿Estás seguro de que quiere verme a mí? Tal vez se refería a Alicia...

Lo miro fijamente, buscando en su rostro algo que no está.

—Yo ya no represento a Alicia White. No hay ningún error. ¿Qué hace falta para que empieces a creer en ti misma?

Retrocedo en el tiempo y en el espacio. Estoy en el colegio, en el despacho de mi profesor de teatro, justo después de que me haya adjudicado el papel de Dorothy en *El mago de Oz*, a pesar de que a mí me daba demasiado miedo presentarme a la prueba. Mi agente me recuerda un poco a aquel profesor. No alcanzo a comprender por qué estas dos personas decidieron arriesgarse conmigo, pero estoy tremendamente agradecida de que lo hicieran. Mi vida tal vez no ha resultado exactamente como yo deseaba, pero algunas veces me siento increíblemente afortunada. Y esta es una de esas ocasiones.

—Gracias —digo al fin, hallando el camino de vuelta al presente.

Tony pone esa cara que suele poner cuando se acerca la hora de otra reunión y necesita que me vaya, pero no sabe cómo decírmelo. Me levanto, aliviada al ver que no ha leído nada de las idioteces que han escrito sobre mí en Internet.

—Aimee. —Me vuelvo hacia él. Ahora veo en su cara que también en esto me equivoco: claro que lo ha leído, Tony lo lee todo. Pero me sorprende comprobar que me mira con una expresión amable, no con la expresión de padre decepcionado que yo me esperaba—. Si solo has de recordar una de las cosas que te digo mientras soy tu agente, espero que sea esta: siempre tienes que luchar, sobre todo cuando crees que vas a perder. Es entonces cuando debes luchar más que nunca.

—Gracias —susurro, y salgo antes de que me vea llorar.

33

Essex, 1988

$\mathcal{H}$oy es mi cumpleaños.

No el de verdad, en septiembre; ese dijo Maggie que debía olvidarlo. Hoy es mi nuevo cumpleaños, el de abril, y ella dice que tengo siete años, aunque en realidad solo tengo seis.

Ya no me importa tener un nombre y un cumpleaños diferente; empieza a gustarme vivir aquí. Maggie me compra regalos continuamente, e incluso John me ha hecho uno hoy. Ella se ha enojado mucho cuando John me lo ha dado, y entonces él ha mirado el suelo y jugueteado con su nueva barba, como suele hacer cuando Maggie se enfada. Y después ha dicho algo que no puedo sacarme de la cabeza, como si sus palabras se me hubieran quedado atascadas entre las orejas. «Una niña necesita compañía.» Yo he entendido lo que quería decir, pero creo que se equivoca. A mí me gusta estar sola.

Aun así, me alegra que me haya comprado un hámster. Lo he llamado Cheeks.

Cheeks no hace gran cosa. Vive en una jaula y duerme un montón. A veces le gusta correr en su rueda. Corre y corre y corre, sin llegar a ninguna parte. Me pregunto si le importa. A Maggie no le gusta el hámster y se niega a llamarlo Cheeks; ella lo llama Vermin, que quiere decir «bicho». No me parece un nombre bonito.

Maggie me ha comprado un aparato que llaman «walk-man», para que pueda escuchar mis cintas de *Story Teller* y las lecciones de dicción sin que ella y John tengan que escucharlas también. Cada vez se me está dando mejor hablar como una inglesa para ir al colegio en septiembre, y mi *walkman* es muy chulo. He llevado los auriculares puestos todo el día, aunque no estuviera escuchando nada.

John también le ha hecho hoy un regalo a Maggie, aunque se supone que es mi cumpleaños, no el suyo. Estaba envuelto en el mismo papel de *She-Ra* que los míos, y me ha parecido un poco raro que no me dejaran abrirlo. She-Ra es una prince-sa del poder y mi nuevo personaje favorito. Vive en un castillo, vuela en un caballo e impide que los malos hagan cosas malas. Cuando sea mayor, me gustaría ser como She-Ra.

John ha dicho que Maggie se merecía un regalo, porque hoy también es un día especial para ella. Es el día, ha dicho, en el que trajo una vida a este mundo. Me ha mirado a mí al decirlo, pero no hablaba de mí. Quizá solo tengo seis o siete años, pero no soy idiota. Maggie no me ha mirado cuando él lo ha dicho; miraba la foto enmarcada de la niña que hay en la repisa de la chimenea. Ha llorado un poquito, pero ha fingido que era por la fiebre del heno y luego se ha secado las lágrimas con un pañuelo de papel. Supongo que era una mentirijilla.

Cuando ella ha desenvuelto el regalo, yo no sabía lo que era. Se llama freidora eléctrica, al parecer. No sé por qué me parece un nombre tan gracioso, pero me entra la risa cada vez que John lo dice. Maggie le ha preguntado si la había sacado de la parte trasera de un camión, lo cual me parece un sitio un poco raro para comprar regalos. John no le ha hecho ni caso y ha dicho que la freidora eléctrica nos cambiará la vida. Yo no me lo he creído al principio, pero tenía razón. Antes lo comía-mos todo con tostada, pero ahora lo comemos todo con patatas fritas. ¡Es fantástico! Solo hemos tenido la freidora eléctrica un día, pero ya hemos comido huevo con patatas para almorzar y hamburguesas con patatas para cenar.

Funciona como si fuera mágica. Maggie pela las patatas, las corta en trocitos delgados y las tira dentro. Cuando la máquina suelta un pitido quiere decir que ya se han convertido mágicamente... ¡en patatas fritas! A mí no me dejan tocar la freidora eléctrica. El aceite que tiene dentro se pone muy caliente; tanto que Maggie se ha quemado un dedo la primera vez que la ha usado. John se ha ofrecido a curárselo con un besito, pero ella lo ha apartado. Eso me ha hecho pensar que a veces un besito, en lugar de curarte una herida, quizá te la deja peor.

Vamos a tomar un postre especial esta noche, por mi cumpleaños. Maggie dice que es una sorpresa. Espero que sea de las buenas. Me hace sentar en el sofá de la sala, al lado del fuego eléctrico. De repente se va la luz, pero es porque John la ha apagado, no porque el contador necesite monedas. Maggie entra con un pastel con velas y lo deja sobre la mesita de café (donde nosotros solo bebemos té). Nunca había tenido un pastel de cumpleaños. Ella dice que pida un deseo y sople las velas, y así lo hago, y John me saca una foto con su cámara Polaroid. Había siete velas, pero yo sé que solo tengo seis, así que no sé si mi deseo se hará realidad.

Después de comer dos porciones de pastel de chocolate cada uno, John se levanta, se acerca a la repisa de la chimenea y coge la foto de la otra niña. Ella también está soplando las velas de un pastel de cumpleaños, aunque yo solo cuento seis. Él abre el marco y empieza a guardarse la fotografía en el bolsillo, pero Maggie le dice que no, así que vuelve a colocarla y desliza mi nueva foto encima. Es extraño ver una fotografía mía en el marco. La otra niña está justo debajo. Ahora ya no lo veo, pero sé que sigue ahí.

34

Londres, 2017

Me siento en un vagón de la Central Line, tratando en vano de leer el libro que he comprado. Es una historia antigua, pero me está metiendo en la cabeza pensamientos nuevos para los que ahora no tengo sitio. Los libros también pueden ser espejos y brindarnos un reflejo de lo peor de nosotros mismos para que lo examinemos; son lecciones ocultas entre las páginas, aguardando para ser aprendidas. Vuelvo a meter el libro en mi bolso y observo las caras de los demás pasajeros, preguntándome quién será realmente la gente que hay detrás.

Ben y yo solíamos jugar a un juego en el metro. Escogíamos a dos personas que estuvieran hablando a cierta distancia, y nos turnábamos para hablar cuando ellos hablaban, adoptando vocecitas absurdas, inventando graciosos diálogos que no encajaban con las caras que veíamos y mondándonos de risa con nuestras ocurrencias. En aquella época éramos divertidos. Lo pasábamos bien. El recuerdo me hace sonreír, pero luego me doy cuenta de que estoy sonriendo a los desconocidos y a un pasado que no podré recuperar. Es de mala educación mirar a la gente así, tan fijamente, pero nadie dice nada, ni siquiera se dan cuenta. Están demasiado absortos mirando sus móviles, compartiendo únicamente esa forma cotidiana de aislarse de las maravillas del mundo que los rodea. Estamos todos tan ocupados bajando la vista a nuestras pantallas que se nos ha olvidado alzarla hacia las estrellas.

Puede ser peligroso pasar demasiado tiempo observando las vidas ajenas, porque tal vez te quedes sin tiempo para vivir la tuya. La tecnología está haciendo degenerar a la raza humana. Devora nuestra inteligencia emocional y escupe los restos de intimidad que no puede tragar. Pero el mundo seguirá girando y las estrellas siempre brillarán, sin importar si alguien las está mirando.

A veces pienso que cada persona quizá es para sí misma su propia estrella, brillando en el centro de su propio sistema solar. Observo las expresiones cambiantes de mis compañeros de viaje y tengo la sensación de presenciar destellos ocasionales en su superficie, mientras reflexionan sobre el pasado o se preocupan por el futuro. Cada una de esas estrellas humanas, capaces de andar, hablar, pensar y sentir, tiene sus propios planetas girando alrededor: padres, hijos, amigos, amantes. A veces, las estrellas se vuelven demasiado grandes, demasiado candentes, demasiado peligrosas, y los planetas más cercanos arden hasta caer en el olvido. Mientras permanezco aquí sentada, contemplando esta galaxia de rostros, comprendo que no importa quiénes seamos o qué hagamos; todos somos iguales. Solo somos estrellas tratando de brillar en la oscuridad.

Bajo del metro en Notting Hill y camino hacia casa, diría que ahora con la cabeza un poco más alta que últimamente. Experimento un carrusel de emociones a cada paso, subiendo y bajando y volviendo a subir, hasta que esa mezcolanza de sentimientos parece desmoronarse y caer exhausta en el interior de mi mente ya de por sí cansada. Tengo una prueba con uno de mis directores favoritos de toda la vida, mi agente no me va a dejar tirada y, pese a todos mis problemas personales, me sobran motivos para sentirme agradecida. Todo este malentendido con Ben se acabará aclarando. Él pretende hacerme daño, pero no puede seguir desaparecido para siempre y a mí no me pueden acusar de un crimen que no se ha producido.

Doblo la esquina de mi calle, empezando a sentir que quizá todo está bien al fin y al cabo.

El sentimiento no dura mucho.

Las dos furgonetas de la policía que había aparcadas frente a mi casa esta mañana siguen ahí, pero ahora están vacías. La puerta principal está abierta de par en par. Hay agentes entrando y saliendo, y una cinta policial blanca y azul acordona todo el espacio entre la casa y el resto de la calle. Deduzco que la inspectora Croft ha conseguido la orden.

Esto tiene que ser una pesadilla. Seguro que a estas alturas debe haber comprendido que estoy diciendo la verdad. No sé dónde está mi marido ni por qué dijo las cosas que dijo o por qué me está haciendo esto. Supongo que simplemente quería darme una lección, pero ya está bien. Desde luego, yo no me lo cargué, como no para de insinuar la inspectora. Quizá me hayan diagnosticado de niña una amnesia traumática, pero los médicos se equivocaban y, en todo caso, creo que lo recordaría si hubiera hecho algo tan terrible.

Empiezo a caminar hacia la cinta policial. Tendrán que dejarme pasar, es mi casa; además, debo prepararme para la fiesta de final de rodaje de esta noche; no puedo presentarme vestida así. El viento en mis velas nuevamente desplegadas desaparece súbitamente cuando veo a dos hombres vestidos con monos forenses blancos. Están sacando por la puerta algo parecido a una camilla. Y encima hay algo, o alguien, tapado con una sábana blanca.

Al principio no puedo creer lo que ven mis ojos.

La imagen parece imprimirse a fuego en mi mente, dejando una marca indeleble, y sofocando mis últimas esperanzas.

No pueden haber encontrado un cuerpo, porque eso significaría que alguien ha muerto. Y si realmente alguien ha muerto, eso significaría que alguien lo ha matado. Diviso la silueta de la inspectora Croft saliendo de la casa; está señalando algo que no veo. Si de verdad ha encontrado algo, ya nunca me creerá sobre la acosadora; de hecho, no me creyó desde el principio. No consigo descifrar su expresión desde tan lejos, pero imagino que está sonriendo. Doy media vuelta y echo a correr.

35

Essex, 1988

Ahora barro y friego el suelo de la tienda cada noche. Escucho mi *walkman* mientras lo hago y practico trabalenguas como: «*Peter Piper picked a peck of pickled peppers*», o «*Red lorry, yellow lorry*», o una cosa sobre la lluvia en un sitio llamado España. Cada noche, al terminar de barrer, relleno los pequeños soportes de plástico de boletos de apuestas y pequeños bolígrafos azules, dejándolos listos para el día siguiente. Los boletos de apuestas son dos hojitas de papel pegadas: si escribes algo en la hojita blanca de arriba, aparece en la hojita amarilla de debajo, como si fuera magia. Cuando la gente hace sus apuestas, entrega las dos hojas juntas a Maggie o a John, y luego recibe la amarilla junto con el cambio. Si ganan, llevan la hoja amarilla al mostrador y recogen su dinero. Si pierden, suelen estrujarla y tirarla al suelo, junto con las colillas y demás desperdicios. Y cuando cierra la tienda, yo lo barro todo. Eso es lo que hago cada día, excepto los domingos.

Cuando Maggie grita que la tienda está cerrada por esta noche, cojo la escoba y entro en la parte de detrás del mostrador, arrastrándola. Ella y John todavía están poniendo gomas elásticas alrededor de los fajos de billetes y llenando las bolsitas de plástico de monedas, antes de meterlo todo en la caja fuerte, que es casi tan alta como yo y muy pesada. Una vez intenté levantarla y no se movió ni siquiera un poquito.

—¿Vosotros por qué no estáis casados? —pregunto, mirando cómo cuentan el dinero.

Acabo de leer en mi revista de *Story Teller* una historia de una princesa que se casa con un príncipe. Sé que Maggie y John no están casados porque no llevan anillos, y porque los sobres que entran en el buzón que hay al pie de la escalera tienen nombres distintos.

Maggie levanta la vista de un montón de billetes de veinte libras.

—Porque el matrimonio es una mentira, bebé. Y en esta familia no nos mentimos entre nosotros. Te lo he dicho muchas veces: a estas alturas, ya deberías saberlo.

No entiendo qué quiere decir, pero no vuelvo a preguntar, pues Maggie tiene su cara alegre esta noche y prefiero que no cambie. John señala algo por encima del mostrador algo que no veo. Cuando salgo al otro lado a barrer, veo dos grandes máquinas tragaperras, la una junto a la otra.

—¿Qué son…?

—En inglés —dice Maggie.

Ahora ya no me dejan hablar como ella. Y yo aún tengo que pensarlo un momento antes de sonar como si fuera otra persona.

—¿Qué son estas máquinas? —digo, pronunciando correctamente.

John sonríe; hay un destello de su diente de oro.

—Cebos.

—Cierra el pico, John. Son para ti.

—Pero ¿qué son?

—Bueno, una es una simple tragaperras y la otra… ¿Tú recuerdas cómo se llama, Maggie? —dice John.

—Creo que debe ser… ¡*Pac-Man*! —grita ella.

Pac-Man es mi nuevo juego favorito. Juego todos los domingos en el pub mientras ellos hablan con el hombre que se parece a Maggie y que dice que es mi tío. Los dos son iguales y hablan igual y dicen las mismas cosas. A veces parece como si fueran la misma persona, pero él es chico y ella es chica.

—¡Gracias, gracias, gracias!

Entro corriendo otra vez detrás del mostrador y abrazo las piernas de Maggie.

Ella dice que solo puedo jugar con las máquinas cuando haya terminado de barrer y fregar, así que lo hago superrápido. Entonces John me da una bolsa de monedas de la caja fuerte y me sube a un taburete.

—Bueno, a ver. Ya sé que tú solo quieres jugar a *Pac-Man*, y te comprendo, porque ese tipo amarillo es bastante adictivo. Pero primero has de jugar con esta máquina, y debes jugar hasta que ganes. Lo único que tienes que hacer es meter la moneda en la ranura y apretar el botón. Cuando consigues tres limones, sale un montón de dinero por la parte de abajo de la máquina. Después, no vuelvas a tocarla para nada hasta mañana. ¿Entendido? —Asiento—. Buena chica. Cuando consigas el dinero de la máquina tragaperras, puedes usarlo para jugar a *Pac-Man*. Esa la puedo vaciar en cualquier momento.

Juego con la primera máquina tanto tiempo que el dedo empieza a dolerme de apretar los botones, pero al final aparecen tres limones seguidos y sale un montón de dinero por la parte de abajo, como John me ha dicho que pasaría. Él dice que la máquina funciona mejor durante el día si nosotros la vaciamos de dinero por la noche, así que quizá por eso tenga que jugar con ella. Cuando gano, suena el ruido de las monedas cayendo durante tanto rato que parece que no se va a acabar nunca. Entonces me bajo del taburete de cuero negro, lo empujo hasta la máquina de *Pac-Man* y vuelvo a subirme. Juego diez veces, de manera que mi nombre, el nuevo, llena la tabla de clasificación. Luego oigo la música de cabecera de *EastEnders*. Maggie grita a través de la escalera:

—La cena estará dentro de cinco minutos, pero primero has de limpiar la jaula del hámster, ya te lo he dicho.

Me había olvidado de Cheeks. Hace lo mismo cada día: come, duerme y corre en círculo. No entiendo por qué Maggie lo odia tanto, pero espero que ese programa de la tele la ponga de buen humor. Huelo la freidora eléctrica, y sé que vamos a comer patatas fritas. Ahora las tomamos con todo. Huevos con patatas fritas, salchichas con más patatas fritas, hamburguesa con patatas fritas, queso con patatas fritas. Los domingos comemos también patatas fritas con salsa de carne Bisto encima. ¡Es mi plato favorito! Me gusta comer patatas fritas todos los días, pero acabo de llegar al nivel 5 de *Pac-Man* por primera vez, así que no le hago caso a Maggie durante un ratito.

Cuando vuelvo a oír la música de *EastEnders*, me doy cuenta de que el capítulo de hoy debe de haber acabado. Estaba tan concentrada jugando con la máquina que se me ha olvidado completamente subir a cenar. Espero que Maggie no esté enfadada. Subo corriendo las escaleras y entro en la cocina; la freidora aún está encendida, así que quizá no llego tan tarde.

—Aquí estás. —Maggie aparece en el umbral. Pone una cara rara que me parece que no me gusta—. ¿Tienes hambre?

—Sí —susurro.

—¿De veras? Porque te he llamado hace media hora y no me has hecho caso.

Da un paso y yo retrocedo.

—Ya no queda nada de cenar, me temo. No hay patatas fritas para ti esta noche, bebé. Te estoy preparando otra cosa. Algo especial. ¿Quieres verlo?

Creo que no quiero.

Doy media vuelta y trato de salir de la cocina, pero ella me sujeta, me levanta con una sola mano y abre la tapa de la freidora con la otra.

El aceite está caliente y veo algo burbujeando arriba.

Doy un grito al ver lo que es.

36

Londres, 2017

La gente suele decir que podemos ser en la vida cualquier cosa que queramos ser.

Es mentira.

La verdad es que podemos ser cualquier cosa que «creamos» que podemos ser. Hay una gran diferencia.

Si yo creo que soy Aimee Sinclair, entonces lo soy.

Si creo que soy actriz, lo soy.

Si creo que soy amada, lo soy.

Basta con destruir la creencia para destruir la realidad que ha engendrado.

Empiezo a pensar que mi matrimonio quizás haya sido poco más que una mentira. Me sorprendo vagando por el centro de Londres sin recordar cómo he llegado aquí. Por un momento, considero la posibilidad de que el diagnóstico de amnesia de hace tantos años fuera correcto: quizá me haya estado engañando desde entonces, pensando que podía recordar todo lo que me ha ocurrido y todo lo que he hecho; pero enseguida consigo zafarme de este pensamiento. No era cierto entonces, y no lo es ahora.

Camino, reflexiono y trato en vano de encontrar un sentido a todo lo que ha pasado estos días. No sé adónde ir, ni a quién recurrir, y la constatación de que no hay nadie en quien crea poder confiar hace que todo resulte peor de lo que es.

«Ben no puede estar muerto, porque yo no lo creo.»

Los pensamientos no expresados traquetean alrededor de mi cabeza, rebotando en las paredes, buscando una salida. Pero no hay salida. Esta vez no. Pienso en la marea de odio contra la que he tenido que nadar durante los últimos meses. Pienso en lo que me hizo Ben aquella noche y en el hecho de que mi pistola no estuviera donde suelo guardarla, debajo de nuestra cama. Por primera vez desde el principio de toda esta pesadilla, empiezo a dudar sinceramente de mí misma y a reconocer que mi contacto con la realidad parece menos firme de lo que solía ser.

«Sin duda, si mi marido estuviera muerto, lo sabría, ¿no?»

«Sin duda, habría sentido algo…»

«Quizá no.»

Ahora me siento como si viviera a cámara lenta; cuando miro a la gente que pasa alrededor, es como si todos tuvieran muchísima prisa. La mayoría están demasiado ocupados mirando sus móviles para ser conscientes de adónde van o dónde han estado. Y de pronto me encuentro frente a las oficinas de TBN, donde trabaja Ben, aunque no recuerdo haber hecho el camino hasta aquí. La visión del edificio me retrotrae a la época en la que empezamos a salir. Entonces solíamos quedar aquí siempre.

Éramos unos extraños cuando nos conocimos *online*.

Emocionalmente, seguíamos siendo unos extraños después de casi dos años de matrimonio.

Ahora no podría hacer eso —usar mi nombre real y mi fotografía en una web de citas—, pero entonces casi nadie sabía quién era. Mi nombre significaba muy poco para cualquiera, incluida yo misma. Ben dio el primer paso. Me envió un mensaje, intercambiamos varios correos electrónicos y accedí a que nos encontráramos en la vida real. Todo fue prácticamente perfecto hasta unos meses después de nuestra boda. Luego nunca más fuimos felices.

Ben ama su trabajo. Él está fuera casi con tanta frecuencia

como yo, viajando a cualquier rincón del mundo que conside-
remos más conflictivo que el nuestro. Las noticias son como
una adicción para él, mientras que yo rara vez les presto atención. Si hubiera sucedido algo grave, si él no estuviera en con-
diciones de trabajar, su jefe lo sabría; yo no le he visto faltar
al trabajo ni un solo día por enfermedad. Lo único que debo
hacer es demostrar que mi marido sigue vivo y que es él quien
pretende hacerme daño, y no al revés. Ben está intentando da-
ñar mi reputación y destruir mi carrera, porque sabe que es lo
único que me queda y que, sin eso, no soy nada.

Me obligo a cruzar las puertas giratorias y me acerco al
mostrador de recepción. Espero a que la mujer que está mirando la pantalla levante la vista. Entonces abro la boca, pero
mi pregunta parece demasiado intimidada para salir. La piel
de la recepcionista es un perfecto lienzo negro, con unos ojos
críticos y una boca adusta. Su pelo parece tan rígido como su
saludo: tupidas hebras negras recogidas en una cola tan tensa
que le proporciona un innecesario estiramiento facial. La placa
de identificación colgada con un cordón de su cuello dice «JOY»
[ALEGRÍA]. Eso, por lo que he visto de ella hasta ahora, resulta
más bien paradójico. Mi prolongado silencio hace que Joy me
mire como si yo pudiera ser peligrosamente estúpida. Tal vez
tenga razón. Tal vez lo sea.

—¿Puedo hablar con Ben Bailey, por favor? —acierto a decir finalmente.

Sus ojos, que antes había entornado, se abren de par en par.
Luego aparece en su rostro una expresión ceñuda.

—¿Podría darme su nombre?

No quiero darle mi nombre; prefiero guardármelo. Ahora
ya no se lo doy a nadie de buena gana.

—Soy su esposa —digo al fin.

Ella alza una ceja perfectamente dibujada hacia mí y luego
teclea en su ordenador. Por ahora, la palabra «esposa» parece
satisfacer al sistema.

—Tome asiento.

Me dirijo al sofá rojo que me señala. No levanta el teléfono de su escritorio hasta que me he sentado y me observa todo el rato mientras dice unas palabras que no puedo oír.

Aguardo. Entra y sale gente. Miro cómo los ascensores plateados, situados detrás de recepción, engullen a unos y escupen a otros. Joy mira y habla a todo el mundo que se acerca a recepción con el mismo estilo gélido, como si se le hubiera roto el termostato. Su tono se mantiene invariable; es lamentable hasta qué punto ciertas personas están predispuestas a la frialdad.

Cuando la silueta de un joven emerge del ascensor y camina hacia mí, me imagino que su mano tendida se dispone a saludar a otra persona hasta que advierto que soy la única que aún está esperando. Su pelo de veintitantos años es demasiado largo, igual que sus piernas larguiruchas, que salen disparadas en un ángulo peculiar por debajo de un traje reluciente. Huele a loción de afeitar, a pastillas de menta, a juventud.

—Hola. Creo que preguntaba usted por Ben Bailey, ¿no? —Su acento grave y refinado no encaja con su apariencia. Asiento y dejo que me estreche la mano—. Me temo que Ben no trabaja aquí desde hace más de dos años. Es lo mismo que le dije ayer a la policía. ¿Ha dicho en recepción que era usted su esposa?

Ahora no soy capaz de pronunciar una sola palabra, me siento demasiado ocupada asimilando esto, así que me limito a asentir.

—Qué extraño.

Me examina y sus rasgos adoptan la expresión que pone la gente cuando no puede recordar de qué les suena mi cara. Luego continúa hablando a trompicones, como si sus frases se tropezaran entre sí para que alguien las escuche.

—Quiero decir, Ben era más bien reservado, nunca venía al pub después del trabajo ni nada parecido. Realmente, no lo conocía… Bueno, a decir verdad, ninguno de nosotros. Siento no poder ayudarla. ¿Está metido en algún aprieto?

—¿Dice que Ben Bailey no ha trabajado aquí desde hace dos años?

—Sí, eso es.

La gente entra y sale del edificio; las puertas del ascensor se abren y se cierran; el joven que tengo delante continúa hablando, pero yo no oigo nada. Alguien ha apagado el sonido en mi mundo, y tal vez sea mejor así, porque no creo que quiera seguir oyendo. Es verdad que no recuerdo haberle preguntado por su trabajo desde hace tiempo; solo parecíamos hablar del mío. Pero quedarse sin empleo es algo que la mayoría de gente le contaría a su pareja, ¿no? Finalmente, mi cabeza empieza a plantear las preguntas correctas, pero es demasiado tarde; además, a estas alturas, ya debería conocer las respuestas.

—¿Por qué se fue? —Lo pregunto en voz baja, pero el chico me oye.

—Lo despidieron. Conducta dolosa. En aquel momento, me temo que no se lo tomó demasiado bien.

37

Essex, 1988

*E*s sábado y estoy sentada en el cuarto trasero de la tienda contando las monedas y metiéndolas en bolsas transparentes. Con el soporte de plástico rojo, compruebo que he contado bien. Me gusta empezar por las de diez peniques y amontonarlas hasta que llegan a la marca que dice «cinco libras». Entonces las meto en la bolsa; es fácil. Justo cuando estoy atando la última para que no se salgan las monedas, me parece ver una sombra moviéndose frente a la ventanita, pero debo haberlo imaginado, porque Maggie y John están en la tienda, y suena como si hubiera un montón de gente.

El sábado es el día de más ajetreo; parece que a la gente le gusta mucho apostar durante el fin de semana, no sé por qué. A lo mejor creen que da buena suerte o algo así. Me parece que soy demasiado pequeña para entender por qué es divertido gritar a los caballos que corren en la pantalla de un televisor. Me acabo cansando de escuchar el alboroto que arman los clientes y de oler la peste de sus cigarrillos. El humo se desliza hasta el cuarto trasero, se me mete en la nariz y tengo que olerlo todo el día.

Cuando me aburro, juego con la máquina Speak&Spell que me regaló Maggie. Es un pequeño ordenador de color naranja con teclado que puedo llevar a todas partes, y ella dice que me ayudará en el colegio, si es que me permiten ir en septiembre. Enciendo el Speak&Spell, que pone una musiquita y luego me habla con una graciosa voz de robot. Creo que quizá por eso me gusta tanto; nadie me ha hablado durante todo el día.

«Deletrea "promesas"», dice, y va leyendo cada letra a medida que las tecleo en la pantalla.

MENTIRAS
Incorrecto. Deletrea «promesas».
PROMESAS
Correcto. Deletrea «madre».
MAGGIENO
Incorrecto. Deletrea «madre».
MADRE
Correcto. Deletrea «hogar».
AQUÍNO

Vuelvo a ver la sombra, y esta vez arrastro la silla hasta la ventana y me subo para mirar afuera, pero no veo nada, aparte de nuestro coche, que no suele moverse solo. A veces no arranca, y John debe empujarlo por la bajadita que sale del patio trasero y luego a lo largo de la calle, mientras Maggie se sienta delante y aprieta los pedales con los pies y gira la llave. Yo me quedo sentada detrás, observando en silencio; ya he descubierto que los dos se enfadan más conmigo y entre ellos si digo algo cuando el coche no arranca.

Miro entre los barrotes. En todas nuestras ventanas hay barrotes, incluso en las de arriba. Maggie dice que es porque los hombres malos treparon una vez hasta el tejado. Aún estoy mirando entre los barrotes y soñando despierta —Maggie dice que siempre estoy en la luna— cuando aparece una cara justo delante de mí. Si no hubiera cristal, nuestras narices se tocarían.

—Hola, niña —dice el hombre en la ventana. Habla como John, no como Maggie—. Acabo de perder a mi perro, ¿puedes ayudarme? Lo he visto entrar corriendo en tu patio trasero, pero ahora no lo encuentro.

Las verjas de detrás siempre están cerradas. Siempre. Son más altas que John, y tienen trocitos de alambre y cristales rotos arriba. No sé cómo puede haber saltado por encima el perro de ese hombre.

—¿Tú lo has visto? Es una cosita blanca y peluda, una monada. Seguro que dejaría que le rascaras la barriga si me ayudas a encontrarlo.

A mí me gustan los perros. Me bajo de la silla y miro la puerta trasera. Tiene muchos cerrojos y cadenas y una gran cerradura, pero yo sé dónde están las llaves. Entonces recuerdo que Maggie dijo que no abriera la puerta trasera nunca nunca nunca. Así que decido preguntar primero. Cruzo la habitación del teléfono y me detengo frente a la cortina de tiras de colores que oculta la trastienda. Hay un ventilador en marcha porque hoy hace mucho calor aquí dentro; las tiras de colores bailan de aquí para allá como un pelo de plástico al viento.

—Mamá —susurro.

Está atendiendo a un cliente situado al otro lado del panel de cristal y no me contesta. El cliente parece viejo y malo; tiene una pipa en la boca y da la impresión de necesitar un baño.

—Mamá —vuelvo a susurrar.

Ella me mira de reojo.

—Ahora no, bebé. ¿No ves que estoy ocupada?

Atiende al siguiente cliente. Este es demasiado blanco y demasiado alto, como si lo hubieran planchado con un rodillo y no lo hubieran sacado al sol desde hace mucho tiempo.

Vuelvo a mi cuartito, preguntándome qué debería hacer, confiando en que quizás el hombre haya encontrado a su perro y ya se haya marchado. Pero cuando me subo a la silla para mirar, veo que aún sigue allí.

—Estoy muy preocupado por mi perrito… Anda, sé buena niña. ¿Por qué no vienes aquí fuera y me ayudas a buscarlo? —dice con una voz triste que me hace sentir fatal.

—Es que creo que no me dejan.

Su expresión parece aún más triste que sus palabras.

—Está bien. —Vuelve a poner la cara muy cerca del cristal y yo me echo un poco hacia atrás, aunque sé que no puede tocarme—. Lo entiendo. Pero es una lástima que no puedas ayudarme. Es un perrito tan bueno. No quiero que le pase nada malo. Tú no quieres que le pase nada malo, ¿verdad?

—No.

—Claro que no; ya veo que eres una buena niña. Así que si no es demasiada molestia, ¿puedo usar tu teléfono para llamar a la policía y que me ayuden a encontrarlo?

Nosotros tenemos muchos teléfonos. Tenemos una habitación llena de teléfonos para cuando la gente quiere apostar sin venir a la tienda, pero me da la sensación de que he de pensarlo un poco. Maggie dice que la policía pasa de la gente como nosotros, así que la gente como nosotros también pasa de la policía y no debe hablar nunca con ella. Pero Cagney y Lacey, los de la tele, también son policías, y a mí me gustan mucho, así que quizás algunos policías son buenos, ¿no? Si este hombre fuera un hombre malo, no querría llamar a la policía porque lo meterían en la cárcel. Aun así, no estoy segura de lo que debo hacer y decido preguntarle otra vez a Maggie.

Vuelvo a la cortina de colores y miro por las rendijas, enrollándome en el dedo una larga tira roja de plástico. Maggie todavía parece tremendamente ocupada, igual que John.

—¿Qué pasa, mocosa? —me pregunta él, contando unos billetes de diez libras en el mostrador.

Miro cómo desliza el fajo por debajo del panel a unas manos que están esperando al otro lado. Esto quiere decir que el cliente ha ganado una apuesta. John no soporta que los clientes ganen.

—No sé qué hacer con una cosa.

Él se vuelve hacia mí y mueve la cabeza.

—¿No ves lo ocupados que estamos mamá y yo? Ya eres lo bastante mayor para tomar algunas decisiones por ti misma, enana. A ver si creces. ¿Quién es el siguiente para la cuarenta y dos? —les pregunta a los hombres que hacen cola detrás del cristal.

Cojo las llaves del gancho que hay al lado de los teléfonos, arrastro la silla hasta la puerta trasera y voy quitando todos los cerrojos de arriba abajo, antes de girar la llave en la cerradura. La puerta se entreabre de un empujón desde fuera y veo la bota del hombre.

—Has olvidado la cadena.

La desengancho y él entra sonriente y cierra la puerta.

—Buena chica —susurra—. Bueno, ¿dónde está la caja fuerte?

—No creo que su perro esté aquí dentro.

Él se ríe y me aparta. En la tienda, la carrera ha comenzado. Hay mucho ruido, y creo que quizá haya cometido un error.

—¿Quién coño es usted? —pregunta John, que aparece en el umbral, detrás de nosotros.

El hombre me sujeta y veo el cuchillo que tiene en la mano. Me lo pone en el cuello y me levanta del suelo; mis piernas quedan colgando.

—Suéltela —dice John con un tono normal, como si no tuviera ningún miedo.

Pero yo sí tengo miedo y me meo encima. El pis me baja por las piernas, me empapa los calcetines y empieza a gotear en el suelo de piedra.

—Quiero todo lo que haya en la caja fuerte, ahora mismo, o le rebano el puto cuello.

Empiezo a llorar. De fondo, se oye cómo la carrera continúa. La voz del hombre de la televisión parece volverse más y más fuerte en mis oídos: «Rhyme'n' Reason sigue en cabeza, seguido de cerca por Little Prayer por la parte de dentro, y Dark Knight a la zaga...».

Maggie aparece por detrás de John. Me mira a mí y luego al hombre que me sujeta. Su cara no cambia, pero sus ojos sí.

—Puede quedarse el dinero, no me importa, tenemos un seguro. Pero no le haga daño a la cría —dice John.

—No me venga con artimañas —responde el hombre malo, porque ahora ya sé que eso es lo que es.

Noto que me aprieta con la punta del cuchillo en el cuello.

—Aimee, no te asustes, cielo —dice John—. Vamos a darle al hombre lo que quiere y nadie va a hacerte daño, te lo prometo.

—No debería hacer promesas que no pueda cumplir. —El aliento del hombre huele como el pub los domingos.

—Maggie, llena una bolsa con lo que haya en la caja y dale al hombre lo que quiere. —Parece que los ojos de John se han olvidado de parpadear; ahora son distintos, como más oscuros.

Maggie desaparece. Oigo el ruido que hace la caja fuerte al abrirse y luego sus tacones en las baldosas cuando vuelve con una bolsa llena de fajos de billetes. Se la acerca al hombre con una mano y, cuando él va a cogerla, saca la otra del bolsillo sujetando una pistola. Dispara, y esta vez no falla. Caigo al suelo y, al volverme hacia el hombre malo, veo que le falta la mitad de la cara.

38

Londres, 2017

«*B*en fue despedido hace dos años.»

Eso es lo último que oigo antes de dirigirme a la salida del edificio en el que solía trabajar. El chico que me ha dado la noticia aún me sigue hablando, pero yo ya no le oigo. Las voces que resuenan en mi cabeza son demasiado ruidosas y ahogan todo lo demás. No dejan de formular preguntas que me aterrorizan, porque ya no estoy segura de conocer las respuestas. ¿Cómo puede ser que mi marido perdiera su trabajo hace dos años y que yo ni siquiera lo supiese? Debió de ser justo después de conocernos. ¿Qué ha estado haciendo todo este tiempo? ¿Adónde iba cuando fingía marcharse a trabajar? ¿De dónde sacaba el dinero?

Debería haber preguntado qué hizo Ben exactamente. ¿Qué es lo que constituye una «conducta dolosa»?

Empiezo a pensar que no conozco en absoluto al hombre con el que estoy casada.

Quizá tampoco me conozco a mí misma tan bien como creo.

«¿Yo lo maté? ¿Cogí la pistola de debajo de la cama y le disparé? ¿Fui con el coche a la gasolinera y compré gel de encendido para tratar de ocultar las pruebas de lo que había hecho? ¿Por qué estaban las botellas en el cubo de basura y por qué en las imágenes de la cámara de vigilancia aparece alguien que se parece a mí comprándolas?»

No recuerdo haber hecho estas cosas, pero ya no estoy segura de que eso constituya una prueba suficiente de que no lo hice. Me siento más perdida y más sola que nunca. ¿En quién puedo confiar si ya no puedo fiarme de mí? Cuando la vida alce su espejo definitivo, espero que aún sea capaz de mirarme en él.

Mi móvil suelta un pitido. Echo un vistazo y veo el nombre de Jack en la pantalla: «¿A qué hora vas a llegar esta noche a la fiesta? Ya te estoy echando de menos. Un beso».

Se me había olvidado lo de la fiesta.

No, no puedo asistir ahora; no puedo ir a ninguna parte.

No puedo volver a casa, con toda la policía pululando por allí. Y si realmente han encontrado algo…, ¿qué pasa si me detienen? No importa que no haya hecho nada; lo importante es lo que les parecerá a los demás. Los rumores negativos son como sanguijuelas: se te quedan pegados. Oscilo entre las diferentes opciones como una bisagra rota, y llego a la conclusión de que solo tengo dos. Puedo huir y esconderme, demostrándome a mí y a todo el mundo que soy culpable de algo que no recuerdo; o puedo seguir actuando como si no pasara nada. Si no voy a la fiesta, me echarán en falta. No porque me tengan mucho aprecio, pero sí que se notará que no estoy y eso podría traer consecuencias negativas.

Debo comportarme como si no pasara nada.

Enfrentada al dilema de hundirme o nadar, escojo sobrevivir. Es lo que he hecho siempre. Cada vez. Si es necesario, aprenderé a respirar bajo el agua.

«Yo no he matado a mi marido», me digo a mí misma mientras entro en los almacenes y subo por la escalera mecánica a la sección de moda femenina. Me lo repito cuando escojo un vestido negro de la talla treinta y ocho y me lo llevo a los probadores. Y una vez más cuando le pido a la dependienta que quite las etiquetas porque voy a dejármelo puesto. No hago caso de su expresión de desconcierto cuando, después de pagar mi compra, le doy la ropa que llevaba antes y le digo que la tire.

«No estoy loca.»

Cuando entretejes verdades y mentiras, todo empieza a parecer lo mismo.

En la planta baja de los almacenes, me detengo en mi marca favorita de cosméticos y pago para que me maquillen.

—Mire hacia arriba, por favor —dice la mujer que me está aplicando lápiz negro en los ojos—. ¿Sabe que es idéntica a la chica de ese programa de la tele…? ¿No se lo han dicho nunca?

—Continuamente. —Procuro no sonreír—. ¡Ojalá lo fuera!

—¡A quién no le gustaría! Mire hacia abajo.

Me miro los pies y reparo en mis zapatillas de deporte. No quedan bien con el resto de mi atuendo, así que, una vez que tengo la cara arreglada, corro a la sección de zapatería. Empiezo a sentirme un poco paranoica pensando que la gente va a reconocerme, ahora que voy de punta en blanco como si fuera la versión cinematográfica de mí misma. Miro las hileras interminables de calzado y diviso unos zapatos rojos que lo eclipsan todo. Me recuerdan a un par que llevé una vez en una representación del colegio. Estoy casi segura de que no combinan bien con el vestido negro, pero me pruebo el zapato de muestra, plantándome frente al espejo como un flamenco. Es perfecto.

Mientras espero a que la dependienta me traiga mis nuevos zapatos, observo a las hordas de asistentes de compras, todas esperando encontrar una ganga para sus clientas. Ahora estoy segura de que la gente me está mirando. Quién sabe cuántos habrán leído el artículo de Jennifer Jones. Peor aún, quién sabe si las noticias sobre Ben y acerca de las cosas de las que me ha acusado se habrán filtrado a los medios. Cuando la dependienta reaparece, hay una gran cola esperando y todo el mundo chasquea la lengua a coro y pone los ojos en blanco. Ella se disculpa por el retraso y regresa al almacén antes de que yo haya levantado siquiera la tapa de la caja.

Me calzo mis nuevos zapatos rojos y los miro otra vez en el espejo. No sabría decir por qué, pero desprenden una peculiar sensación de comodidad, lo cual me hace pensar otra vez en Ben. Él sabía lo mucho que me gustaban los zapatos y me compraba un par de diseño por mi cumpleaños y por Navidad: un gasto que yo podía permitirme, pero que nunca me parecía justificado para mí misma. Siempre elegía un par que yo había deseado secretamente: hasta tal punto me conocía. Era un gesto amable y detallista; a él le encantaba ver cómo los desenvolvía. Cada matrimonio es diferente y no hay ninguno perfecto. No todo era malo entre nosotros.

Regreso al presente. Veo la enorme cola que serpentea frente a las cajas registradoras y vuelvo a sentir todas las miradas sobre mí como un peso en mi pecho que no me deja respirar. Me miro por última vez en el espejo y me trago mi temor como si fuera una píldora. Decido hacer algo que nunca he hecho, y salgo de los almacenes sin pagar, dejando atrás mis zapatillas y esa versión de mí misma. Si estoy a punto de ser acusada de asesinato, un pequeño hurto no puede agravar demasiado las cosas. Me aterroriza la policía y lo que me reserva el futuro, pero esa mujer que acaba de devolverme la mirada en el espejo no tiene miedo de nada ni de nadie.

A partir de este momento, lo único que he de hacer es acordarme de ser ella.

39

Essex, 1988

—*T*ú solo debes recordar quién eres —dice Maggie.

Me coge la mano con mucha fuerza mientras la policía está en la tienda, como si le diera miedo soltarme. Me preocupa pensar que quizá todo sea culpa mía, porque he abierto la puerta trasera cuando sabía que no debía hacerlo, pero yo solo quería ayudar al hombre a encontrar su perro. No sabía que, en realidad, no tenía ningún perro.

Maggie pone su cara amable durante el tiempo que los policías permanecen aquí, aunque es una cara algo forzada. Ella ha dicho antes de que llegaran que todos teníamos que actuar un poco y que era muy importante que yo me aprendiera mis frases. Me las ha hecho repetir una y otra vez con mi mejor acento inglés.

Tenía que aprenderme estas tres:

1. El hombre malo me ha engañado para que abriera.
2. El hombre malo tenía una pistola (no un cuchillo) y me ha apuntado con ella.
3. Papá (John) le ha dado el dinero, pero, aun así, el hombre malo no quería soltarme, y han empezado a pelearse y la pistola se ha disparado.

No puedo decir absolutamente nada más. Si preguntan cualquier otra cosa, debo decir que no lo recuerdo, aunque lo recuerde. No debo hablar de Michael, el hombre que dice que es mi tío; no sé por qué creen que iba a hablar de él. No debo decir que la pistola era de Maggie, ni que ha sido ella la que ha disparado al hombre malo. John ha dicho que es muy importante «ceñirse al guion» porque Maggie tiene antecedentes, pero yo no sé qué significa eso.

La policía ha pasado horas aquí. La señora que me hace las preguntas dice que soy «una niña muy valiente» y me da una piruleta, pero yo no la quiero. No me siento valiente, sino asustada. La cara amable de Maggie parece marcharse con ellos por la puerta trasera, por mucho que yo desee que no lo haga. No sé qué hora será cuando nos quedamos solos, pero afuera está oscuro y supongo que es tarde. Me pregunto si todavía cenaremos y si será algo con patatas fritas. Pero luego recuerdo que ya no tenemos la freidora eléctrica, después de lo que pasó con Cheeks. Maggie la tiró a la basura.

Ahora me coge en brazos y me lleva a través de la tienda, con mis piernas alrededor de su cintura y mis brazos rodeando su cuello. Huele a su perfume número cinco, un olor que me hace sentir a salvo. Las pantallas de televisión aún están encendidas, pero les han quitado el sonido, de manera que unos caballos silenciosos corren y saltan vallas como si lo hicieran en secreto. Al mirar por encima del hombro de Maggie, veo que el suelo está lleno de desperdicios, pero hoy ella no me dice que lo barra; me sube por la escalera hasta llegar al piso, cruza la cocina, entra en el baño verde y me deja en la bañera.

—Quítate la ropa —dice, y yo obedezco.

Ahora siempre hago lo que me ordena.

Ella desaparece un momento y vuelve con una caja de polvos Flash, que es lo que pongo cada noche en el cubo de la fregona para limpiar el suelo.

—Siéntate —dice.

Tiene una cara rara, un poco torcida, y al verla me tiemblan las rodillas. Pone el tapón de la bañera, abre el grifo y espera. El agua al principio está fría, pero cuando me llega a los tobillos está caliente. Demasiado.

—¿Puedo poner un poco la fría, por favor?

—No.

—Está quemando.

—Mejor —dice ella, echando polvos en una toalla y tirando el resto en la bañera hasta vaciar la caja. El agua me quema, por lo que trato de levantarme, pero ella me obliga a quedarme sentada—. Cierra los ojos. —Empieza a frotarme la cara con mucha fuerza; tengo la sensación de que los polvos me están arrancando la piel de las mejillas. Me pongo a gritar, pero Maggie no parece oírme, continúa restregando, y el agua sigue quemando—. Tienes sangre en tus manos y has de limpiarte.

Me restriega los brazos, las piernas, la espalda. El agua está ardiendo y la toalla me duele tanto que grito más de lo que he gritado nunca. Los gritos que salen de mi boca ni siquiera suenan como yo. Oigo que John aporrea la puerta del baño, pero Maggie la ha cerrado con llave para que no pueda entrar.

Cuando me mete en la cama, me duele todo.

No me da un besito para curarme, ni tampoco el de buenas noches.

Tengo la piel roja, me duele la garganta de tanto gritar, pero ahora estoy callada.

Me he quedado sola en la oscuridad, pero en mis oídos sigo oyendo lo último que Maggie ha dicho, como susurrando, una y otra vez. Me ha encerrado en la habitación y ha quitado las bombillas del techo y de la lamparilla, aunque sabe que la oscuridad me da miedo. Tengo hambre y sed, pero aquí no hay nada para comer o beber. Cierro los ojos y me tapo los oídos con las manos, pero todavía sigo oyendo sus palabras: «Ese hombre está muerto porque no has hecho lo que se te ordenó. Yo no lo he matado: has sido tú».

Dice que lo he matado yo, así que debe de ser verdad. Maggie no dice mentiras.

Maté a mi mamá y ahora he matado al hombre malo.

No paro de hacer cosas malas sin querer.

Lloro porque pienso que debo de ser muy mala persona, y lloro porque creo que Maggie ya no me quiere, y eso me pone más triste que ninguna otra cosa en el mundo.

40

Londres, 2017

*L*a fiesta de fin de rodaje se celebra en un club privado en el corazón de Londres. Yo odiaba las fiestas incluso de niña. No tenía a nadie con quien hablar y no encajaba. Nunca he sabido quién ser cuando se supone que debo ser yo. No quiero asistir a la fiesta de esta noche, pero mi agente dice que debería y, en vista de todo lo que está pasando, parece sensato hacer lo que me aconsejan. Él no comprende que ese tipo de reuniones sociales, con gente observándome toda la noche, me llenan de un temor horrendo e inexplicable.

Quizá me da miedo lo que puedan ver.

Pienso en la versión de mí que necesito ser esta noche y luego pulso un interruptor y la enciendo, confiando en que se quede conmigo mientras la necesite. Aunque no siempre lo hace.

Paso frente a un McDonald's y recuerdo que no he comido. Vuelvo atrás y pido una Happy Meal con la esperanza de que funcione en más de un sentido. Escojo las mismas cosas que solía elegir de niña, hace treinta años: bocaditos de pollo y patatas fritas para llevar. No llego muy lejos. Ni siquiera abro la caja. Veo a una chica sin techo tumbada en un portal, sobre un trozo de cartón doblado, y me detengo. Soy consciente de que yo podría haber sido esa chica. Parece aterida y hambrienta, así que le doy mi abrigo y mi Happy Meal, y luego sigo caminando hacia la estación de metro.

Bajo la mirada al suelo en el vagón, evitando las miradas de mis compañeros de viaje, fingiendo que ellos no pueden verme si yo no los veo a ellos. De pequeña, siempre temía que pudiera desaparecer, igual que la niña que había vivido encima de la tienda antes de mí. Sigo sin tener hijos propios, a pesar de desearlo tanto, y el tiempo se me agota. Así que mi única forma de continuar viviendo después de mi muerte es a través de mi trabajo. Si pudiera protagonizar la película perfecta, una historia que la gente recordara, entonces una pequeña parte de mí seguiría existiendo. Alguien me dijo una vez que la gente como yo nace en el lodo y muere en el lodo, y no quiero que eso sea cierto. La prueba con Fincher podría salvarme, y si consigo el papel…, bueno, entonces quizá ya no me seguirá angustiando la idea de desaparecer.

Bajo del vagón y me abro paso hacia la superficie, caminando por la escalera mecánica, cruzando las barreras y subiendo los peldaños de piedra, hasta que vuelvo a encontrarme al aire libre. Tengo frío sin el abrigo que acabo de regalar, pero me siento mejor al estar por encima del suelo y me digo a mí misma que debo inspirar hondo.

«Es solo una fiesta.»

Suelto un momento a la que necesito ser y la pierdo entre la multitud. Mi temor sube de volumen, alcanzando el máximo. Bajo la mirada a mis nuevos zapatos rojos; es como si se me hubieran pegado a la acera. Me pregunto si chasqueando los tacones tres veces me esfumaría mágicamente, como en *El mago de Oz*, pero no hay ningún lugar como el hogar si no has tenido uno, y yo nunca hice más que fingir que era Dorothy en aquella representación escolar de hace tantos años. Así como nunca he hecho otra cosa que fingir que era Aimee Sinclair.

Cuanto más me acerco al club, peor me siento. Ya llevo varios días sin dormir, y es como si estuviera perdiendo el contacto con la realidad. Apoyo una mano temblorosa en la pared para tratar de serenarme mientras el tráfico de la hora punta ruge a mi lado. Veo un taxi que pasa a toda velocidad; luego un autobús de dos pisos que parece lanzarse directamente hacia mí: sus ventanas delanteras se transforman en la oscuridad en unos malignos ojos amarillos, y aunque sé que eso no puede ser real, doy media vuelta y trato de escapar corriendo, abriéndome paso a empujones entre la multitud de peatones que caminan en dirección contraria. Es como si enlazaran sus brazos y trataran deliberadamente de cerrarme el paso. Me cubro la cabeza con las manos y cierro los ojos; cuando atisbo entre los dedos, es como si el mundo entero me estuviera mirando a mí. El lienzo de caras multicolores empieza a torcerse y a emborronarse junto con las luces de la calle y el tráfico, como si alguien hubiera cogido un pincel para eliminar esta escena de mi vida y empezar a pintarla desde cero. Cuando bajo las manos, veo que son del mismo color que el autobús y que parecen chorrear gotas de pintura roja. O de sangre. Cierro los ojos una vez más, y cuando los abro de nuevo, el mundo se ha reanudado y ha regresado a la normalidad. Vuelvo a encender la versión de mí misma de esta noche y me obligo a echar a andar otra vez en la dirección correcta.

«Puedo hacerlo.»

Todos somos capaces de las ficciones más fantásticas si están al servicio de nuestra propia conservación. Un escudo de mentiras puede proteger de las verdades más crudas.

El club está oculto en el patio de una serie de tres casas georgianas, situadas en una plaza elegante que queda a un paso del Soho. Me envuelvo a mí misma en una capa de falsa seguridad y llamo al interfono. Las enormes y relucientes puertas negras se abren, revelando una arquitectura del siglo XVIII y unos diseños excesivamente opulentos. Desde luego es un lugar pintoresco. Un hombre con una bandeja llena de copas de champán se encuentra al pie de una sofisticada escalera de caracol de piedra. Cojo una y le doy un sorbo rápido, confiando en que el alcohol contribuya a mitigar mi ansiedad. Me recuerdo que soy la protagonista de la película cuyo fin de rodaje vamos a celebrar, y que merezco estar aquí, pero en mi cabeza estas palabras suenan como mentiras.

La productora ha alquilado todo el club, las tres plantas. He memorizado el plano entero antes de venir, mirando en la web del local. He descubierto que, cuando me asusta un acto social, me tranquiliza saber de antemano qué aspecto tendrá el lugar. Deambulo por las salas, cada una decorada con un estilo distinto, pero siempre señorial. En más de un sentido, me siento como una invitada en un club al que nunca perteneceré.

Asiento sonriendo a la gente que me saluda desde lejos, cambio en el bar mi flauta vacía de champán por una copa entera y luego me adentro en otra sala. Las paredes aquí son azules, un color que me gusta y que encuentro relajante. Entonces la veo caminar hacia mí como si fuera una modelo profesional y mi efímera sensación de serenidad se desvanece.

«Alicia White no debería estar aquí.»

—Aimee, querida, ¿cómo estás? —ronronea, besando el aire a cada lado de mis mejillas.

Lleva un vestido rojo con volantes que da la sensación de que vaya a levantar el vuelo en cualquier momento, así como unos tacones con los que yo sería incapaz de andar. Está bronceadísima y delgadísima; a su lado, parezco aún más grandota y pálida de lo normal. Con un peinado que se parece aterradoramente al mío, es como si fuéramos el antes y el después de un concurso de adelgazamiento de mierda. Yo soy el antes.

—De maravilla. Es un placer verte de nuevo. —Imito su sonrisa postiza y fija.

No es un placer verla, nunca lo es. No debería estar aquí, no trabaja en la película. Es absurdo. Parece como si se hubiera invitado ella misma para fastidiarme.

—Resulta extraño pensar que yo podría haber participado en esta película. —Menea la cabeza—. Si no hubiera decidido rechazarla…

«Está tan pagada de sí misma que no distingue la realidad.»

—Sí, ya me lo dijiste la otra vez.

Me muero de ganas de darle un puñetazo en la cara. Se lo merece, pero nunca le he dado un puñetazo a nadie, y no sé si sabría hacerlo sin lastimarme yo misma. Sus labios rojos se entreabren y me da miedo pensar qué va a salir ahora de esa boca venenosa.

—Ya sé lo abrumador que puede ser cuando no tienes mucha experiencia, pero Tony sabe lo que hace. Estoy segura de que no te hubiera propuesto para este trabajo si hubiera pensado que podía conseguirte algo mejor. A veces tienes que aceptar simplemente lo que te ofrecen.

«Que te jodan a ti y a tu egocentrismo disfrazado de empatía.»

—De hecho, a Tony lo he visto hoy mismo —acierto a decir, sin saber adónde quiero ir a parar.

—Qué bien. ¿Cómo está?

—Perfectamente. Me ha dicho que ya no te representa.

Su sonrisa se tambalea de un modo tan fugaz que casi resulta imperceptible.

—Así es. Ya era hora de hacer un cambio.

Debe de ser estupendo quererte a ti misma tanto como ella; yo no sabría cómo hacerlo. Pero hay algo un poco trágico y desgarrado en Alicia. Los focos la han llevado a un lugar oscuro, y no ha sabido percibir cuando se apagaba la luz. Supongo que nadie le ha explicado que incluso el sol desaparece un tiempo, cuando se le acaba el turno de brillar. Todas las estrellas han nacido para morir.

—Ay, mira qué zapatitos rojos tan monos. Es como si pretendieras ser otra vez la Dorothy de *El mago de Oz* —dice—.

Tardé un tiempo, pero creo que ya te he perdonado por robar-me en el colegio un papel que debería haber sido mío. —Se le traba un poco la lengua al hablar.

No sabía que Alicia se había presentado para el papel; debió de odiarme de verdad, sobre todo teniendo en cuenta que yo iba un año por detrás. Alicia siempre fue una abeja reina, y siempre se salía con la suya.

—No…, no tenía ni idea de que tú…

—Claro, claro.

—No, en serio. Si lo hubiera sabido…, creo que tú habrías estado magnífica.

«El agua no derrite a las brujas en la vida real; es mejor matarlas a base de amabilidad.»

Ella se ríe.

—Lo sé, pero ahora ya no me importa. ¡Fue hace más de veinte años! Seguramente te estarás preguntando qué hago aquí esta noche…

No espera una respuesta, aunque mejor así, porque no se me ocurre ninguna educada.

—Lo hemos mantenido en secreto hasta ahora, pero no creo que él fuera capaz de soportar más tiempo que sigamos separa-dos; desde luego, yo no podría. Está por aquí, en alguna parte. A veces puede ser muy difícil mantener una relación cuando estás siempre fuera rodando. Aunque eso no hace falta que te lo explique a ti… ¿Cómo está tu marido? —Mira alrededor. Yo no tengo ningún interés en conocer a su último novio. Estoy a punto de disculparme y dar media vuelta cuando ella dice—: Jack, cariño, ven aquí a saludar a tu coprotagonista.

Me siento enfermar.

Jack emerge de un corrillo de hombres del rincón y camina hacia nosotras. Ella le pasa su esquelético brazo por la cintura en cuanto lo tiene a su alcance, pero él solo me mira a mí, como si supiera que está al lado de la Medusa. Alicia le da un beso en la mejilla, sin dejar de observar mi reacción, y sus labios le dejan una marca roja. Mi sonrisa corre serio peligro de desmoronarse, y mantenerla ahí resulta agotador.

—Ya sé que esas fotos de los periódicos no eran reales, pero esta noche no puedo quedarme hasta muy tarde para vigilaros, o sea, que será mejor que no se os ocurra ninguna idea rara. Necesito una cura de sueño para la prueba de la próxima película de Fincher que tengo mañana —dice. Mi cara me traiciona durante menos de un segundo, pero ello se da cuenta—. Ah, ¿tú también tienes una prueba? No creerías que ibas a ser tú sola, ¿verdad? Madre mía, siempre tan dulce e ingenua.

—Acabo de ver a alguien que debo saludar, ¿me disculpáis? —les digo a ambos con la mejor sonrisa que logró esbozar.

Me alejo sin esperar a que respondan. Esta vez voy a parar a una sala roja —paredes rojas, muebles rojos, mis zapatos rojos pisando una moqueta de terciopelo rojo— y no puedo parar de pensar una cosa que no debería pensar. La idea la tengo solo en préstamo, como si la hubiera alquilado temporalmente y tuviera que devolverla tarde o temprano. No debo aferrarme a ella. Sin embargo, por ahora, durante un poquito más de tiempo, me permito acariciarla. Me agencio otra copa de champán y las palabras se repiten por sí solas una y otra vez, en tono alto y claro, en la intimidad de mi mente: «Ojalá Alicia White estuviera muerta».

41

Essex, 1988

*T*enemos alfombra.

Una alfombra roja nuevecita por todo el piso, excepto en mi habitación, que ya tenía una alfombra rosa, y en la cocina y el baño, que tienen un suelo nuevo con su propio nombre (se llama linóleo, y a mí me encanta patinar por encima en calcetines). Maggie dice que la alfombra es roja para que vaya practicando como una actriz de cine, pero a mí lo que más me gusta ahora es deslizarme sobre el trasero por toda la escalera, desde el piso hasta la tienda. John se ríe al verme y también lo hace, gritando que me desafía a una carrera por las manzanas y las peras. Siempre está haciendo eso: formar rimas tontas que significan otra cosa diferente. «Manzanas y peras» significa «escaleras». «Perro y hueso» significa «teléfono». Algunas veces no entiendo a qué se refiere, como cuando dice «pan negro»: nosotros solo comemos pan blanco.* Maggie nos mira bajar las escaleras a toda velocidad por encima de la barandilla y nos saca una foto con la cámara de John.

---

* Se trata de tres ejemplos típicos del *Rhyming Slang* de los *cockneys*: una jerga rimada que enlaza conceptos muy distantes por su proximidad fonética: *apples and pears* (manzanas y peras) termina como *stairs* (escaleras); *dog and bone* (perro y hueso), como *telephone* (teléfono); y *brown bread* (pan negro) como *dead* (muerto). *(N. del T.)*

—Idiotas —dice, pero sonríe, así que no pasa nada.

La oigo poner arriba la tele, dejando que nosotros sigamos tronchándonos de risa, pero entonces suena un golpe en la puerta de la calle y los dos damos un respingo. Es domingo. Siempre estamos los tres solos los domingos, a menos que vayamos al pub a ver al tío Michael, y hoy no vamos a ir porque John dice que debemos «permanecer agazapados». Yo creía que quería decir acurrucados en el suelo o algo así, pero Maggie ha dicho que significa otra cosa, sin explicarme cuál. Hay una cesta alta al pie de la escalera, junto a la puerta, donde ponemos los paraguas. También hay palos de golf y un bate de béisbol, aunque nosotros no jugamos ni a una cosa ni a otra.

John coge el bate y me pone detrás de él; luego se acerca a la puerta.

—¿Quién es?

—Soy la señora Singh —dice alguien afuera.

Reconozco la voz de esa mujer tan guapa de la tienda de la esquina, la de la piel marrón y el punto rojo en la frente. John abre un poquito la puerta, todavía sujetando el bate a su espalda.

—¿En qué puedo ayudarla?

—Han dejado algo delante de su tienda, y he pensado que usted debería saberlo. —Suena apenada, pero no sé por qué.

John se asoma fuera y mira una cosa que no veo.

—¿Qué es? —pregunto, pero él no responde.

—¿Qué es? —pregunta Maggie, como un eco adulto, reapareciendo en lo alto de la escalera. A ella no la ignorará; no hay nada que la enfade más.

John abre la boca, pero al principio no le salen las palabras, como si se le hubieran atascado. Luego se saca del bolsillo los cigarrillos que había dejado de fumar y enciende uno. Parece que le ayuda a volver a hablar.

—Es una caja.

Maggie baja la escalera muy deprisa.

—Bueno, ábrela.

John le da las gracias a la señora Singh y luego entra la caja, arrastrándola por el suelo hasta la tienda de apuestas, donde hay más espacio. Es grande y parece muy pesada. Saca del bolsillo una navaja, corta el cartón y levanta la tapa.

La cara de Maggie se vuelve blanca y enojada.

—Vete arriba —me dice; pero yo no me muevo, quiero ver qué es—. ¡He dicho que te vayas arriba!

Me da un empujón. De repente, parece muy enfadada. Yo empiezo a alejarme muy despacio y, cuando me vuelvo a mirar, veo un ataúd blanco vacío. No de los grandes, como los que he visto en los funerales; este tiene más o menos mi tamaño.

42

Londres, 2017

$\mathcal{M}$ientras deambulo por la fiesta, me imagino qué aspecto tendría Alicia muerta.

Me doy cuenta de que estos pensamientos no son normales ni sanos, pero son los únicos que ocupan ahora mi mente, y más bien los estoy disfrutando. Necesito otra copa. El club está lleno de bares, así que al menos se trata de un deseo que no debería resultar demasiado difícil de satisfacer. Subo por la escalera de caracol hacia el tercer piso, la parte más alejada de donde están Jack y Alicia.

No sé por qué estoy tan disgustada ni por qué me siento tan sorprendida. Los hombres se enamoran de mujeres así continuamente, como si no fueran capaces de ver a la bruja que hay detrás de la princesa. ¿Por qué Jack habría de ser distinto? Tampoco es que yo creyera que había algo real entre nosotros; obviamente, la tensión sexual era solo una interpretación ante las cámaras, y la amistad que se haya creado después de tantos meses trabajando juntos ha sido solo el producto de las horas compartidas y de la camaradería de una experiencia común.

En cuanto a la prueba, creo que estoy disgustada justificadamente. Tony ha hecho que sonara como si el papel ya fuese mío. Supongo que los agentes, como los seres humanos en general, a veces te dicen lo que quieres oír. Tal vez pretendía reforzar la seguridad en mí misma, después de ese artículo *online* sobre una aventura que no tengo. Tal vez se haya dado cuenta de que me estaba desmoronando, y simplemente haya intentado apuntalarme y proteger su inversión.

Las copas son gratis, las paga la productora, así que me tomo otra. Tengo la sensación de que me la he ganado. La ansiedad cambia mi relación con la comida y la bebida; se interpone entre mí y la primera, situándome más cerca del alcohol. Sé que debería beber más despacio, pero a veces los consejos que nos damos son los más difíciles de seguir. El barman parece sorprendido al volver a verme tan pronto. Yo le digo que la copa es para mi amiga y él asiente con educación. Evidentemente, mis habilidades interpretativas no engañan a nadie esta noche.

Bajo a la segunda planta. Otra sala, otro diseño. Este consiste en sofás de cuero negro y luces bajas, con cuadros modernos en las paredes. Hay persianas negras que nos ocultan el mundo exterior… y nos ocultan a nosotros de él. Y hay otro bar, con un barman que aún no me ha atendido ninguna vez y no puede juzgarme tal como yo me estoy juzgando a mí misma. Esta tendrá que ser la última copa por ahora.

Bajo otro tramo de escaleras y vuelvo al punto de partida, en la planta baja. No me quedaré mucho más, pero aún no puedo irme. Además, ¿adónde voy a ir? Necesito que me vean saludar a unas cuantas personas más, por mi futuro. En esta industria hay muchas cosas que suceden entre bastidores y que el público desconoce. Quizá mejor así. Cuando los magos revelan sus trucos, resulta más difícil creer en la magia.

Más allá de que la imponente fachada sea georgiana, vislumbro otra sala que explorar. Esta es morada, con un bar de metal y unas luces tan bajas que las caras de los presentes más bien parecen sombras. Noto una ligera brisa y veo algo más allá de la sala: un jardín. Salgo a esta recóndita pero espaciosa gema oculta: un hallazgo insólito en pleno centro de Londres. En medio del patio amurallado, hay una carpa blanca decorada con estrellas doradas y un bar de champán en el rincón del fondo. Aquí es donde se había escondido todo el mundo: al aire libre. Me agencio otra copa, sin hacer caso de la severa voz que me aconseja enérgicamente que no lo haga y luego observo todas las caras que me rodean y veo al director y a su esposa. Están hablando con una gente que no conozco, pero me sumo a su grupo igualmente; me siento un poco más segura rodeándome de alguna cara conocida. Hago un esfuerzo para escuchar su conversación, con la esperanza de ahogar así mis pensamientos. Creo ver el destello de un flash, pero al alzar la vista no veo a nadie enfocando en mi dirección. Además, aquí no debería haber nadie de la prensa esta noche; no se trata de ese tipo de fiesta.

La esposa del director saca del bolso un paquete de cigarrillos. El olor del humo del tabaco aún es capaz de devolverme al pasado, y los recuerdos que conjura no siempre son buenos. Observo cómo se pone un cigarrillo entre sus labios relucientes de brillo y me fijo en lo peculiar que es: un cigarrillo largo y delgado, completamente blanco, como si no tuviera filtro.

—Qué cigarrillos tan elegantes —digo cuando lo enciende.

Ella se lo quita de la boca con unos dedos de perfecta manicura.

—¿Te apetece uno?

Yo no he fumado desde los dieciocho.

—Sí, por favor —oigo que dice una voz antes de darme cuenta de que es la mía.

Ella me lo enciende, protegiendo la llama del viento con la mano libre, y yo escucho sus historias de Hollywood sin escucharla de verdad. Inhalo profundamente, disfrutando el pasajero subidón de la nicotina. Empiezo a pensar que no son muchas las cosas que no haría para ser la versión de mí misma con la que me sentiría relativamente a gusto. La versión de mí a la que se le podrían perdonar todas las cosas terribles que me he forzado a hacer para llegar a donde estoy.

Mi atención se ve arrastrada fácilmente lejos de la conversación y se concentra en la espalda de un hombre vestido con elegancia que está al otro lado del patio. Su estatura, su complexión y el modo que tiene la línea de su pelo de estrecharse en la nuca me resultan demasiado familiares.

Es él.

No le veo la cara, pero cada fibra de mi ser me dice que es mi marido.

Tengo algo más de frío que antes, y los dedos con los que sujeto el cigarrillo empiezan a temblar. Mis ojos le instan a volverse para demostrarle a mi mente que se equivoca, pero él no se vuelve hacia mí, sino que empieza a alejarse. Le sigo lo más rápidamente que puedo sin llamar la atención, pero no consigo mantener su ritmo y enseguida lo pierdo entre la multitud. Vuelvo sobre mis pasos a través de las salas de distintos colores, mirando alrededor frenéticamente para localizar a Ben otra vez, y salgo de nuevo al patio sin verle por ningún lado.

«Debo de haberlo imaginado.»

Estoy cansada y algo borracha. Mi mente me está jugando malas pasadas otra vez, simplemente.

Vuelvo al grupo en el que estaba antes —cuantas más personas, más segura estás— y me permito perderme en mis pensamientos una vez más: el alcohol y el tabaco se confabulan para sacarlos de mi interior. Todavía me pregunto si lo que acabo de ver era solo un fantasma o un recuerdo.

«Ben no puede estar muerto. Porque yo no lo he matado. Me acordaría si lo hubiera hecho.»

Recuerdo a todas las personas que he matado.

43

Essex, 1988

*H*oy estoy aprendiendo a disparar un arma.

Unas personas malas quieren hacernos daño a mí, a Maggie y a John. Maggie dice que debemos estar preparados. Yo no sé bien para qué debemos estar preparados; lo único que sé es que estoy asustada. Maggie dice que no pasa nada por estar asustada, pero que debo esconder mi miedo en algún sitio donde no pueda encontrarlo. Supongo que eso es lo que hace ella con las llaves del coche, porque las pierde continuamente. Maggie dice que tengo que aprender a convertir el miedo en fortaleza. No sé qué quiere decir. Yo solo quiero irme a casa, y me doy cuenta de que «casa» es el piso de encima de la tienda. Ya no pienso demasiado en mi antigua casa; ahora ya no quiero volver allí. Aquí tengo cosas bonitas, y yo no quiero «morir en el lodo», como mi hermano me dijo una vez.

Vamos en coche a un sitio que se llama Epping Forest. Es por la mañana, pero tan temprano que el sol aún no ha salido; la luna sigue sonriendo de soslayo en el cielo negro. Caminamos un poco los tres, Maggie, John y yo, haciendo crujir las hojas y las ramitas, y llego a la conclusión de que el bosque me gusta. Es bonito y silencioso, no como la tienda. John dice que si nos encontramos a alguien, hemos de decir que vamos de pícnic. A mí me parece una tontería: nadie se va de pícnic a estas horas de la mañana y, además, no llevamos comida.

La policía se llevó el arma con la que Maggie disparó al hombre malo, pero ahora tenemos otras dos nuevas, regalo del hombre al que llamamos tío Michael. Nos las dio en el pub el domingo pasado. Creo que le hace falta cortarse el pelo; lo lleva tan largo que parece una chica. Debí de poner una cara bastante rara cuando Maggie dijo que tenía que aprender a usar un arma, pero ella me prometió que sería divertido, como mi máquina de Speak&Spell. Lo que voy a aprender a disparar se llama «pistola» (incluso las armas tienen muchos nombres distintos, como la gente). Pero no se parece en nada a mi máquina Speak&Spell —es plateada, no anaranjada— y me pesa un montón en la mano.

Maggie abre la bolsa que ha venido cargando y saca unas latas de alubias Heinz. Me pregunto si finalmente sí que vamos a hacer un pícnic, pero veo que están vacías. Ella pone las latas por todas partes; unas sobre las hojas del suelo, otras en las ramas de los árboles. Luego vuelve a mi lado para enseñarme lo que hay que hacer. John no hace ni dice gran cosa. Maggie le ordena que «siga vigilando», aunque no entiendo qué debe vigilar: aquí no hay nadie.

Maggie es capaz de acertar desde muy lejos a las latas, que hacen un gracioso ruido cuando ella las derriba. Las vuelve a poner derechas, me da la pistola y dice que ahora me toca a mí. La pistola pesa tanto que me cuesta mantenerla levantada. Cierro un ojo, como Maggie ha hecho, y luego aprieto con mucha fuerza. Cuando la pistola se dispara, me caigo hacia atrás. John se ríe de mí, pero Maggie no. Ella me obliga a hacerlo otra vez, y otra, y otra. Hasta que me duelen los brazos, y también los oídos por los estampidos. Empiezo a llorar porque no quiero seguir haciendo esto.

Maggie me dice que pare de llorar, pero no puedo.

Me vuelve a decir que pare y, al ver que no lo hago, me quita la pistola de mis manos temblorosas, me baja los pantalones y me pega fuerte con ella en el trasero. Yo grito y ella vuelve a pegarme.

John mira para otro lado. Está observando un árbol y se ha pasado el rato desde que hemos llegado fumando un cigarrillo tras otro. Veo una bonita letra «A» tallada en la corteza y me pregunto cuándo ha tenido tiempo para hacer eso.

Ahora se vuelve hacia nosotras.

—No creo que esto sea necesario.

—Han enviado un ataúd como advertencia, John. No la voy a perder a ella también —responde Maggie entre dientes.

—Ella no puede disparar.

—Sí, sí puede.

—Te digo que no puede.

—¡Y yo te digo que cierres la puta boca!

Él mira hacia el suelo.

Dejo de llorar porque sé que Maggie seguirá pegándome hasta que obedezca.

Vuelve a darme la pistola sin decir nada y me sube los pantalones. Me siento tan rabiosa que se me ocurre la idea de apuntarla directamente hacia ella, pero Maggie me mataría si hiciera eso. No quiero desaparecer, ni quiero morir en el lodo en un sitio llamado Epping Forest. Sé que ella me quiere. Tiene que ser así, porque lo dice continuamente.

Apunto la pistola a la lata más baja del árbol. Cierro un ojo y sujeto bien el arma, sin moverla, como me ha enseñado Maggie. Entonces aprieto la parte que ella llama «gatillo» y la lata se cae al suelo.

Maggie sonríe y su cara alegre me mira por primera vez en todo el día. Me levanta en brazos, como si todas las cosas malas que me acaba de hacer no hubieran sucedido, así que yo también finjo que no han existido y le rodeo el cuello con los brazos. Huele de maravilla. Cuando sea mayor, voy a usar el número cinco, como ella; me tiene sin cuidado cómo huelan los demás números. Cuando Maggie pone su cara alegre, a mí me gusta actuar como si no tuviera otra.

—Sabía que podías hacerlo, bebé.

Mira a John, a pesar de que me está hablando a mí.

Vuelvo a derribar otra lata, y esta vez John me saca una foto con su cámara Polaroid. No llego a ver qué aspecto tengo sujetando una pistola, porque Maggie, antes de que salga del todo la foto, se la arranca de mano, le quita también el mechero y la quema hasta que no queda nada.

—Idiota —dice.

Él se mira los pies, como si fueran algo interesante.

Les doy a las latas diez veces más y, cuando Maggie dice que ya he aprendido bastante por hoy, John nos lleva a casa. Maggie se sienta detrás conmigo, en lugar de sentarse a su lado. Me coge la mano y me sonríe, y yo me alegro de que me vuelva a querer. Al llegar a la tienda, me enseña dónde está escondida la pistola y me dice que no debo tocarla nunca nunca nunca, a menos que ella me lo diga. Dice que ahora que soy una niña mayor, necesitamos una contraseña por si acaso, y que la contraseña será: «Reza tus oraciones». Me parece gracioso, pues nosotros nunca rezamos, pero ella me riñe por mis risitas. Veo que pone su cara más seria, así que dejo de reírme. Me da el mejor regalo que he recibido nunca por ser una buena niña: un disfraz de Wonder Woman… ¡y tengo permiso para llevarlo puesto todo el día!

Por la noche, una vez que está cerrada la tienda, los tres juntos miramos en la cama *Cagney&Lacey*, comiendo una tostada con queso. Me gusta esta serie, es mi favorito de todos los programas que he visto en toda mi vida en la tele. Las dos mujeres son guapas y listas, y disparan con pistolas. Me imagino que Maggie y yo somos Cagney y Lacey y que perseguimos a todos los hombres malos.

Cuando termina el programa, apaga la televisión con el mando a distancia y me mira.

—Si yo te dijera «Reza tus oraciones», ¿tú qué harías, bebé?

Me lo pienso bien antes de contestar, porque sé que no debo equivocarme. Sé que esto es importante.

—Iría al escondite a toda prisa a buscar la pistola.

Ella asiente.

—¿Y luego qué harías?

—Disparar.

—¿Disparar y qué más?

—Disparar y seguir disparando hasta que nadie se mueva.

—Eres una chica lista. Esa es la respuesta correcta.

44

Londres, 2017

$\mathcal{L}$o veo de nuevo con el rabillo de ojo mientras doy otro sorbo de champán.

Un flash. Esta vez estoy segura de que no lo he imaginado.

Desde que tengo memoria he odiado que me saquen fotos. No sé muy bien por qué. Ni siquiera quise un fotógrafo en mi boda, aunque a Ben tampoco pareció importarle. Solo hubo una pequeña foto de nuestro gran día, tomada por un desconocido frente a la oficina del registro. En ciertos lugares, la gente cree que si te sacan una fotografía te roban una parte de tu alma. Mis temores no llegan tan lejos, pero me inquieta que una cámara pueda capturar algo de mí que yo preferiría mantener oculto.

Intento escuchar la conversación en la que simulo tomar parte, y lo veo otra vez, el flash de la cámara de un teléfono. Por si me quedaba alguna duda, ver a la persona que lo sujeta confirma mis sospechas. Jennifer Jones mira hacia mí, e incluso tiene la desfachatez de sonreír. No sé qué hacer, miro en derredor airadamente, en busca de algún tipo de ayuda.

Igual que Alicia, ella no debería estar aquí.

No es que desprecie a Jennifer Jones, la odio, a ella y todos los que son como ella; gente que se dedica a revelar mis secretos, uno a uno, y a levantar una montaña de verdades que yo preferirá que nadie viera. Mis secretos son míos, y no me gusta que salgan a la luz. Miro en derredor de nuevo, y luego, quizá por todo lo que está ocurriendo en mi vida privada, o quizá porque he consumido más alcohol de lo aconsejable, decido ocuparme yo misma del asunto y cruzo el patio con paso decidido.

—¿Cómo se atreve a venir aquí esta noche? —le suelto.

Ella se ríe en mi cara.

—Solo estoy haciendo mi trabajo. Si busca a quien culpar, inténtelo con la mujer que me dio el soplo. La que le tendió la trampa es alguien que usted conoce, ¡y ha sido la jugada más redonda de mi vida!

Sus palabras me sacan de quicio.

—¿Quién?

—¿De qué va a servir?

—Servirá para que no le estampe la copa en la cara. —Por un momento me creo lo que digo, pero ella no parece inquietarse. En realidad la conversación parece divertirla.

—Creo que la he visto por aquí antes —dice, mirando más allá de mí.

«Ella.»

—¿Quién? —Me vuelvo, esperando ver a Alicia en la zona por donde la periodista está mirando.

—No quiso decirme su nombre. Se parecía algo a usted, incluso vestía igual. El mismo peinado, gafas oscuras, pintalabios rojo. Un poquito mayor que usted. ¿Le suena?

Está describiendo a mi acosadora. Eso demuestra que todo lo que ha sucedido está relacionado. La mujer que se hace pasar por mí tenía una aventura con mi marido; era suyo el pintalabios que encontré debajo de la cama; y ella envió esos correos desde mi portátil, firmando como Maggie para incriminarme.

—Un periodista siempre necesita más de una fuente, y a mí me hacían falta pruebas fotográficas, pero por suerte Jack estuvo encantado de ayudarme, sacando *selfies* de ustedes dos juntos en su camerino. Fue muy amable al enviármelas. —No puedo creer lo que estoy oyendo—. ¿Se encuentra bien? Se ha puesto muy pálida. No irá a vomitar, ¿no? Arruinaría todo el vídeo…

Bajo la vista y veo su móvil inclinado hacia mí.

—¿Está filmando esto?

—Me temo que sí, cielo. Otra vez están despidiendo a gente en la TBN, y actualmente una tiene que hacer lo que sea para sobrevivir en esta profesión. No es nada personal.

Sí es personal.

Le arranco el teléfono de esa mano con forma de garra, lo tiro al suelo de piedra y pisoteo la pantalla con el tacón de mi zapato rojo. Un grupo considerable se congrega a nuestro alrededor, incluido el director de la película, que ha llamado al servicio de seguridad.

—Me temo que después de todo no va a poder enviar un reportaje sobre mí esta noche.

Mientras la escoltan hacia la salida, ella vuelve la cabeza todavía sonriendo.

—Ah, ya he enviado hoy otro reportaje sobre usted. He recibido un soplo para que fuera a su casa esta tarde y lo tengo todo grabado. Saldré en directo dentro de una hora, más o menos. Yo diría que va a ser la gran exclusiva del mundo del espectáculo este mes, aunque tal vez mi punto de vista sea algo parcial. En todo caso, es una historia «rematadamente» buena.

Dicho esto, desaparece entre la multitud de rostros que continúan mirándome fijamente.

45

Essex, 1988

*N*o me gusta que me miren.

Maggie y John han contratado a una persona para que les eche una mano. Se llama Susan y no para de mirarme. Me gustaría que no lo hiciera.

Hoy hay una cosa que se llama el Grand National. John dice que es el día de más trabajo de todo el año. Me lo repite una y otra vez, como si temiera que se me vaya a olvidar. No tiene que preocuparse, mi memoria funciona perfectamente, y solo se me olvidan las cosas cuando quiero olvidarlas. E incluso entonces no me olvido del todo. Recuerdo mi antiguo nombre, el que no me dejan usar. A veces aún lo repito en mi cabeza cuando estoy en la cama por la noche. A veces tengo la sensación de que es algo que quizá debería recordar.

«Ciara. Ciara. Ciara.»

No me gusta la idea de que la gente se olvide de mí; me da un poco de miedo. Algunas veces me da mucho miedo. Si me olvidan, tal vez es que no existía desde el principio. John dijo que la niña que vivía aquí desapareció. Yo no quiero desaparecer nunca. Quiero que la gente recuerde quién soy, aunque esa que ellos recuerden no sea la que soy de verdad. Todavía no he descubierto cómo hacer eso, pero estoy segura de que si lo pienso el tiempo suficiente, lo descubriré. Maggie dice que soy lista, y que puedo ser la que quiera cuando sea mayor, y a mí me gusta esa idea.

Por enésima vez, John dice que hoy es el día de más trabajo de todo el año, y luego me dice que sea buena con Susan. La han contratado para ayudar a atender los teléfonos; no entiendo por qué, podría haberlo hecho yo misma, pero Maggie dice que sueno demasiado pequeña. Voy a empezar a practicar para sonar mayor, además de sonar inglesa; así no tendremos que volver a contratar a personas extrañas para ayudar.

«Susan no me gusta.»

Creo que todo es mejor cuando estamos solo nosotros tres.

Susan ha traído una lata de Quality Street para todos, para ser amable, pero ella ya ha cogido todos los peniques de *toffee*, que son los mejores. O sea, que no es de fiar. Maggie me explica que Susan es una vieja amiga, que debo ser agradable con ella, pero yo no acabo de creérmelo. Desde luego, es vieja. Tiene el pelo gris y un montón de arruguitas alrededor de los ojos, y sus dientes son amarillos. Tal vez sea por todos los *toffees* que se ha comido. Es baja y redonda, un poco como un penique de *toffee*. No pienso quitarle ojo; creo que es una falsa.

Hoy tenemos tanto trabajo que yo también estoy ayudando. Tenemos que ir al banco tres veces, y no una, aunque no sé bien por qué. John dice que es importante que la caja fuerte no esté demasiado llena. Pienso que quizá teme no poder cerrarla si hay demasiado dinero dentro. Ahora vamos al banco en coche, aunque no está muy lejos. La tercera vez que vamos, pregunto si podemos parar en McDonald's, pero John dice que no. Le pasa a la mujer del mostrador los fajos de billetes que va sacando de la bolsa HEAD y se enfada al ver que ella tarda demasiado rato en traerle las bolsas de cambio que le ha pedido. Yo también estoy enfadada porque tengo hambre y porque él no me está tratando bien. Hoy nadie me trata bien. Al fin y al cabo, no son más que un puñado de caballos saltando vallas. No entiendo nada: preferiría leer un libro.

Como tiene un neumático desinflado, John le da una patada al coche, que está aparcado delante del banco, aunque no sé si va a arreglarlo con patadas. Recorremos el camino de vuelta andando muy deprisa y sin permiso para hablar. John me dice que cierre las verjas, comprueba dos veces que la puerta trasera está cerrada y luego desaparece detrás de la cortina de colores para atender a todos los clientes que están esperando. Hoy hay bastante alboroto, incluso más de lo normal, y veo que se empujan unos a otros para llegar al mostrador. El humo de sus cigarrillos se ha convertido en una nube y me pica en los ojos.

Vuelvo hacia mi cuartito y veo a Susan sentada junto a los teléfonos, comiendo. Siempre está comiendo. Ya se me había olvidado que está aquí y le lanzo mi mirada más maléfica porque no me importa que sepa que no me cae bien.

Ella deja de masticar y sonríe.

—¿Quieres un poco de mi sándwich?

Tengo hambre, pero no sé si quiero.

—¿Qué lleva?

—Solo margarina y carne en conserva.

A mí me gusta la carne en conserva, así que digo que sí. Su sándwich está cortado en triángulos y me da uno directamente de su plato. Ahora me cae un poco menos mal.

—Ya sé que hoy no es un día divertido para una niña como tú. Deberías estar fuera, jugando al aire libre.

No le hago caso y voy a sentarme al cuartito trasero; luego me pongo a mirar la tele sin verla realmente. Susan aparece en el umbral y a mí me gustaría que sonaran los teléfonos para que se fuera. Hace mucho que no suenan, lo cual es raro.

—Creo que no has cerrado bien la verja —dice, mirando por la ventana.

—Sí, la he cerrado —respondo con la boca llena.

—No, no lo creo. Y me parece que tu papá se va a enfadar muchísimo cuando lo descubra.

«Estoy segura de que la he cerrado.»

—¿Quieres que vaya a comprobarlo? Será nuestro pequeño secreto.

Veo que tiene un trocito de carne enganchado entre sus
dientes amarillos.

—No podemos abrir la puerta trasera —replico, acordán-
dome del hombre malo del cuchillo.

—Solo tardaré un minuto. Si no, cuando descubran que no
la has cerrado, te vas a meter en un buen lío. Yo lo digo por ti.

«No quiero meterme en ningún lío.»

—Vale.

La miro coger las llaves, abrir la puerta trasera y caminar
hasta la verja. No veo lo que hace, pero cuando vuelve me dice
que sí la había cerrado bien, después de todo. Ya sabía yo que la
había cerrado. No me gusta Susan. Empieza a cerrar la puerta
otra vez, veo cómo pone la llave en el agujero de la cerradura,
pero entonces se detiene.

—¿Te gusta el chocolate Dairy Milk?

—Solo si no tiene almendras o pasas.

Ella sonríe. Me fijo otra vez en el trozo de carne que tiene
en los dientes. Maggie dice que está mal mirar fijamente los
defectos de una persona, pero no puedo impedir que mis ojos
miren lo que se les antoje.

—Verás, me he traído una barra grande de Dairy Milk, una
de las gigantes, pero luego me he dado cuenta de que no podía
comérmela yo sola. ¿Crees que podrás ayudarme?

A mí me encanta el Dairy Milk. Me gusta ponerme esos
cuadraditos en la lengua y chuparlos hasta que el chocolate se
derrite dentro de mi boca. Asiento, esperando que no cambie
de idea después de lo antipática que he estado todo el día.

—Gracias, eres una buena niña. No es extraño que tu mamá
te quiera tanto. La barra está en mi bolso. ¿Por qué no vas y la
abres mientras compruebo que esta puerta queda cerrada como
es debido?

Voy a la habitación de los teléfonos y encuentro enseguida la barra de chocolate. La abro, intentando no desgarrar el papel morado ni tampoco el de plata, y luego parto un trocito y me lo meto en la boca. Pienso en lo que Susan acaba de decirme, lo de que Maggie me quiere, y me doy cuenta de que yo también la quiero, y eso me pone contenta.

Es tarde cuando la tienda cierra finalmente, y yo estoy cansada y hambrienta. Maggie me ha prometido que cenaremos pescado con patatas fritas en cuanto todo el dinero esté contado y guardado.

—Bacalao con patatas, mi plato favorito —dice John.

Lo miro y veo que pone cara de bacalao, y yo hago lo mismo. Ambos tenemos la boca abierta y los labios formando una «O», y luego sonreímos, divertidos por nuestro silencioso chiste de Mary Poppins. Maggie no sonríe porque no lo encuentra gracioso, aunque sí lo es. Dice que hemos ganado tanto dinero que esta noche no tengo que barrer, que lo haremos todo mañana.

Susan se marcha por la puerta de delante, dice que así llegará más deprisa a su parada de autobús, y Maggie la cierra cuando ha salido. Han invitado a Susan a quedarse a cenar, pero ella ha dicho que no, cosa que me alegra. A mí sigue sin gustarme, a pesar de todo el chocolate que me ha dejado comer. Nosotros tres tomaremos pescado con patatas fritas y, como dice John, no necesitamos a nadie más.

Maggie le ayuda a contar el dinero detrás del mostrador. Oigo la máquina de sumar haciendo clic-clac, clic-clac. Mientras espero, decido construir un fuerte en la tienda, juntando algunos de los taburetes de cuero y poniendo encima hojas de periódico que se han caído de las paredes.

Todo sucede muy deprisa. El ruido es fortísimo.

El coche atraviesa la parte delantera de la tienda y poco le falta para estrellarse contra mi fuerte. El tiempo se detiene un momento. Me vuelvo hacia Maggie y John, que están detrás del mostrador con la boca completamente abierta, mirando el coche azul, y me doy cuenta de que la mía también está abierta. Me parece que ahora los tres debemos parecer bacalaos. Maggie pone unos ojos como platos y me grita algo, pero yo no la oigo; el ruido de los cristales y de las puertas del coche al abrirse me deja sorda. Veo a dos hombres con máscaras en la cara bajarse del coche, pero entonces mis oídos se acuerdan otra vez de funcionar y escucho la voz de Maggie.

—¡Corre, Aimee!

Obedezco.

Entro corriendo en la parte de detrás del mostrador y John cierra la puerta que nos separa de la tienda. Maggie me sujeta con una mano y descuelga el teléfono con la otra, sosteniéndolo entre la oreja y el hombro. Aprieta una y otra vez el número 9 con sus uñas rojas, y luego lo vuelve a dejar de un porrazo, diciendo que está muerto.

—Hijos de puta —dice John.

Maggie no le hace caso y me mira.

—Reza tus oraciones —dice.

Sé a qué se refiere. Siempre recuerdo las cosas que ella me enseña.

Corro hacia el cuarto trasero, pero, incluso antes de llegar a las cortinas de colores, oigo que los hombres están echando abajo el mostrador. Uno de ellos empuña un martillo gigante que es más grande que yo.

—Abre la puta caja —dice el otro, y veo que apunta a Maggie a la cabeza con un arma.

John se agacha frente a la caja y yo salgo corriendo. Me deslizo debajo del escritorio y enseguida encuentro a tientas la pistola, que está sujeta debajo con cinta adhesiva. Aunque me tiemblan las manos, mis dedos parecen saber lo que deben hacer. La puerta trasera se abre de golpe y entra otro hombre malo. Escondida bajo el escritorio, no me ve. No entiendo cómo ha entrado: al volver del banco, hemos cerrado. Entonces me acuerdo de Susan, de la verja, del Dairy Milk y de los teléfonos silenciosos. Comprendo que me ha engañado, y me siento confusa y enfadada a la vez.

Ya no tengo miedo; solo me siento furiosa. Más furiosa de lo que me he sentido nunca. Me planto detrás de la cortina de tiras de colores, procurando que no se mueva la pistola y sin saber adónde apuntar: ahora son tres los hombres malos. Uno de ellos sujeta a Maggie; otro apunta con su pistola a John, que empieza a abrir la caja fuerte, como le han ordenado. De repente, todo el mundo se pone a gritar otra vez y oigo un estampido muy fuerte.

Veo una mancha roja en el suéter blanco de Maggie antes de que ella caiga al suelo.

John corre hacia ella, pero le disparan también, dos tiros en la espalda.

Me quedo completamente inmóvil mientras ellos patean a mí mamá y a mi papá con sus botas sucias; les oigo decir que están muertos. No me ha visto nadie; es como si ya hubiera desaparecido. Dos de los hombres malos se agachan junto a la caja, riendo y llenando sus bolsas con nuestro dinero. Vuelvo a mirar a Maggie y veo que abre otra vez los ojos y que me está mirando.

Disparo mi pistola.

Estoy justo detrás de ellos, no puedo fallar.

Hago lo que ella me enseñó a hacer y disparo hasta que nadie se mueve. Luego sigo disparando igualmente hasta que se acaban las balas.

—Ven aquí, bebé. —Maggie habla con una voz ronca y lejana.

Me acurruco a su lado, en el suelo, e intento parar con las manos la sangre que le sale de la barriga, como he visto hacer en la tele. Pero la sangre no para de salir. Ahora hay un gran charco rojo, y tengo todos los dedos rojos.

—Dame la pistola —susurra, y yo obedezco. Ella la limpia

en sus pantalones y luego se saca un pañuelo de la manga y envuelve la pistola con él—. No vuelvas a tocarla, no toques nada. Ahora ve a ponerla en la mano de John, vamos, rápido, con cuidado de no tocarla.

Estoy llorando y temblando, pero hago lo que Maggie me dice, porque ya he aprendido que me pasan cosas malas siempre que desobedezco. John no se mueve cuando le pongo la pistola en la mano. No me gusta tocarlo y vuelvo junto a Maggie a toda prisa. Ella me rodea con el brazo y yo apoyo la cabeza en su pecho, como cuando nos acurrucamos en la cama. Luego cierro los ojos y escucho el sonido de su respiración.

—Cuando ellos vengan, diles que te has escondido en la parte trasera y que has encontrado a todo el mundo así. No les digas lo de la pistola. No les digas nada. Te quiero, bebé. Diles que te llamas Aimee Sinclair. Esto es lo único que debes decir cuando lleguen, y recuerda que te quiero.

Estoy llorando demasiado como para hablar. Me quedo en sus brazos, con su sangre por toda la cara y la ropa. Cuando consigo decir «Yo también te quiero», sus ojos ya se han cerrado.

46

Londres, 2017

*E*merjo del baño del club, obligando a mi cabeza a mantenerse erguida, con la intención de largarme lo antes posible. Tengo la sensación de que todos los asistentes a la fiesta me están mirando después de mi discusión con Jennifer Jones y, aunque los de seguridad la han escoltado fuera del edificio, ya no puedo quedarme aquí. Ella me ha confirmado lo que sospechaba desde el principio: me están tendiendo una trampa mi marido y una acosadora que se hace pasar por mí. Pienso en las postales *vintage* que encontré en la caja de zapatos del desván, todas escritas por ella y todas con el mismo mensaje: «Sé quién eres».

Bueno, yo no sé quién es ella, pero sí sé que están confabulados los dos juntos, de eso estoy segura.

Si esa mujer parece mayor que yo, podría ser Alicia, y no sé de nadie más que me odie lo bastante como para querer destruirme de este modo. En cuanto a Jack…

—Ah, aquí estás. Te he estado buscando por todas partes. Ya me he enterado de lo ocurrido —dice, cruzándose en mi camino en ese momento.

Su cara se las arregla tan bien para aparentar preocupación que casi llego a creerlo.

—¿Cómo pudiste?

Su boca se abre y se cierra varias veces, como si lo que pretende decirme sufriera una serie de salidas en falso. «*Je ne comprends pas*», dice al fin con una sonrisa infantil, acompañada de un encogimiento teatral.

Intento pasar de largo, pero él me detiene.

—No estoy de humor para tus estúpidas frases en francés.

—No. Vale. Claro, perdona. Si te refieres a lo de enviar las fotos a la prensa, bueno…, lo hice tanto por ti como por mí. Algún día me lo agradecerás. Toda publicidad es buena, ¿nadie te lo ha explicado aún?

—Me voy ahora mismo.

—No, ni hablar. —Me cierra el paso—. Quédate a tomar una copa más. Los periodistas y los políticos no son los únicos que necesitan inventarse cosas para vivir. A ti te conviene que todo el mundo que está aquí piense que este incidente es irrelevante, que te lo tomas a risa. Demuéstrales que no te importa una mierda. Entonces, y solo entonces, podrás marcharte.

—Te odio en este momento.

—Yo me odio todo el tiempo, pero creo que ahora mismo deberías dejar eso de lado. Piensa con la cabeza, no con el corazón; ya me volverás a odiar mañana.

—No. Quiero irme.

Él suspira con fingido aire de derrota.

—Está bien. Entonces deja que te lleve a casa. Pediré un taxi.

—No me hace falta que me lleves a casa. Vete a dar una vuelta con Alicia.

Él sonríe y yo me siento infantil; ojalá pudiera retirar esas palabras.

—Esa historia no es nada, no lo ha sido nunca. No me estoy acostando con Alicia, más allá de lo que ella te haya contado, y no planeo hacerlo. Joder, probablemente se me tragaría entero acto seguido, como esos insectos que se comen al macho después de aparearse. Yo simplemente estoy siendo amable porque está atravesando una mala racha. Su madre falleció hace unas semanas y el dolor parece haberla consumido. De entrada me sorprendió un poco, porque daba la impresión de que tenían una relación difícil. Siempre me acuerdo de esa terrible historia de infancia que me contó. En una ocasión, al parecer, su madre no le dirigió la palabra durante más de una semana, solo porque ella no había conseguido el papel principal en una insignificante representación escolar, ¿te imaginas?

«Está hablando de cuando conseguí el papel de Dorothy en lugar de ella, estoy segura.»

—Alicia acabó escapándose de casa porque pensaba que su madre ya no la quería después de aquello. Durmió tres noches en la calle, en una caja de cartón, antes de regresar. E incluso entonces, su madre nunca la perdonó: decía que la había decepcionado al no conseguir el papel. Resulta curioso por qué hacemos las cosas que hacemos, ¿no?, y cómo nos convertimos en las personas que somos. He llegado a la conclusión de que nuestras ambiciones raramente son nuestras. La madre de Alicia puede haber muerto, pero te aseguro que ella todavía está intentando que se sienta orgullosa y buscando desesperadamente su perdón. Imagínate: tener como musa a un fantasma. Unos días después del funeral de la madre, su agente la dejó tirada. La culpa no es del agente, él no lo sabía. Y para decirlo todo, Alicia no ha tenido ni siquiera una prueba desde hace meses.

«No es de extrañar que me odie tanto.»

—Ha dicho que tiene una prueba mañana para la nueva película de Fincher.

—¡Ja! ¿Ves lo que te decía? ¡Alicia sí que sabe inventarse historias! A partir de ahora, en cualquier situación, quiero que te preguntes: «¿Qué haría Alicia?». Y entonces deberías considerar al menos la posibilidad de hacerlo, en lugar de ser tan buena todo el tiempo. Los buenos triunfan en la pantalla, pero raramente en la vida real. No hay ninguna prueba con Fincher:

según se rumorea, él ya ha decidido quién será la protagonista femenina y el acuerdo está prácticamente firmado.

Siento que me recorre una oleada de alegría, pero no digo nada. Ya he aprendido a cerrar la boca sobre todo lo relacionado con esta profesión hasta que los contratos se han firmado e intercambiado. Las promesas y los rumores no tienen valor alguno. Pero todavía noto que la gente me está mirando y no quiero seguir aquí.

—Tengo que irme a casa. —Las palabras salen de mis labios en un susurro, pero Jack las oye.

—Permíteme que te acompañe. —Me coge de la mano y yo dejo que me guíe hacia la salida a través de las diferentes salas de colores atestadas de invitados.

Un camarero que lleva una bandeja con una sola copa de champán nos cierra el paso en mitad de la sala roja.

—No, gracias —digo, evitando mirarlo a los ojos.

—Es Dom Perignon, no el champán de la casa —dice el camarero—. Normalmente no lo servimos por copas, pero esta la ha pagado el caballero de la barra. También me ha pedido que le diga que le gustan sus zapatos —añade, un poco avergonzado.

Echo un vistazo por detrás de él, pero no veo a nadie conocido. Todo el mundo parece mirar en mi dirección, ya no creo que sean imaginaciones mías. Mi teléfono emite un pitido en el bolso, suelto la mano de Jack y lo busco frenéticamente, temiendo lo que pueda ser: una alerta informativa sobre lo que la policía piensa que he hecho, o el último reportaje *online* de Jennifer Jones. Pero es solo un mensaje, aunque de un número que no reconozco. Al principio, al leer las dos palabras que aparecen en la pantalla acompañadas de un enlace, pienso que debe tratarse de un error. Pero luego me quedo helada.

—¿Qué día es hoy?

Él gira la muñeca para consultar su Apple Watch. A cada segundo que pasa parece entrar más gente en la sala.

—Hoy es 16 de septiembre. ¿Por qué?

Vuelvo a leer las dos palabras en la pantalla, parpadeando, como si no pudiera fiarme de mis propios ojos: «¡Feliz cumpleaños!».

He celebrado mi cumpleaños en abril durante la mayor parte de mi vida. Nadie sabe que en realidad nací en septiembre. Salvo Maggie. Pero ella lleva muchos años muerta.

«Yo la vi morir.»

Miro enloquecida alrededor.

«¿Quién me ha pagado esta copa? ¿Quién me ha enviado el mensaje? ¿Quién es la persona que sabe quién soy realmente?»

No es a ella a quien veo, sino a él. Solo un atisbo de sus ojos observándome desde un rincón de la sala roja. Mi marido no-tan-desaparecido finalmente encontrado. Él alza su copa hacia mí, pero entonces alguien pasa justo por delante y, cuando vuelvo a mirar, ya no está. Es como un fantasma.

«¿Me lo he imaginado?»

Cada vez hay más personas mirándome, eso sí que no son imaginaciones mías.

Me vuelvo hacia Jack, pero él está revisando su teléfono y, cuando levanta la vista, su expresión no es muy distinta de la que tienen los demás rostros de la sala. Me mira como si mirase a un monstruo. Vuelvo a examinar el mensaje y pincho el enlace, que me reenvía a la aplicación de TBN. Entonces veo en la pantalla una foto mía y leo mi nombre en el titular.

La sensación resulta desconcertante.

Es como si creyeras que estás sentada entre la audiencia y descubrieras de golpe que te encuentras en el centro del escenario, rodeada de miradas expectantes, pero incapaz de recordar tu personaje, y mucho menos los diálogos. Me siento mareada, creo que voy a vomitar aquí mismo, delante de todos. La multitud se queda casi en completo silencio cuando veo la silueta ahora familiar de la inspectora Alex Croft avanzando hacia mí. La marea de rostros expectantes se abre en dos para darle paso.

—Vaya, qué fiesta tan bonita, ¿no? —dice—. Aimee Sinclair, la detengo bajo la acusación de haber asesinado a Ben Bailey. No está obligada a decir nada, pero puede resultar perjudicial para su defensa que no mencione en el interrogatorio algo que más tarde declare ante el tribunal. Todo lo que diga podrá ser utilizado en su contra.

Cada una de sus palabras parece arrebatarme un poco más las esperanzas, hasta que ya no me queda ninguna. Ella me dirige una sonrisa torcida; luego se inclina hacia delante y, antes de esposarme, me susurra al oído:

—Siempre he sabido que era usted una actriz «rematadamente» buena.

47

Essex, 2017

$\mathcal{M}$aggie O'Neil está sentada en su casa leyendo los periódicos del domingo. Lleva unos guantes de lana, en parte porque el piso es frío y en parte porque no soporta ver sus manos: son unas manos que se han pasado la vida trabajando para ganarse el sustento, no «actuando». Sus manos han trabajado duro porque su vida ha sido dura, lo cual no tiene nada de justo porque la vida no lo es. Maggie ha esperado mucho para contar su propia versión de la historia, y ahora que finalmente ha llegado su turno, lo está disfrutando al máximo.

Se quita los guantes un momento para examinar la fotografía de Aimee, de cuando era una niña, que conserva en la mesita junto al teléfono. El marco está cubierto de una fina capa de polvo; la madera se ha estropeado un poco. La foto misma tiene ya bastantes años y ha quedado deslucida. Maggie niega con la cabeza sin darse cuenta y entorna los ojos ante la cara sonriente de la niña. «Después de todo lo que hice por ti», piensa, y chasquea la lengua. Maggie se considera la responsable del éxito de Aimee; ella contribuyó a criarla cuando era niña, al fin y al cabo, le enseñó cosas, le proporcionó todas las oportunidades que ella nunca tuvo. ¿Y qué hizo esa criatura a cambio? Nada, eso es lo que hizo. Ni siquiera reconoce su existencia.

Sostiene el marco a la altura de su rostro, como si fuera a besar el cristal. Le echa el aliento y limpia el polvo con la manga de su sudadera para ver con más claridad esa cara. Aimee solo tenía cinco o seis años cuando le tomaron esa foto. Entonces era una buena niña. Hacía lo que se le decía.

No como ahora.

Maggie prefiere recordar a Aimee tal como era de niña, y no como la mujer en la que se convirtió: una mujer que «actúa» como si ella no existiera. Se ha pasado años preguntándose qué fue de la dulce y pequeña Aimee de esta foto, pero ahora también sabe la verdad sobre eso, por mucho que le siga doliendo. La dulce y pequeña Aimee encontró un nuevo hogar con una serie de padres adoptivos y luego empezó a «actuar». Ya desde pequeña se le daba tan bien hacerse pasar por quien no era que acabó convirtiéndolo en una profesión: una vida dedicada a mentir a todo el mundo, incluida a sí misma. Pero ella sabe la verdad. Sabe quién es Aimee realmente. Quizá por eso Aimee actúa como si ella estuviera muerta.

Maggie lee todo lo que se publica *online* sobre Aimee; revisa Twitter, Facebook e Instagram al menos una vez cada hora para ver si hay novedades. Compra todos los periódicos, recorta todas las críticas y las guarda en su gigantesco álbum rojo. Ha leído todas y cada una de sus entrevistas y, a pesar de que ha buscado algún atisbo de gratitud o reconocimiento, Aimee jamás la ha mencionado. Ni una sola vez.

Baja otra vez la vista a sus manos estropeadas y ve que está haciendo eso que hace de vez en cuando. No recuerda cuándo empezó a hacerlo, pero le gustaría poder parar. Agarra los tres dedos más pequeños de su mano izquierda con la derecha y cierra los ojos. Es más fácil fingir que aún sujeta la manita de la niña cuando los mantiene cerrados. A Aimee le gustaba cogerla de la mano, pero luego creció y se convirtió en otra que ya no parecía ni sonaba como Aimee. Se supone que los niños que criamos tienen que querernos, no dejarnos de lado.

Maggie conserva esa fotografía de Aimee junto al teléfono porque sabe que ella la llamará un día: simplemente, lo sabe. Sus ojos se apartan de la niña sonriente de la foto y vuelven a concentrarse en las manos que sujetan el marco. Se siente tan asqueada como siempre al verlas y vuelve a ponerse los guantes de lana.

Puedes hacerte todo tipo de cosas en la cara y en el cuerpo para que parezcan más jóvenes y bellos. Hay toda una serie de pociones y lociones para las aficionadas, y una amplia gama de tratamientos y operaciones para las adeptas más aplicadas a la preservación de la belleza. Pero las manos constituyen siempre una señal reveladora. Maggie se levanta y se estira: le duele la espalda después de tanto tiempo inclinada sobre los periódicos.

Deambula por la minúscula sala de estar, sorteando los trastos que la invaden. Algunos son suyos, pero la mayor parte los ha heredado de gente que no necesitaba lo que poseía allí a donde iba. Maggie tiene actualmente una empresa de limpieza y vaciado de casas: una empresa bastante exitosa. Últimamente ha tenido que rechazar encargos con frecuencia. Ella solo puede trabajar hasta cierto punto y prefiere hacerlo sola: aprendió hace mucho que los demás no son de fiar. Vaciar casas de gente muerta es un trabajo duro, no como «actuar», pero tiene sus compensaciones.

Deja de deambular y examina su reflejo. El espejo de la pared es un bonito ejemplar, con un recio marco dorado. Lo «rescató» de la casa de una anciana dama de Chiswick la semana pasada; Maggie solo se lleva las cosas que sabe que nadie echará de menos. En parte, le satisface lo que ve al mirarse en él. «En parte.» Ha dedicado mucho esfuerzo a su cara y a su cuerpo; muchísimo esfuerzo. Se ha sometido a diversos tratamientos: cirugía nasal, liposucción, eliminación de ojeras, Botox, rellenos. Su cara tiene un aspecto muy diferente del que tenía antes, pero todavía no es exactamente como desearía.

Extiende sobre ella su larga y rizada melena negra, como si fuese una cortina, y luego se la echa sobre el hombro y baja la mirada, desabrochándose un poco la blusa. Sin duda, su pecho sigue siendo su peor atributo y le inflige cada día una herida en su autoestima, pero el médico de Harley Street aún se empeña en que se reúnan de nuevo antes de realizar la intervención. Cierra los ojos, tocándoselo con las yemas de los dedos e imaginando cómo será su cuerpo cuando haya concluido todo el proceso.

Estrictamente, ella es hoy por hoy una mujer de media edad, y ya va siendo hora de tener lo que siempre ha querido, todo aquello para lo que ha trabajado tanto. Se acerca al espejo, detecta un pelo en su barbilla y coge unas pinzas: hay muchas por toda la casa. Solo se sienta otra vez en el sofá para relajarse cuando esa cara que tanto se ha esforzado en perfeccionar queda libre de pelos.

Actualiza la página del portátil y sonríe al ver los nuevos *tweets* sobre Aimee, sacando capturas de pantalla de cada uno. Luego revisa sus correos electrónicos, pero no hay nada nuevo. Maggie ha probado en el pasado las webs de citas, pero el amor verdadero es un lujo que nunca ha podido permitirse. Además, no ha pasado todos estos años mejorando su cuerpo para compartirlo con algún perdedor. Mira en la repisa la carta del médico de Harley Street, porque con frecuencia piensa que la culpa de su actual situación —de su soledad— la tiene él.

Vuelve a concentrarse en los periódicos de hoy, poniéndose las gafas y humedeciéndose el dedo para pasar las páginas. Se toma su té verde, que ya está tibio, con una serie de sorbos ruidosos. Detesta ese sabor, pero sus demostrados beneficios antiedad y antioxidantes compensan de sobra la desagradable sensación que experimenta en sus papilas gustativas. Mientras lo apura, se recuerda a sí misma que el té verde contribuye a retardar muchos signos de envejecimiento de la piel, como la flacidez, los efectos del sol, las manchas de la edad, las líneas faciales y las arrugas. Maggie piensa que esa idea de que lo que cuenta es el interior no es más que un mito inventado por los feos.

Sus manos enguantadas se alzan en el aire, formando en la pared una sombra parecida a un pájaro, cuando tropieza con lo que estaba buscando. Una fotografía de Aimee Sinclair le devuelve la mirada desde la página del periódico: Aimee la actriz, toda una mujer a estas alturas, con una enorme sonrisa en esa cara estúpida y mentirosa. Debe de ser una foto de archivo; está completamente segura de que ahora Aimee ya no sonríe.

La mirada de Maggie se detiene en el titular del artículo como si hubiera caído bajo un repentino hechizo. Se quita las gafas y se las limpia con la sudadera, sin hacer caso de las manchas que le dejaron anoche las alubias con tomate de su tostada. Luego vuelve a colocárselas en la nariz para mirar mejor. Examina otra vez las palabras como si estuviera en trance, asimilándolas lentamente hasta que le arrancan una sonrisa tan amplia que llega a dolerle.

AIMEE SINCLAIR DETENIDA
POR EL ASESINATO DE SU MARIDO

Lee el artículo tres veces. Muy despacio. Hay cosas que son demasiado buenas como para apresurarse. Coge sus tijeras para zurdos y se entretiene en recortar el artículo con mucho cuidado para no rasgar el papel. Luego sujeta con ambas manos el pesado álbum de la mesita de café y lo abre por una de las pocas páginas vacías del final. Separa la hoja transparente y pega el nuevo recorte de Aimee Sinclair en medio de la página.

48

Londres, 2017

—¿*N*ombre? —pregunta el guardián de la cárcel desde detrás de un mostrador.

—Aimee Sinclair —susurro.

—Hable más fuerte y mire a la cámara —ladra él.

Repito mi nombre mientras miro hacia el pequeño dispositivo montado en la pared. Es un poco como en el control de un aeropuerto, solo que esta vez sé que no voy a un lugar bonito.

—Ponga la mano derecha en medio de la pantalla —me dice a continuación.

—¿Para qué?

—Tengo que procesar sus huellas dactilares. Ponga la mano derecha en medio de la pantalla —dice con voz cansada. Obedezco—. Ahora solo el pulgar derecho. —Aparto la mano—. Ahora la izquierda…

Me siento extraña cuando sigo a una guardiana a través de otro arco de seguridad estilo aeropuerto: un poco mareada, como si quizá estuviera durmiendo y nada de esto fuera real. Paso por un escáner de cuerpo entero y luego me quedo con los brazos y las piernas extendidas mientras dos guardianas palpan todas y cada una de las partes de mi cuerpo.

—Quítese la ropa, toda, y déjela en la silla.

Hago lo que me dicen.

Al principio me siento como violada, porque yo no he hecho nada malo y no deberían tratarme de este modo, pero luego empiezo a cuestionármelo todo de nuevo, porque no estoy segura de si puedo fiarme de mí misma y de mis recuerdos de lo que ocurrió o no ocurrió.

Ben está muerto.

Encontraron su cuerpo enterrado bajo la tarima del jardín. Habían quemado sus restos con algún acelerador de la combustión, como el gel de encendido que encontré en el cubo de la cocina y que la policía, a su vez, encontró en el cubo del exterior, junto con mis huellas dactilares. Dicen que yo lo compré en la gasolinera y que quemé el cuerpo en otro lugar antes de enterrar los restos en casa.

«El crimen del que me están acusando es inconcebible.»

Al principio no creía lo que me estaban diciendo, pero los registros dentales han confirmado que era Ben. Yo creía que lo había visto un momento en la fiesta, antes de que me detuvieran, pero debo haberme equivocado, porque mi marido está muerto sin ninguna duda, y el mundo entero piensa que yo lo he matado.

La detective ha dicho que el orificio de bala de su cráneo encajaba con el tipo de munición de la pistola que yo tenía en casa. La que compré, legalmente, para sentirme más segura. La que no logran encontrar porque yo no voy a decirles dónde buscarla.

Ellos creen que estoy ocultando pruebas, pero yo no he matado a mi marido.

«¿Lo hice? ¿Y si resulta que sí?»

No, no fue eso lo que ocurrió. «No puede ser.» Me sacudo ese pensamiento y me atengo al guion que ya he escrito para mí misma: alguien me está incriminando, aunque no sé por qué.

Estuve en la comisaría, luego en una celda y después me han metido esposada en un furgón y me han traído aquí. No sé cuánto ha pasado en total —un par de días quizá—, pues he perdido la noción del tiempo; ya no sé cómo calcularlo. Me dijeron que podía usar el teléfono, pero no sabía a quién llamar. Me he conseguido un abogado, eso sí, uno bueno. Ha llevado un montón de casos de alto nivel en los últimos años, y al parecer sabe lo que hace. Yo le dije que no lo hice. Cuando le pregunté si me creía, se limitó a sonreír y respondió que eso no importaba. Su respuesta sigue resonando en bucle en mi cabeza: «Lo que yo crea es irrelevante; lo decisivo será lo que pueda hacer creer a los demás». Es como si sus palabras hubieran sido escritas justamente para mí.

Me pongo la camiseta verde de la cárcel y los pantalones de chándal que han dicho que debo llevar, y empieza a picarme toda la piel. Me dan ganas de rascarme hasta borrarme del mapa. Capto en el espejo el atisbo de una mujer extraña; no se parece a mí. Cuando escarbas a fondo en tu propia desesperación, te encuentras con la que solías ser, solo que yo ya no recuerdo quién era. Me da la sensación de que ahora tengo que ser otra diferente, una persona fuerte y valiente, un papel que no sé si soy capaz de interpretar.

Nunca había estado en una cárcel. Es en gran parte como cabría esperar: altos muros exteriores con alambre de espino, muchas puertas, muchos cerrojos. Es un lugar frío y todo parece de un tono verde grisáceo. La gente que veo no sonríe demasiado. Sigo a otro guardia, que cierra otra puerta a nuestra espalda antes de abrir la siguiente con una de las llaves que lleva sujetas al cinturón de su uniforme.

Esas llaves me recuerdan a Maggie, al llavero que solía llevar consigo en la tienda. He pensado mucho en ella desde que me detuvieron. Es como si alguien hubiera pulsado mi botón de reinicio mientras yo no miraba, y me siento otra vez como una niña pequeña, una niña a la que le enseñaron a no confiar ni hablar nunca con la policía. La única persona con la que he hablado desde que vinieron a buscarme es mi abogado, un completo desconocido.

«Me parece que piensa que lo hice.»

Me he replegado tan adentro de mí misma como me es posible, y he cerrado la puerta con una llave que creía haber tirado. Miro pasar a las demás mujeres, y no puedo evitar la idea de que yo no soy como ellas, de que este no es mi lugar.

«Pero ¿y si lo es?»

Cruzamos un patio y veo una serie de edificios con alambre de espino en los muros y con barrotes en las ventanas, en este caso para mantener a los malos dentro, no para impedir que entren. El guardián abre otra puerta y entramos en uno de los edificios menores. Hay un rótulo que dice: «BLOQUE A». Aguardo a que cierre la puerta y luego seguimos en silencio por unas escaleras y otro corredor, pasando junto a una serie interminable de puertas metálicas cerradas, con ventanas diminutas. Empiezo a pensar que la vida no es más que una serie de puertas: cada día debemos escoger cuáles abrir, cuáles cruzar y cuáles cerrar a nuestra espalda, dejándolas atrancadas para siempre.

«¿Y si he cometido el crimen del que me acusan?»

Cada vez parece más difícil demostrar que no lo cometí, incluso ante mí misma. Lo que más me sorprende son mis sentimientos. Mi marido está muerto: ya no desaparecido, sino muerto. Se ha ido. Para siempre. Y yo no siento nada, salvo pena por mí misma y por el hijo que ahora sé que nunca tendré. Tal vez tengan razón con todos esos informes médicos y esas teorías sobre mi memoria y mi estado mental.

«Quizás hay algo en mí que no funciona.»

—Ya estamos: hogar dulce hogar por ahora —dice el guardia.

Abre una puerta metálica azul y le da un empujón, presentándome mi futuro. Avanzo, solo un poco, y me asomo al interior. Es una celda diminuta. Hay una litera al fondo a la derecha y, enfrente, una cortina sucia que apenas oculta la taza sucia de un inodoro y un lavamanos. A la izquierda hay un escritorio con algo parecido a un ordenador, lo cual me sorprende. También hay un armarito lleno de cosas: una lata de alubias, varios libros, ropa, un cepillo de dientes y un hervidor.

—Aquí ya hay otra persona —digo, volviéndome hacia el guardián.

Es un hombre de aspecto envejecido y cansado, con cercos oscuros bajo unos ojos pequeños y relucientes y una barriga abultada colgando por encima del cinturón. Sus dientes torcidos resultan demasiado grandes para su boca; tiene una cantidad considerable de caspa sobre los hombros y una impresionante colección de pelos grises asomando por las narinas, que ahora se dilatan hacia mí.

—Me temo que la *suite* principal ya estaba reservada, igual que todas las habitaciones individuales, así que habrá de compartir esta celda. No se preocupe, Hilary es muy simpática, y usted solo tendrá que quedarse aquí hasta la vista en el tribunal; luego ya le buscarán algo permanente —dice, indicándome que entre.

—Yo no maté a mi marido.

—Eso cuénteselo a quien le interese.

Cierra la puerta de la celda con un gran golpe.

49

Essex, 2017

$\mathcal{M}$aggie decide celebrar el encarcelamiento de Aimee con un curry.

Ya hace tres años que se hizo poner la banda gástrica, y ese pequeño cinturón de silicona lo cambió todo. Se había descuidado mucho a los treinta y tantos; fue una época difícil. Había perdido la esperanza de que su vida pudiera llegar a ser lo que esperaba, y se volcó en la comida para consolarse de la falta de lo demás. Pero luego, a los cuarenta, encontró a Aimee.

Lo mejor que le ocurrió al inscribirse en todas esas webs de citas fue encontrarla después de tantos años. Menuda sorpresa. La cara de Aimee quizás había cambiado un poco, pero la habría reconocido en cualquier parte; veía esos ojos siempre que cerraba los suyos. Fue entonces cuando empezó a mejorar su aspecto. El Servicio Nacional de Salud le pagó la banda gástrica, pero ella misma ha sufragado todos los demás gastos, y no es que le importe; Maggie piensa que invertir en ti misma es la mejor forma de utilizar tus recursos.

Llama por anticipado para hacer el pedido, así no tendrá que esperar cuando vaya al restaurante indio. No le gusta cómo la miran a veces allí, como si fuera una especie de perdedora. Ella no es una perdedora. Lo demuestra corrigiendo al hombre de acento indio que la atiende por teléfono: él dice que el coste de su pedido será de 11,75 libras, pero ella ya ha calculado que debería de ser 11,25, según los precios que figuran en la carta de comida para llevar. El hombre admite sin discutir que tiene razón. Tal vez solo sean cincuenta peniques, pero son cincuenta peniques suyos, y no le gusta que le roben.

Maggie piensa que todos los inmigrantes son ilegales y delincuentes. Las historias que lee sobre ellos en los periódicos le hacen temer por el futuro de este país. Ella es de origen irlandés, pero no se considera inmigrante, aunque algunas personas quizá la consideren así. Ella no es como esa gente.

Se pone el abrigo, se envuelve la cabeza con un gigantesco pañuelo de seda, atándoselo bajo la barbilla y remetiéndoselo por el cuello, hasta que se siente lo bastante envuelta y encerrada en sí misma como para que la vean los demás. Se calza las botas y coge las llaves. Tiene una buena colección, de distintas formas y tamaños, aunque no todas son suyas. La mayor parte son de las casas de los finados que le han encargado vaciar: llaves para abrir los secretos que la gente piensa que nunca tendrá que revelar.

Su comida está lista cuando llega al restaurante.

—¿Pollo madras, arroz, naan de ajo y patatas fritas? —pregunta el hombre apostado detrás del mostrador en cuanto la ve entrar, como si esa retahíla fuera su nombre.

Suena igual que el hombre con el que ha hablado por teléfono, pero no está segura de que sea el mismo; este parece mucho más joven de lo que se imaginaba, es poco más que un chico.

—Es ternera madras. Debería ser ternera, no pollo. —Su voz suena extraña, más grave de lo normal.

—Es ternera, sí, perdone. Ternera madras.

El chico le da la bolsa de plástico blanco que contiene su cena de celebración. Ella chasquea la lengua, murmura que no puede comer pollo y menea la cabeza ante el acento del joven, que sigue disculpándose por su error. Maggie se pregunta por qué nadie le habrá enseñado a hablar inglés como es debido y paga las 11,25 libras con las monedas justas para evitar más confusiones.

Mira las noticias de la tele mientras come, esperando ver algo sobre la detención de Aimee. Graba la emisión, pulsando el botón rojo del mando, por si acaso. A veces le habla a la pantalla, quizá porque no puede hablar con nadie más. Maggie nunca ha tenido mucha suerte a la hora de conocer a la gente adecuada, ni siquiera con la ayuda de las páginas de citas.

Todavía recuerda la primera vez que se tropezó con Ben Bailey. No le pareció gran cosa en un principio; entonces no tenía ni idea del papel que iba a desempeñar en su vida y en la historia de Aimee Sinclair. A veces, en nuestras horas más bajas, la vida nos envía una señal, y Maggie fue lo bastante inteligente para seguir sus indicaciones, una vez que hubo calculado el trayecto y comprendido adónde podía conducir. Ahora se alegra de haberlo hecho; se alegra mucho.

Ben Bailey era de esos tipos muy reservados. No tenía familia ni amigos, al menos ninguno que Maggie hubiera podido localizar tras un buen rastreo en Internet. Su casa era un desastre. Una vergüenza, en realidad. Un caso de negligencia, considerando su valor y su ubicación en una preciosa calle de Notting Hill. Ella encontró extraño que no la adecentara un poco, que no pareciera importarle que la gente viera aquel desbarajuste cuando iba por allí, aunque por otra parte hay personas extrañas que se sienten a gusto tal como son.

El jardín de Ben Bailey era la mayor calamidad de la casa. Tenía todo el potencial para ser un oasis recóndito y precioso en mitad de una ciudad superpoblada. Y, sin embargo, era una selva de hierbas crecidas, con un patio feo y unas sucias sillas de plástico blanco. Maggie siempre había sido aficionada a la jardinería y desde el principio pensó que una terraza con tarima de madera resultaría mucho más agradable a la vista.

Era evidente que Ben Bailey era un hombre inteligente; había montones de libros de aspecto sofisticado en sus estanterías. La mayoría parecían haber sido leídos; no era como los libros que se veían en muchas casas y que en realidad solo servían para aparentar. En cambio, no tenía ninguna fotografía: ni una sola. Maggie aún se pregunta a veces qué debió hacer para apartar de sí a quienes le rodeaban hasta el punto de dar la impresión de que estaba completamente solo en el mundo. Pero ella hizo todo lo posible para no pensar mal de él; y Ben Bailey, por su parte, la había ayudado de un modo que jamás se habría atrevido a soñar.

El plan tenía que ser muy meticuloso: un solo error y el juego se habría terminado antes de empezar. Resultaba muy duro guardárselo durante todo el tiempo, pero sabía que no podía explicarle a nadie lo que estaba haciendo si quería que el plan funcionara. Y Ben Bailey tampoco podía decírselo a nadie.

Él había perdido su trabajo.

«Conducta dolosa», decía la carta que había visto en su escritorio. Se sintió mal al leerla, como si estuviera entrometiéndose durante aquella primera visita a su casa. Sin embargo, después pensó que él la había dejado ahí sabiendo que sería leída: como si quisiera que ella la viese. Al volver a casa aquella noche, Maggie había buscado «conducta dolosa» en Google: le había dado vergüenza no saber lo que significaba. No le gustaba sentir que sabía menos que los demás simplemente porque no había tenido una educación refinada ni había ido a la universidad.

Maggie se había esforzado para conseguir todo lo que tenía. Quizá no contaba con un título, pero poseía una inteligencia que no se adquiría en ninguna escuela. Lo que no entendía, se lo enseñaba a sí misma con la ayuda de Internet.

«Conducta dolosa» es un comportamiento tan malo por parte del empleado que destruye la relación con su empleador.

La definición le había hecho pensar en Aimee de inmediato. Aimee se había portado muy mal y había destruido su relación. Aimee y Ben eran ambos culpables de «conducta dolosa» desde su punto de vista; con una diferencia: que Ben había sido castigado por su comportamiento y, en cambio, Aimee se había ido de rositas. Hasta ahora.

No había dejado de pensar en Ben Bailey durante aquellos primeros días. Era como una obsesión: quería saberlo absolutamente todo acerca de él. Fue a ver el edificio donde trabajaba como periodista y, tras la segunda visita a su casa, se llevó una de sus camisas. Se la puso esa noche al acostarse, mientras pensaba en Ben y en cómo iba a ayudarla a darle a Aimee una lección que jamás olvidaría.

Maggie deja el tenedor y el cuchillo, y se siente demasiado pesada después de comerse todo el plato. No debería haber pedido arroz y patatas fritas. Apaga la televisión, decepcionada por que no hayan hablado de Aimee o Ben. Toma una nota mental para acordarse de mirar el último boletín en otro canal, confiando en que tengan mejor criterio informativo.

Cuando ya no aguanta más, se va al baño y vomita la cena. Toda. Gracias a la banda gástrica, ni siquiera tiene que meterse los dedos en la garganta. Después, se siente mucho mejor. Es consciente de que ya no puede darse una gran cena como esa, pero lo ha hecho igualmente. A veces, piensa, no importa hacer lo que está mal, siempre que luego aceptes las consecuencias. Haces algo que está mal y pagas el precio: esas son las reglas. Maggie ha hecho algunas cosas muy malas, pero no se arrepiente de ninguna: ni de una sola.

50

Londres, 2017

$\mathcal{M}$e siento en la litera de abajo y no toco nada. He hecho algunas cosas malas a lo largo de mi vida, así que quizá merezco estar encerrada en una celda. A lo mejor este es el lugar que me corresponde: un sitio donde tal vez encaje por fin. No hay ningún reloj en las paredes grises: no tengo ni idea de la hora que es ni de lo que viene a continuación, de manera que lo único que puedo hacer es esperar.

Espero largo rato.

La luz que entra por la diminuta ventana con barrotes se atenúa hasta que la celda queda casi completamente oscura. Cierro los ojos e intento aislarme de todo, desconectarme a mí misma. Practico una especie de exorcismo, un toque de queda mental; y funciona, por lo menos durante un rato. Estoy exhausta, pero no me atrevo a dormirme, y cuando oigo el tintineo de unas llaves afuera, no me muevo. La luz se enciende —una luz cegadora—, y yo me tapo los ojos.

—¡Joder, me has dado un susto de muerte! ¿Quién coño eres tú? —pregunta una mujer achaparrada de media edad, mientras la puerta de la celda vuelve a cerrarse ruidosamente.

La robusta silueta de su cuerpo resulta claramente visible bajo el cinturón tenso de sus pantalones verdes de deporte. Parece un pedazo de plastilina blanca que hubiera caído desde una gran altura. Tiene el cráneo rapado por la parte inferior y una corta y reluciente cola de caballo negra en la superior. Observo que ha apretado los puños en los costados y que tiene tatuajes en cada dedo. No me gusta juzgar que un libro es intimidante solo por su cubierta, pero estoy tan asustada que creo que voy a vomitar.

—Per-perdón —tartamudeo; luego el resto de las palabras me salen a borbotones—. Me han puesto aquí. No he tocado nada ni he movido ninguna de tus cosas.

Ella mira alrededor, como ejecutando un silencioso inventario, y vuelve a mirarme. No sé si debería ponerme de pie. Sentada en la litera, me siento pequeña y vulnerable. Un poquito acorralada y muy atrapada. La indecisión me paraliza y, antes de que pueda decidir qué hacer, ella cruza la celda en dos pasos y se agacha, situando su rostro muy cerca del mío. Sus ojitos porcinos me escrutan con dureza, centrándose primero en mi ojo izquierdo, luego en el derecho y luego otra vez en el izquierdo, como si no supiera a cuál mirar. Abre la boca y me llega un desagradable tufo a ajo.

—Sé quién eres.

Juro que dejo de respirar por completo.

Mi mente conjura una imagen de esta mujer enviándome notas anónimas en postales *vintage*, pero el cuadro parece torcido y se resiste a enderezarse. No puede haber sido ella; estoy segura de que nunca nos hemos visto.

Ella espera una reacción que yo estoy decidida a negarle. Luego se incorpora, se estira y empieza a revisar su armarito, como si aún estuviera comprobando que no le he robado nada.

—Tú eres la actriz que mató a su marido: le disparaste en la cabeza y lo enterraste en el jardín. —Sigue hurgando entre sus cosas; luego se vuelve y sonríe—. ¡He leído sobre ti! —Me lanza un cuaderno y un bolígrafo—. Danos tu autógrafo. —La situación es un poco surrealista, pero hago lo que me pide y extiendo mi firma. Ella la mira, al parecer complacida, pero vuelve la página y me presenta otra en blanco—. Otra vez —dice.

—¿Para qué?

—No son para mí. ¿Por qué iba a querer yo tu autógrafo? Son para eBay, para venderlos cuando salga. Quizá también venda mi historia: cómo tuve que compartir celda con una peligrosa asesina famosa. ¿Cuánto crees que me daría un periódico? Tú debes saber cómo funcionan estas cosas...

—Yo no maté a mi marido.

—No importa si lo hiciste o no; lo único que importa es lo que ellos crean. Y esto no es la cárcel de *Cadena perpetua*. No te conviene andar por ahí diciendo que eres inocente. Lo mejor es que la gente crea que debe tenerte un poquito de miedo. Me llamo Hilary, por cierto. —Su tono sugiere que considera de mala educación que aún no le haya preguntado su nombre.

—¿Tú qué hiciste?

—¿Yo? Nada tan emocionante como tú. Fraude *online*. Esta vez. Deduzco que para ti es la primera, ¿no? —Asiento—. Ya lo imaginaba. No es tan malo como parece; te acabas acostumbrando. Normalmente tardan al menos veinticuatro horas en meterte en el sistema. —Se vuelve hacia la pantalla del ordenador—. ¿Ya te han dado tu contraseña? —Niego con la cabeza—. Me lo imaginaba. Una vez que tengas contraseña, la tecleas aquí. —Usa un solo índice para teclear lentamente cada letra—. Entonces entras en este menú y puedes hacer una solicitud para apuntarte a una clase: arte, ordenadores, peluquería..., esa es muy popular, hay una larga lista de espera; incluso tenemos yoga. También puedes mirar un programa de la tele o la película que estén pasando. Puedes apuntarte a la biblioteca..., eso te lo recomiendo; el guardia que la lleva es uno de los mejores tipos que hay aquí. Así también es como pides la comida: les dices las cosas que quieres y te las traen a la celda a la hora de comer o cenar. Un poco como si hicieras un pedido *online* en Tesco, bueno, supongo que en Waitrose para una persona como tú. Te aviso de entrada: nunca hay fruta ni ensaladas. A través del sistema recibirás un crédito de diez libras a la semana para los extras: un regalito del Gobierno para procurar que no te mueras de hambre.

—¿No coméis en una cantina?

—¡Uy, no! Hay algunas zorras muy malotas aquí, pero lo que desata la mayoría de las peleas es la comida. Supongo que algunas personas no conciben la simple idea de hacer cola, y yo nunca he visto a las chicas ponerse tan violentas como cuando ven que otra consigue más puré de patatas en su bandeja. Las cantinas son demasiado peligrosas cuando las mujeres están *cambreadas*.

—¿*Cambreadas*?

Ella vuelve a sonreír.

—Sí, *cambreadas*. ¿Nunca habías oído la expresión? Quiere decir que tienes tanta hambre que estás cabreada. Por cierto, ¿cuándo fue la última vez que comiste? No me gustaría que me atacaras mientras duermo. —Pienso un momento y me doy cuenta de que no lo recuerdo—. ¿Quieres unas alubias? —Me enseña la lata, pero no espera mi respuesta—. Te las puedo calentar, y tú me deberás una lata cuando recibas tu paga.

La observo fascinada mientras calienta el hervidor eléctrico y abre la lata. Me basta ver el logo de Heinz para pensar en Maggie. Aunque yo no soy culpable de matar a mi marido, sí he matado en el pasado. Solo que nunca me pillaron.

Hillary separa un recuadro de film transparente de una caja espachurrada, vierte media lata de alubias en el centro y luego retuerce el paquete para sellarlo y lo sumerge en el hervidor.

—¿Eso funciona? —pregunto.

—Ahora lo descubrirás, supongo.

Cinco minutos después, me sirve mi primera comida carcelaria en una taza desportillada de Wonder Woman con una cucharita de plástico. El sabor es un poco un sabor a hogar y, por un momento, cierro los ojos y recuerdo lo que es sentirse segura. Veo en su cara un rictus nuevo que enmascara una sonrisa y me siento inmensamente agradecida por su amabilidad.

—Eres guapa; sin maquillaje, quiero decir —comenta, y yo recuerdo que debo estar hecha un adefesio. No me he duchado ni lavado el pelo, ni siquiera cepillado los dientes, desde hace al menos cuarenta y ocho horas—. No pareces la misma en la vida real que en Internet.

—¿Puedes entrar en Internet con esto? —Señalo el ordenador de la celda.

—No seas tonta. Esto es una cárcel; no nos permiten acceder a Internet ni en las celdas ni en ninguna otra parte.

—¿Y entonces?

—Yo entro con mi iPhone.

—¿Está permitido tener un iPhone?

—Claro que no. ¿Eres corta o qué? —Se mete la mano por la parte delantera de los pantalones; es como si se sacara el teléfono de las bragas—. A mí me gusta hacerme amiga de la gente. Yo hago algo por ellos y ellos hacen algo por mí. La vida aquí dentro no es tan distinta de la vida de fuera: esta prisión es un poco más pequeña que esa otra a la que estás acostumbrada, simplemente. El mundo moderno nos ha convertido en presos a todos; solo los idiotas creen que son libres. En la esquina del bloque D hay señal 4G; por eso se apunta tanta gente a las clases de arte: para tener Internet. Desde luego no es para pintar cuadros bonitos. Aquí dentro no puedo refrescar la página, pero mira, esta eres tú en la web de la TBN. —Me tiende el teléfono para que lo vea. Al principio me siento reacia a tocarlo, sabiendo dónde estaba guardado, pero al ver las fotografías en la pantalla se me olvida todo eso en el acto—. Ahí a la izquierda estás tú, maquillada y con el pelo arreglado; y a la derecha, tu marido. Dime, ¿por qué lo mataste?

No respondo. Estoy demasiado concentrada mirando la fotografía que lleva debajo el siguiente texto: «Ben Bailey, marido y víctima».

Las manos me tiemblan a lo bestia; estoy tan aterrorizada que se me va a caer el teléfono. Lo sujeto con fuerza, todavía sin querer devolvérselo, y me siento en la litera, incapaz de asimilar o procesar lo que acaban de ver mis ojos.

—¿Te encuentras bien? —pregunta.

Si pudiera responder, la respuesta sería que no.

Miro otra vez las caras de la pantalla, pero nada ha cambiado. Apenas me reconozco a mí misma; pero al hombre del retrato que hay al lado no lo conozco en absoluto.

Si no reconozco al hombre que dicen que maté es porque ese hombre de la fotografía no es mi marido. No es Ben.

51

Se supone que Maggie debe vaciar una casa en Acton, pero antes no puede resistir la tentación de pasar lentamente con el coche un par de veces frente a la casa de Aimee en Notting Hill. Una urraca desciende en picado justo delante de la furgoneta y Maggie se detiene y la saluda supersticiosamente antes de que se aleje volando.

«Uno por los pesares, dos por la alegría», musita; luego echa un ruidoso trago a su termo de café mientras contempla el panorama que tiene justo delante. La cinta policial azul y blanca todavía ondea al viento, precintando el edificio, pero las furgonetas de la policía y de la prensa ya no están. Deduce que ya han encontrado todo lo que necesitan de momento: todo lo que ella misma dejó expresamente para ellos, o sea, el gel de encendido, las manchas de sangre mal limpiadas y el cuerpo.

Recuerda entrañablemente la primera vez que visitó esa casa. Él, el verdadero Ben Bailey, se había pegado un tiro en la cabeza. Suicidio. Había perdido su trabajo y, al parecer, aquello le había afectado mucho. Todavía quedaban manchas de sangre y trocitos del cerebro en las paredes cuando la contrataron para deshacerse de sus pertenencias, pero a ella no le importó. Su misión no era limpiar, sino llevarse los trastos. Maggie acababa de abrir su empresa, y seguramente por eso había recibido el encargo: la mayoría, supuso, debía haberlo rechazado por ser algo demasiado horrible y truculento. Pero ella nunca había temido a los fantasmas. Sin embargo, cuando había entrado en la casa había tenido una extraña sensación, como un presentimiento. Ben no tenía parientes dispuestos a discutir acerca de sus posesiones más preciadas. Tampoco es que tuviera tantas, por otra parte.

Maggie fue revisando sus cosas con calma para descubrir qué clase de hombre había sido. Encontró su pasaporte, su permiso de conducir, sus extractos bancarios, las facturas de suministros. La suplantación de identidad resulta muy sencilla cuando haces este tipo de trabajo: allí estaban todos los elementos, como una invitación para ponerse en el lugar de Dios y devolver a aquel muerto a la vida. Maggie se enamoró de la casa y del perfil de aquel hombre. No de la casa tal como era entonces, sino de cómo podía llegar a ser con un poco de trabajo. Hay personas incapaces de ver el potencial de las cosas o las personas, pero ella sí era capaz. Bastaba fijarse en el potencial que había visto en Aimee cuando era niña. Había acertado en su caso, y sabía que también lo hacía en el de Ben.

Maggie estaba segura de que Ben Bailey sería el novio ficticio perfecto, y luego el marido ficticio perfecto, para la Aimee actriz, así que no iba a permitir que se interpusiera en su plan el pequeño detalle de que estuviera muerto. Lo único que tenía que hacer era encontrar a la persona adecuada para interpretar su papel, y no necesitaba buscar muy lejos.

$\mathcal{N}$o sé cómo puede dormir nadie en la celda de una cárcel. Nunca hay silencio. Hasta en sueños oigo murmullos, gritos y a veces incluso chillidos que atraviesan los muros grises. Pero todavía hay más alboroto cuando me encuentro sola en el interior de mi cabeza. El elenco familiar de mis malos sueños ha ofrecido esta noche una actuación estelar. Y una gran ovación en forma de insomnio ha sido la reacción inevitable a la historia representada en el escenario de mi mente. Ya no conseguiré el papel en la película de Fincher, eso seguro. Lo he perdido todo, y también a todos. No podemos curarnos con un besito nuestras propias penas, y nadie es capaz de exacerbarlas más que nosotros mismos.

Me siento agarrotada, así que me levanto y me estiro un poco. Al alzar los brazos, me llega una vaharada de mi olor corporal. La ventanita escarchada de la celda está ligeramente entreabierta. Apoyo la cara en los barrotes para respirar un poco de aire fresco y veo una urraca en el césped de enfrente. La saludo como siempre he hecho, aunque no soy capaz de recordar cuándo o por qué adopté una costumbre tan extraña y supersticiosa.

Tal como predijo Hillary, ella ha podido salir para asistir a varias clases y hacer ejercicio en el patio, pero yo debo permanecer confinada en la celda hasta que me hayan introducido en «el sistema». Ya sé que no llevo aquí mucho tiempo, pero me

parece que puedo decir sin temor a equivocarme que «el sistema» no funciona. Si no fuera por la generosidad de mi compa-
ñera, aún no habría comido ni bebido nada; por suerte, Hilary
tiene una provisión al parecer inagotable de latas de alubias y
cartones de zumo de grosella. Normalmente, evito las bebidas
azucaradas, pero no me atrevo a beber el agua del grifo. Ya he
estado enferma, y tener que ir al lavabo separada solo por una
leve cortina de una desconocida es tremendamente degradante.
No dejo de pensar en la foto de Ben que Hilary me enseñó en
su teléfono. No era él. Ahora me doy cuenta de que si no he
sido capaz de encajar todas las piezas de lo sucedido es porque
no encajan. Pero esto no he podido contárselo a nadie. Tampoco
me creerían si pudiera hacerlo.

Oigo el tintineo cada vez más familiar de las llaves detrás
de la puerta, y supongo que vuelven a traer a Hilary de su última excursión. Pero no es Hilary. Es un guardián de la cárcel,
el mismo que me trajo aquí ayer. También él da la impresión
de no haber dormido. El espolvoreado de caspa ha desaparecido
de sus hombros, sin embargo; me pregunto si ha sido él u otra
persona quien se los habrá cepillado.

—Bueno, venga, que no tengo todo el día —dice hacia donde estoy, sin mirarme directamente.

Me levanto, salgo de la celda y lo sigo, rehaciendo el trayecto de ayer. Lleva más tiempo de lo que debería, porque tengo
que esperar a que cierre cada puerta a nuestra espalda antes de
dar unos cuantos pasos y detenerme ante la siguiente.

—¿Adónde vamos?

Él no responde, y empiezo a sentir una tensión en el pecho,
como si me costara respirar.

—¿Puede decirme adónde me lleva? ¿Por favor?

Al añadir el «por favor», me acuerdo de mi infancia y de
Maggie. Recuerdo cómo me adiestraba y cómo me racionaba
su amor, dándome solo un poquito cada vez. Es como si hubiera regresado de entre los muertos para atormentarme. Dejo

de andar, en protesta por la indiferencia del guardia, que finalmente se vuelve, suspira y menea la cabeza como si hubiera
hecho algo mucho más grave que formular una pregunta.

—Siga… moviéndose.

—No hasta que me explique adónde me lleva.

Él sonríe; una torsión extraña desfigura sus rasgos, ya dis-
tribuidos de por sí de un modo desagradable.

—Ni sé ni me importa quién creía que era fuera de aquí.
Pero aquí dentro no es nada. No es nadie.

Sus palabras tienen un efecto inopinado en mí. Solía pensar
que no era nadie; todavía lo pienso, pero no del modo que él
pretende dar a entender. Creo que todos estamos en el mismo
caso, que no somos nadie, pero no voy a permitir que un vulgar funcionario con un uniforme barato, un sentido exagerado
de su cargo y un problema serio de halitosis me hable de esta
manera. A veces tienes que darte un buen porrazo para que
te duela, para saber que ha llegado la hora de levantarse. No
puedes empezar a recomponerte si ni siquiera eres consciente
de que estás hecha pedazos. Alzo aún más la cabeza, y doy un
paso hacia él antes de responderle.

—Y a mí tampoco me importa que pierda su trabajo, su casa
y su colección de porno-zoofilia —por su aspecto dudo mucho
que tenga una esposa— si tengo que presentar una queja formal y hago que le saquen a patadas de este establecimiento.
Conozco a gente que puede acabar con usted con una llamada.

Me lanza una mirada furibunda con los ojos entornados.

—Tiene una visita.

—¿Quién?

—No soy una jodida secretaria. Véalo usted misma.

Abre otra puerta y entonces la veo a ella, sentada a una
mesa, esperándome.

—Siéntese —dice la inspectora Croft.

No me muevo del sitio. Empiezo a estar cansada de que me
den órdenes.

—Tome asiento, por favor. Quiero hablar con usted.

—Yo no maté a mi marido —digo, totalmente consciente de que debo sonar como un disco rayado.

Ella asiente, se echa atrás en la silla y cruza los brazos.

—Lo sé.

53

—¿*L*o sabe?

Las palabras me salen como un susurro en esa fría habitación carcelaria.

La inspectora Croft se echa hacia delante en su silla. Hoy ha venido sin su secuaz. Su joven rostro, como de costumbre, me resulta imposible de descifrar.

—Sí, sé que usted no mató a su marido.

Al fin. Creo que podría reír, o llorar, si no estuviera tan cansada y tan furiosa.

Es curioso cómo la vida te lanza un cable a veces, cuando te estás ahogando, justo cuando tu cabeza está a punto de desaparecer bajo la superficie de tus problemas más oscuros.

—¿Conoce a este hombre? —Desliza su iPad por encima de la mesa. Es la misma fotografía que aparecía en el artículo publicado online por la TBN.

—No. ¿Quién es?

—Ben Bailey.

—Este no es mi marido.

—No, no lo es. Pero se llamaba así, y fue el cuerpo de este hombre el que encontramos enterrado en su jardín. La TBN ha verificado que este es el Ben Bailey que trabajó para ellos; la oficina del registro ha confirmado que él fue el dueño de esa casa durante diez años antes de que usted la comprara; y este hombre llevaba más de dos años muerto y enterrado, aunque en otro lugar. Se suicidó al perder su trabajo; fue sepultado en Escocia y alguien decidió sacarlo de su tumba y volver a enterrarlo bajo la tarima de su terraza en el oeste de Londres. Hay algunas cosas que entiendo de este caso; pero la mayor parte no las entiendo. Para empezar, no comprendo qué papel desempeña usted en esta historia.

Me mira fijamente, como si esperase que dijera algo, pero estoy demasiado ocupada procesando todo lo que acaba de decir, intentando encontrar el sentido de algo que sencillamente no lo tiene. Me siento como si esto no pudiera ser real; y sin embargo, lo es. Un cúmulo de pensamientos y sensaciones se arremolina en mi cabeza, formando interrogantes que no consigo despejar.

—Aquí hay alguien que se ha esforzado mucho para tenderle una trampa —dice.

—Y usted cayó en ella de cuatro patas. —El odio me suelta la lengua—. Intenté explicarle que querían incriminarme y usted no me quiso escuchar.

—Su historia resultaba un poco descabellada.

—¡La ha cagado!

Ella examina esta idea como quien se prueba un vestido y finalmente decide que no le va bien y se lo quita.

Vuelvo a adoptar un tono normal.

—¿Y ahora qué?

—La pondremos en libertad. No podemos retenerla por matar a un hombre que ya estaba muerto.

—¿Y luego?

—Bueno, estamos tratando de encontrar al hombre que se hizo pasar por Ben Bailey, que se casó con usted utilizando el certificado de nacimiento de un muerto y que la convenció para que comprara la casa de ese muerto. Ahora bien, para empezar a entender el qué y el quién de este caso, sería de gran utilidad conocer el porqué. ¿Por qué habría llegado alguien a tales extremos para hacerle esto?

—No lo sé.

—Si el hombre con el que se casó no era realmente Ben Bailey, ¿quién era entonces?

—No-lo-sé.

Me mira durante unos instantes y parece llegar a la conclusión de que digo la verdad.

—¿Cómo lo conoció?

—A través de una web de citas.

—¿Usted estaba en una web de citas? ¿Con su nombre real?

—Sí. Eso fue antes de mi primer papel importante, hace un par de años. Mi nombre no significaba nada entonces.

—¿Quién contactó con quién?

—Él contactó conmigo.

—Entonces supongo que su nombre quizá significaba algo para él. Quien le haya hecho esto llevaba un tiempo planeándolo. Tal vez la encontró gracias a la web de citas. ¿Él le dijo desde el principio que se llamaba Ben Bailey?

—Sí.

—¿La foto del hombre con el que se casó estaba en la web?

—Sí, claro.

—Bien, lo comprobaremos para ver si aún está allí. Empiezo a pensar que el motivo de que usted no pudiera encontrar fotos suyas en la casa es que él se las llevó expresamente. ¿También le dijo que trabajaba en la TBN?

—Sí, incluso quedamos frente a las oficinas muchas veces.

—Pero ¿nunca entró? ¿No conoció a ningún colega suyo?

—No.

—¿Y a su familia?

—Él decía que no le quedaba nadie. Era algo que teníamos en común.

—¿Y tampoco conoció a ninguno de sus amigos?

—Me dijo que todos sus amigos estaban en Irlanda. Él no llevaba en Londres tanto tiempo; y daba la impresión de que había estado demasiado ocupado para hacer alguno.

—¿Por qué accedió a casarse con un hombre prácticamente desconocido solo un par de meses después?

La inspectora me mira como si yo fuera la persona más patética e idiota que hubiera conocido en su vida. Comparto su impresión y empiezo a preguntarme si lo soy. Tendría que haber olvidado mucho antes esas fantasías, pero me aferré demasiado a lo que creía que deseaba: una oportunidad de volver a empezar. Toda la culpa es mía. Solo eres presa de tu pasado si tú lo permites.

—Él dijo que los dos habíamos malgastado demasiados años separados antes de encontrarnos. Me dijo que no hacía falta esperar cuando sabías que habías encontrado a «la» persona —respondo finalmente.

Ella parece a punto de vomitar.

—Está claro que ha logrado convertir a alguien en su enemigo. Respecto a la acosadora de la que me habló, el nombre que utilizaba…, Maggie, ¿qué significa para usted?

—Maggie está muerta. No puede ser Maggie. Yo la vi morir.

Croft se echa hacia atrás, como si no estuviera del todo segura de lo que va a decir, lo cual me hace pensar que no quiero escucharlo.

—He leído lo que les sucedió a sus padres cuando usted era una niña…

Sus palabras me quitan un poco el aliento. No quiero hablar de eso. No puedo. Nunca lo he hecho y nunca lo haré.

«Ella me dijo que no contara nada.»

—Sé que su madre murió. Debe de haber sido una experiencia espantosa.

—También murió mi padre —digo, recordando mi diálogo.

—¿John Sinclair? —Una profunda arruga aparece en su frente.

—Exacto.

—John Sinclair no murió en el atraco. Estuvo tres meses en

el hospital y luego fue a la cárcel.

—¿Cómo? No. John murió. Le dispararon por la espalda. Dos veces. Yo estaba allí.

Ella pasa los dedos por su iPad varias veces y lee algo mirando la pantalla.

—John Sinclair fue condenado a diez años y pasó ocho en la prisión de Belmarsh.

Intento asimilar esa nueva información.

—¿Por qué?

—Mató a los supuestos ladrones con un arma ilegal. Y esa arma encontrada en su mano estaba relacionada con otros tres delitos graves.

«John está vivo. Fue a la cárcel por mi culpa. Yo le puse esa pistola en la mano.»

—¿Y ahora dónde está? —pregunto.

—No lo sé. Y ya no sé qué pensar de este caso.

Se levanta para marcharse y le hace una seña al guardián que está al otro lado para que le abra la puerta.

—¿Ya está?

—Por ahora sí.

—¿Y adónde se supone que voy a ir?

Ella se encoge de hombros.

—¿A su casa?

No parece comprender que no tengo casa, que no tengo un hogar.

54

$\mathcal{M}$aggie vuelve a entrar en el piso y cierra de un portazo casi sin darse cuenta. Es consciente de que la puerta no tiene la culpa de que ella haya tenido un mal día: los muertos pueden llegar a ser tremendamente absorbentes. Se pone sus guantes de algodón blanco para cubrirse las manos. Sabe que ellas tampoco tienen ninguna culpa, pero lo cierto es que siguen constituyendo un desagradable recordatorio de quién es y quién no es. A ella le enseñaron a endurecerse desde muy joven, pero no por eso es inmune al dolor. Una piel dura también puede volverse frágil por el continuo desgaste.

Recuerda que no ha comido en todo el día, así que se pone las zapatillas en sus pies cansados y los arrastra hacia la cocina para examinar el contenido de la nevera. Todo lo que ve resulta tan saludable como decepcionante, y no es eso lo que necesita ahora. Vuelve a la sala para usar el teléfono y marca un número bien conocido. La foto enmarcada de Aimee de niña le devuelve la mirada mientras espera que atiendan. Mira con furia a la niña, retorciendo el cable del teléfono con sus manos enguantadas a medida que crece su impaciencia.

—Que te jodan —le dice a la foto, poniéndola boca abajo para no tener que seguir viendo a Aimee—. No, usted no —añade, al darse cuenta de que alguien se ha puesto por fin al teléfono.

Deja el dinero exacto del pedido en el umbral, en un sobre blanco reciclado, junto a un *post-it* que dice: «DEJE AQUÍ LA

PIZZA». Ya se ha quitado todo el maquillaje, y no quiere ver a nadie más por hoy. Cierra sus cansados ojos y se sujeta los tres dedos más pequeños de la mano izquierda con los de la derecha, simulando que consuela a la pequeña Aimee. Así lo hacía cuando estaba asustada. Le gustaría volver a esa época. Tras un par de minutos esperando en la oscuridad junto a la puerta, la vuelve a abrir, se agacha y añade al *post-it* la palabra «GRACIAS». No quiere ser maleducada ni desahogarse de su mal día con otra persona.

Después de comerse casi entera una pizza grande de salami, con doble ración de queso, va al baño y lo vomita todo. Tira de la cadena dos veces y se limpia la boca con un trozo de papel higiénico acolchado. Luego se prepara un té verde, añadiendo un chorrito de agua fría del grifo, y se instala en el sofá para mirar las noticias.

Vuelve a sentir náuseas al ver la cara de Aimee.

Y peor aún cuando termina de ver la noticia.

Han puesto en libertad a Aimee.

55

*E*spero en el umbral, con el mismo vestido negro y los zapatos rojos que llevaba puestos cuando me metieron en la cárcel. No sabía a qué otro lugar acudir, y no tenía nada más que ponerme cuando me han soltado. La calle frente a la casa donde vivía antes está plagada de periodistas y furgonetas con antena parabólica. Al parecer, mi fama ha aumentado en los últimos días, aunque por los motivos equivocados.

La puerta se abre de golpe y él titubea un instante, haciéndome temer que haya cambiado de idea desde que le he llamado cuando venía en taxi.

—Pasa. —Jack echa un vistazo teatral a la calle, como si pudieran haberme seguido—. Perdona, no te he oído al principio; el timbre no funciona. Yo mismo me lo he cargado. Los periodistas no paraban de llamar.

La casa es preciosa. La distribución es casi una copia exacta de la que yo tengo en casa, que está solo a dos calles, pero esto sí que es un hogar. Hay libros y fotos y todos los cachivaches previsibles de la vida cotidiana, y tengo que hacer un esfuerzo para asimilarlo todo. Es un lugar cálido, de aspecto seguro, incluso familiar. Aguardo a que me invite a sentarme, pero no quiero tocar nada. Me siento sucia, como si pudiera infectar sin querer sus preciosas posesiones.

—¿Quieres ducharte? —pregunta él, como leyéndome el pensamiento. Mi olor debe de ser incluso peor que mi aspecto—. Hay toallas limpias y agua caliente en abundancia. Puedes usar tranquilamente todo lo que hay en el baño. Tengo aceite acondicionador de Argan —dice sonriendo y pasándose la mano por su pelo canoso pero reluciente.

Estoy mucho rato bajo la ducha de efecto lluvia, dejándome acribillar por los chorros de agua, y me pregunto cómo he terminado en esta situación; quiero decir, casi sola en el mundo. No conozco a Jack, en realidad; es solo un colega, no un amigo. Algunas personas no distinguen una cosa de otra, pero yo sí. En este momento, es como si no quedara nadie en el mundo que conozca mi verdadero yo. Nadie con quien pueda ser yo misma.

Nunca tuve mucha familia, pero antes sí tenía amigos. Hay personas a las que podría llamar, nombres guardados en mi teléfono que antes significaban algo. Pero si les llamara o les enviara un mensaje, no acudirían por «mí», acudirían por «ella»: esa en la que te conviertes cuando te pasas la vida siendo alguien que no eres. Vendrían a verla a ella y luego cotillearían sobre esa persona con todo el mundo, sin dejar de fingir que son amigos míos. Por desgracia, es mi experiencia y no mi paranoia la que habla en mi interior con esta contundencia. A veces, la mejor forma de preservarte es mantenerte alejada de las personas que fingen preocuparse por ti.

Supongo que la mayoría de la gente recurre a su familia cuando se siente acorralada, pero tampoco me queda nadie por ese lado. Cuando cumplí dieciocho años, volví a Irlanda. No había tenido contacto con mi padre o con mi hermano desde mi huida de casa. Ya no sé qué esperaba encontrar; supongo que solo quería visitar lo que había dejado atrás. Descubrí que mi verdadero padre había muerto hacía unos años; estaba enterrado en la misma parcela del cementerio que mi madre, detrás de la iglesia a la que acudíamos cada domingo. Fui a ver la tumba, sin saber bien cómo sentirme mientras miraba aquel rectángulo cubierto de hierba y la sencilla lápida. Un vecino me confirmó que mi hermano seguía siendo el propietario de la casa donde habíamos vivido, pero que nadie le había visto desde hacía un tiempo. Antes de irme, le escribí una carta y la deslicé por debajo de la puerta. O bien no llegó a leerla, o bien no escribí las palabras adecuadas, porque nunca me respondió, cosa que me hizo comprender que tener la misma sangre no implica necesariamente que formes parte de una familia.

Tras la muerte de Maggie, se hicieron cargo de mí en un «centro de acogida». A mí siempre me pareció una curiosa forma de llamarlo, pues nunca me sentí acogida. Me enviaron a un montón de familias adoptivas, pero jamás tuve la sensación de encajar en ninguna. Creo que el sentimiento era mutuo. Yo no era mala; no me metía en líos y sacaba buenas notas en el colegio. Simplemente, era callada, al menos de puertas afuera, porque los personajes que deseaba ser armaban tanto alboroto en mi cabeza que su personalidad resultaba casi ensordecedora. La gente no suele fiarse de las personas calladas; no se fiaba entonces y desde luego tampoco ahora. El mundo en el que vivimos es demasiado ruidoso, de modo que la mayoría de las personas cree que debe gritar continuamente para encajar. Yo jamás he encajado demasiado bien, y cuando miro el mundo que me rodea, no sé si lo deseo.

Pienso en todos los años que he pasado creyendo que John estaba muerto, cuando resulta que no lo estaba. ¿Y si también estoy equivocada en el caso de Maggie?

No, no lo estoy.

«La vi morir.»

Pero también vi morir a John, o eso creía. Ya no sé qué pensar.

Ojalá pudiera borrar lo que sucedió aquel día. Ese recuerdo no ha dejado de atormentarme, y desde entonces me he sentido sola en el mundo.

Cada vez que hago una película o un programa de televisión, muchas personas me rodean, se desviven por mí y me dicen lo que creen que quiero oír. Pero cuando termina el rodaje, se van a casa con sus familias y yo me siento sola, abandonada. Eso ya no cambiará en el futuro, siempre será así. Ya no volveré a casarme: ¿cómo podría quedar siquiera con otro? Nunca sabría si estaba conmigo por mí o por «ella». A veces la odio; sí, odio a esa en la que me he convertido; pero sin ella, no soy nada. Sin ella, no soy nadie.

La vida es un juego al que pocos sabemos jugar realmente: un juego con más obstáculos que facilidades. Empiezo a pensar que quizá yo lo he estado jugando rematadamente mal. Tal vez, cuando estás al final del trayecto y el mundo decide volverse en tu contra, las personas son más importantes que los personajes. Alguien me odiaba lo suficiente como para hacerme esto y, sea quien sea, sigue todavía por aquí. La historia no se habrá acabado hasta que junte todas las piezas del puzle. Hasta entonces no estaré a salvo.

Me deshago de los restos de temor y de mugre y salgo de la ducha. Me envuelvo el cuerpo con una gruesa y mullida toalla blanca, y el pelo mojado con otra; luego salgo al rellano y me inclino sobre la barandilla desde lo alto de la escalera.

—¿Jack? —grito.

No responde. La casa está en completo silencio, dejando aparte el tictac del descomunal reloj metálico del vestíbulo. Bajo las escaleras, disfrutando la sensación de la moqueta bajo mis pies descalzos, mientras me digo que todo acabará bien, porque si yo puedo convencerme a mí misma de que así será, entonces quizá acabe sucediendo.

—¿Jack?

Deambulo por las habitaciones y acabo en la cocina, en la parte trasera, donde las frías baldosas hacen que un escalofrío me recorra la columna. Resulta curioso deambular por una casa que tiene exactamente la misma distribución que la tuya. Vuelvo al salón y me quedo de piedra al ver la mesita de café. El pánico me paraliza mientras contemplo los objetos que hay sobre ella como si fueran peligrosos. Y es que dan la sensación de serlo.

—¡Jack!

Nadie responde.

Está ocurriendo de nuevo.

Su teléfono y sus llaves están aquí, sobre la mesa, pero Jack ha desaparecido.

$\mathcal{M}$aggie llega temprano a su cita en Harley Street.

Gracias a Aimee, hoy tiene mucho más trabajo que tiempo para hacerlo, y no está de humor para que un supuesto doctor le suelte más excusas o mentiras sobre los motivos para demorar la cirugía. Es su cuerpo; deberían dejarle hacer lo que quiera. Ella no pide a los demás que paguen sus intervenciones, así que... ¿por qué habría de necesitar su permiso?

Maggie piensa que en este país todo se ha vuelto demasiado rígido y complicado; hay tantos controles y contrapesos que ya no hay manera de hacer nada. Chasquea la lengua y mueve la cabeza, y solo se da cuenta de que ha estado murmurando en voz baja cuando advierte que una mujer de la sala de espera la está mirando. Ella alza la barbilla y le devuelve la mirada hasta que la mujer emprende la retirada y baja los ojos hacia la revista que finge leer. La siguiente persona que se atreva a mirarla mal hoy, piensa Maggie, se arrepentirá.

Todo es blanco en la clínica. Las paredes, el suelo, las extrañas sillas ultramodernas de la sala de espera, el personal, los pacientes y las largas facturas que recibe después de cada visita. Todo blanco. Aséptico. Es un lugar demasiado frío y silencioso. No hay música, solo el ruido monótono y enloquecedor de la recepcionista tecleando en su ordenador con sus bonitas y pequeñas manos. Maggie siempre piensa que debería haber música de fondo, algo para distraerte del presente, olvidarte del pasado y soñar con un futuro de fantasía. Sin nada que escuchar, mata el tiempo observando a las personas que esperan a su alrededor, preguntándose para qué están aquí, qué querrán que les hagan. Le parecen todas fascinantes y trata de adivinar el problema de cada cual examinando su rostro y su cuerpo: rinoplastia, liposucción, trasplante de pelo. Actualmente, casi todo es posible; te puedes reinventar por completo. Volver a empezar.

—El doctor la verá ahora —dice la recepcionista, catorce minutos después de la hora de su cita. «Doctor..., las pelotas», piensa Maggie, oyendo cómo le crujen las rodillas cuando se levanta de la incómoda silla blanca y pensando que la clínica debería invertir en unos buenos cojines blancos. Observa que la recepcionista también se ha hecho varios arreglos. Su frente libre de arrugas habla a gritos de bótox; su estiramiento facial es bueno y bastante sutil: no le han tensado demasiado la piel de las mejillas. Solo la del cuello delata su verdadera edad. A Maggie le gustaría saber si le han hecho descuento por ser miembro del personal, pero piensa que sería de mala educación preguntarlo. Así pues, le da las gracias con una sonrisa forzada y empieza a cruzar el pasillo hacia el despacho número tres.

El médico sonríe al verla entrar. Ha ensayado esa sonrisa blanca tan a menudo que casi parece natural.

—Hola, ¿cómo está? —pregunta como si le importara.

Es más joven que ella, y ya ha llegado mucho más lejos en la vida de lo que Maggie puede esperar en la suya. Su bronceado es auténtico, a diferencia del solícito interés que aparenta, y su lacio pelo rubio parece modelado con secador. Unas fotos de una esposa risueña y de dos niños de aspecto perfecto adornan su escritorio, reforzando esa imagen global de éxito.

Maggie sabe perfectamente que el hombre está ocupado; acaba de ver a todas las personas que están esperando en recepción para convertirse en una versión mejorada de sí mismas. Pero ella también está ocupada. Tal vez no sea doctora, pero tiene cosas que arreglar y resolver, cosas importantes, así que más bien preferiría que no perdieran el tiempo ninguno de los dos hablando de naderías.

—¿Por qué ha vuelto a aplazar mi operación? —Se echa hacia delante todo lo que le resulta posible sin caerse de la silla, como si así fuera a escuchar antes la respuesta del médico.

Él se retira hacia atrás un poco en su propia silla, aunque sin dejar de sostenerle la mirada. Sus ojos son de un azul profundo y parecen entrañar una asombrosa sabiduría para tratarse de un hombre tan joven.

—Tener un exceso de tejido mamario es algo corriente después de una pérdida de peso radical como la que usted ha experimentado tras la colocación de una banda gástrica...

—Sí, bueno, yo no quiero parecer «corriente»; más bien quiero tener este aspecto.

Maggie se saca del bolsillo una página arrugada de una revista y la plantifica sobre el escritorio. Él le echa un somero vistazo a esa fotografía satinada de una famosa a la que reconoce vagamente, y luego continúa.

—La intervención que deseaba es relativamente poco invasiva, y yo la realizaría con mucho gusto, pero ¿recuerda el escáner que le hicimos la última vez que vino? —El médico no aguarda a que responda—. ¿Y recuerda la masa que encontramos inesperadamente y la biopsia que le practiqué?

Maggie lo recuerda, no está senil. La sensación fue como si utilizaran una grapadora en su carne desnuda: un agudo dolor punzante y luego una sorda molestia durante el resto del día.

—No tengo ningún problema de memoria, gracias. —Ahora se siente más irritada con él, aunque procura mantener la educación, porque necesita la ayuda de este hombre para convertirse en la persona que desea ser—. Usted me dijo que la biopsia era solo una precaución, que no debía preocuparme.

El médico baja la vista, como si hubiera olvidado su diálogo y pensara que quizá vaya a encontrarlo escrito en las palmas de sus manos. Gira los pulgares, el uno alrededor del otro, en una especie de danza hipnótica.

Maggie apenas puede contenerse para no chasquear la lengua. «Va a volver a decir que no a la operación», piensa, y nota que la irritación crece en su interior. Nunca se le ha dado bien controlar su mal genio; cuando se enfada con alguien, la cosa puede durar para siempre. Es consciente de que no es una forma de ser amable ni inteligente, pero no puede evitarlo. Ha heredado esa ira de su padre, que a su vez la heredó del suyo, como si fuera un problema genético. Se yergue un poco en la silla, tratando en vano de conservar la calma.

—Si usted no quiere realizar la operación, buscaré a otro…

—Lo siento muchísimo, pero lo que hemos encontrado es un tumor.

El despacho y todo lo que contiene se queda inmóvil y silencioso, como si sus palabras hubieran creado un vacío y succionado todo lo que ella estaba a punto de replicar.

—Bueno —dice Maggie finalmente—, pues quítemelo durante la operación.

—Me temo que no es posible. Tiene usted un cáncer de pecho. —El médico dice estas palabras con tanta amabilidad que ella siente que se le van a saltar las lágrimas.

—No entiendo —susurra.

—Los análisis de la muestra de tejido han confirmado que las células son malignas. Al parecer, el tumor se ha extendido más allá del pecho. Pero existen tratamientos que tal vez resulten adecuados para usted, o bien en el Servicio Nacional de Salud, o bien de forma privada…

—No entiendo —repite Maggie.

—Le he escrito a su médico de cabecera. Le recomiendo que pida una cita para verle lo antes posible.

—¡No lo entiendo! ¿Cómo puede estar pasándome esto a mí?

La voz de Maggie ha sonado con más fuerza, aunque un poco quebrada, como si acabara de romperse algo en su interior. Los ojos se le han llenado de lágrimas, y ella deja que le rueden por las mejillas. Deben de haber pasado más de treinta años desde que dejó que un hombre la viera llorar, pero eso ya no le importa; ahora le tiene todo sin cuidado.

El médico asiente. Ella nota que está tratando de encontrar las palabras adecuadas, intentando plancharlas y almidonarlas para que tengan un aspecto más pulcro antes de salir de sus labios.

—Es algo más corriente de lo que se suele creer.

Maggie detesta la palabra «corriente»; le gustaría que dejara de usarla.

—¿Cuánto tiempo me queda?

—Su médico de cabecera podrá asesorarla…

Maggie se inclina sobre el escritorio.

—Cuánto… tiempo… me… queda.

Él mira para otro lado y menea la cabeza antes de sostenerle otra vez la mirada.

—Es imposible decirlo con precisión; pero a juzgar por lo que he visto, no mucho. No sabe cuánto lo siento.

57

*L*os hombres siguen desapareciendo de mi vida, y yo no entiendo nada.

Corro por la casa de Jack envuelta en una toalla, repitiendo su nombre, como si en mi ansiedad hubiera desarrollado una forma única del síndrome de Tourette. Reviso cada una de las habitaciones, para mí desconocidas, y me detengo en un cuarto infantil de la planta baja. La alfombra es rosa, y los muebles, blancos; hay una estantería de libros de colores en el rincón y un montón de muñecos sobre la cama. Es la habitación de una niña pequeña y su aspecto me hace retroceder en el tiempo y me retiene allí unos momentos. Se parece tanto a la habitación que yo tenía encima de la tienda de apuestas que resulta inquietante. Me quedo ahí mirando, hipnotizada. Aturdida. Consternada.

«¿Estoy perdiendo el juicio?»

Me apoyo en la pared, con la respiración acelerada e irregular, hasta que la tensión del atolladero en el que estoy metida acaba rompiendo el hechizo. Me obligo a erguirme y a cerrar la puerta, como si los recuerdos que me trae esta habitación debieran ser guardados bajo llave. Exploro el resto de la casa y finalmente vuelvo al salón, pero Jack no está allí. Miró sus llaves y su móvil, abandonados en la mesita de café, y tengo la sensación de que voy a volverme completamente loca. ¿Cómo puede estar pasándome esto otra vez?

Saco mi propio teléfono y por un momento considero la idea de llamar a la inspectora Croft, pero después recuerdo que la última vez que hice eso terminé en la cárcel. No puedo llamar a la policía. No puedo confiar en ellos. No puedo fiarme de nadie. Veo que tengo cinco llamadas perdidas: todas de mi agente. Podría explicarle a Tony que Jack ha desaparecido, pero ¿qué conseguiría? Decido no hacerlo. Estoy segura de que piensa que estoy loca. Veo que ha dejado dos mensajes de voz; obviamente, he perdido la película de Fincher. Antes de que pueda escuchar lo que tenga que decirme, suena un golpe en la puerta y me quedo paralizada. No sé qué hacer. Estoy convencida de que es la policía, de que me han vuelto a tender una trampa para inculparme por algo que no he hecho.

Los golpes en la puerta se reanudan casi de inmediato, esta vez con más fuerza e insistencia, como si el que está ahí afuera no tuviera intención de marcharse. Salgo al vestíbulo y distingo la silueta de alguien más corpulento que yo detrás del cristal esmerilado, pero nada más. ¿Y si fuese él? El hombre con el que he estado casada dos años y que ni siquiera me dijo su auténtico nombre.

«Podría ser él.»

Voy a la cocina, cojo un cuchillo del bloque de acero inoxidable que encuentroy sobre la encimera y vuelvo al vestíbulo ocultando la hoja a mi espalda. Abro un poco la puerta, solo una rendija para ver quién está llamando.

—He olvidado las llaves. ¿Puedo entrar, *s'il vous plaît*? —dice Jack.

Me hago a un lado para que pase y veo que lleva un montón de bolsas en cada mano. Lo sigo a la cocina, dejando el cuchillo en su sitio disimuladamente y ciñéndome un poco mejor la toalla alrededor del cuerpo. Jack mete un cartón de leche en la nevera y se vuelve hacia mí. Sus ojos se demoran en mis piernas, por debajo de la toalla, antes de sostenerme la mirada.

—He pensado que quizá necesitemos algunas cosas; y también que tal vez te haga falta algo de ropa. Me disculpo de antemano si me he equivocado con la talla. Es todo del mercadillo de Portobello; solo unos trapos para salir del paso. —Me pasa una de las bolsas y veo que hay un par de vestidos, algunas prendas de andar por casa y ropa interior—. Y te he traído esto también. Ya sé que te encanta correr. —Abre una caja de zapatos, mostrándome unas zapatillas de deporte que parecen caras.

—Muchas gracias. —Me siento abrumada por su amabilidad, así que no entiendo por qué no me abstengo de decir algo que no debería—. No sabía que tenías una hija pequeña. —Las palabras salen de mis labios como una acusación y me doy cuenta de que lo he pillado desprevenido.

—Sí, tengo una hija. Se llama Lilly. No puedo verla tan a menudo como quisiera, con este trabajo, ya sabes cómo es.

«En realidad, no. Yo lo habría dejado todo si hubiera tenido un hijo.»

—¿Vive con tu exmujer?

—No, Lilly es de mi primer matrimonio. Nació en Francia y vivió allí hasta los cinco años; por eso estoy intentando estudiar el idioma por mi cuenta. El año pasado se trasladó aquí y vive con mi hermana mientras estoy trabajando, o bien en esta casa conmigo cuando no trabajo. No es ningún secreto; es solo que todo el rollo del padre soltero suele provocar rechazo. Me encantaría que la conocieras algún día.

Le importaba lo suficiente lo que yo pensara como para ocultarme la verdad.

No le culpo por no habérmelo explicado. Todos aprendemos a acorazar nuestro corazón, a construir alrededor un laberinto que hace prácticamente imposible que los demás lo encuentren. Me imagino a mí misma convertida en la madre de la hijita de otro. Sería capaz, pero en el fondo sigo queriendo un hijo mío, de mi propia carne. Noto que Jack quiere cambiar de tema, pero yo aún no he terminado.

—¿Cómo es que no vive aún con tu primera mujer?

Él desvía la mirada un momento.

—Porque ella murió.

—Ah, perdona…

—No, no podías saberlo. Se la llevó un cáncer. Luchó con gran energía. A veces creo que habría sido mejor que no luchara tanto; pasó mucho tiempo enferma y fue duro. Para todos. Aquello me rompió el corazón; bueno, me lo rompió todo, pero debía seguir adelante por Lilly. Ahora estamos bien. —Su cara cambia de golpe, como si hubieran aplicado un filtro a la imagen que percibo de él—. Por cierto, ha llamado tu agente. Ha dicho que debes contactar con él urgentemente.

—Mi agente… ¿te ha llamado a ti?

—Sí, ha dicho que no respondías en tu teléfono.

—Pero ¿cómo sabía que estaba contigo?

Jack frunce el ceño.

—Querida, ¿miras alguna vez Twitter, o Facebook…, o las noticias?

—No, si puedo evitarlo.

Él entra en el salón, coge su teléfono de la mesita de café y marca varios iconos antes de ponérmelo delante. Ha abierto la aplicación de la TBN, y ahí estoy, en los titulares otra vez, junto a una foto mía abrazando a Jack en la puerta de su casa hace menos de una hora.

—¿Tú la has avisado de que estaba aquí? —pregunto.

—Esta vez soy inocente. —Parece un poco dolido—. Lamento lo que sucedió la otra vez. Verás. Cometí un terrible error hace unos años; hice algo que no debería haber hecho cuando mi primera esposa estaba enferma. Era espantoso ver cómo se iba apagando, y yo debía afrontar todo aquello por mi cuenta. No es que quiera buscar excusas, pero estaba tan asustado y tan… solo. Jennifer Jones se enteró de lo que había hecho y me amenazó con descubrir el pastel. Me ha estado chantajeando desde entonces. Si hubiera tenido otra opción, jamás habría accedido a lo que me pidió, y desde luego tienes mi palabra de que no volverá a suceder nada parecido.

»Si no la hubiera dejado entrar aquel día en tu camerino y no le hubiera enviado luego esas fotografías nuestras, me habría destruido. No solo mi carrera, sino también mi relación con mi hija. No puedo permitir que Lilly lea en la web lo que hice; nunca me lo perdonaría.

—¿Te acostaste con otra mientras tu esposa estaba enferma? —pregunto, confiando en equivocarme.

Él baja la mirada al suelo.

—Sí. No hace falta que me mires así. Todos cometemos errores cuando estamos bajo una gran presión. Yo estaba borracho, agotado emocionalmente. No significó nada.

—¿Con quién te acostaste? —susurro, aunque no sé si quiero conocer la respuesta.

—Ella tenía un papelito en la película que yo estaba rodando. Fue una estupidez, pero la vida en casa era tan dura y tan…

—¿Quién?

—Ella. Jennifer Jones. Por eso sabía que había engañado a mi esposa enferma: porque fue con ella. Quizá pensó que podría ayudarla en esa carrera de actriz claramente abocada al fracaso, no lo sé; pero yo no podía ayudarla, ni tampoco volver a verla después de aquello. Sabía que estaba cometiendo un error en el mismo momento en que pasó; lo que no sabía era que iba a atormentarme tanto tiempo. Ella dejó de actuar poco después y se convirtió en reportera de espectáculos, pero nunca se cansó de vengarse por nuestra aventura de una noche.

Aquella revelación me provoca una ligera náusea. No me gusta que Jack se acueste con nadie, aunque yo no tenga ningún derecho sobre él. Pero que haya sido nada menos que con Cara de Pato… No me extraña que nos odie tanto a los dos. Se me ocurre otra cosa, algo que corta en seco mi sensación de asco.

—Si tú no le has dicho que estaba aquí, ¿cómo se ha enterado?

Jack se encoge de hombros, y ambos bajamos la vista al último titular de Jennifer Jones:

AIMEE SINCLAIR DE NUEVO
EN BRAZOS DE SU AMANTE
TRAS SER EXONERADA
DEL ASESINATO DE SU MARIDO

58

$\mathcal{M}$aggie llega a casa apenas sin recordar el trayecto desde la clínica. Volver a un piso frío y vacío tras recibir una noticia semejante está muy lejos ser ideal, pero no tiene a nadie a quien llamar. En momentos como este desearía contar con la compañía de una mascota; siempre ha preferido los animales a las personas: los animales saben lo que son. Ahora se siente más pequeña que antes. Como si el hecho de tropezarse con la fragilidad de la vida la hubiera hecho encoger un poco.

Está hambrienta, pero no puede comer; ahora no. Sospecha que saber que se acerca el final es peor que el final en sí. Sus padres no supieron cuándo iba a llegarles la hora, y se pregunta qué habrían hecho de haberlo sabido. La respuesta es una sola palabra: todo, y está segura de que acierta. Cuando las cosas no tienen buen aspecto, se dice a sí misma, a veces lo que debes hacer simplemente es cambiar de perspectiva. Entonces llega a una conclusión más positiva.

«Esta sentencia de muerte es una oportunidad para arreglar las cosas antes de que sea demasiado tarde.»

Decide comer, consciente de que necesitará toda su energía para que el plan funcione. La nevera está casi vacía, así que se prepara una tostada con alubias. «No tiene nada de malo, están llenas de proteínas», murmura para sí mientras remueve en una sartén el contenido de la lata.

Una vez que ha comido, enciende el fuego. Servirá para calentar el piso y, además, debería empezar a quemar todas las cosas que no quiere que encuentre nadie cuando ella ya no esté. Con las prisas, olvida ponerse los guantes antes de coger un tronco y se le clava una astilla en el dedo. Intenta quitársela con unas pinzas, pero se le parte por la mitad y la mayor parte queda bajo su piel. Sin hacer caso del dolor, enciende una cerilla y la pone bajo un montón de leña y periódicos. Mira cómo arden hasta carbonizarse las palabras inútiles impresas en esos papeles. De pronto se sorprende a sí misma sonriendo. La vida tal vez haya cambiado los postes de la portería mientras ella no miraba, pero está segura de que si reajusta un poco el plan y su puntería, aún puede ganar el partido.

Maggie siente ciertos remordimientos, pero no quiere compartirlos con nadie, ni siquiera consigo misma. Cuando te has pasado la vida entera viviendo una mentira, acaba siendo tarde para empezar a decir la verdad. Revisa sus correos y luego echa un vistazo a Aimee; conoce todas sus contraseñas. También puede ver dónde está exactamente gracias al rastreador que instaló en su teléfono móvil. Estaba segura de que Aimee y Jack Anderson tenían una aventura. Se lo imagina follándosela ahora mismo y aprieta los párpados enseguida para intentar borrar la imagen. Zorra. Ella misma le ha dado el soplo a una periodista y comprueba satisfecha que la historia ya ha sido publicada *online*. La verdad es que Jennifer Jones ha resultado muy útil hasta ahora.

Cierra el portátil y se sienta frente al fuego chisporroteante, tratando de silenciar sus pensamientos, que ahora le resultan tan profundos como ruidosos. Tal vez es la clara conciencia de que su travesía por este mundo está alcanzando la línea de llegada. Echa un vistazo alrededor y llega a la conclusión de que su vida no ha sido gran cosa. Sus ojos se detienen en el montón de correo sin abrir de la mesita de café: rectángulos de papel blanco, con ventanitas de plástico que muestran su nombre.

«Maggie O'Neil.»

Solo que no es el suyo, en realidad.

Conocer el nombre de una persona no es lo mismo que conocer a esa persona.

Ha utilizado tanto tiempo este nombre que a veces se le olvida que es un nombre robado, prestado, de segunda mano. Se pregunta si Aimee sentirá lo mismo. Contempla las llamas y empieza a pensar que tiene más en común con el resto de la gente de lo que había creído. Nacemos solos y morimos solos, y todos tenemos un poco de miedo a ser olvidados.

Maggie no siempre fue Maggie.

Maggie fue la persona en la que se convirtió para ocultarse.

No puedes encontrar una mariposa si solo estás buscando una oruga.

En cuando se haya reencontrado con Aimee, Maggie volverá a ser quien era antes.

59

*A*hora mismo, no me apetece nada una reunión con mi agente, pero Tony ha insistido mucho por teléfono y ha dicho que era urgente. No creo tener muy buen aspecto, aunque quizás eso ya no importe. El vestido que Jack me compró es una prenda que yo no hubiera escogido jamás. La tela ceñida de color ciruela resulta favorecedora, supongo; tal vez un poco más atrevida de lo que suelo llevar. Me he secado el pelo dejando mis rizos naturales y no llevo ningún maquillaje, porque lo tengo todo en mi propia casa y, por el momento, no me atrevo a volver allí.

Entro en el restaurante y lo veo de inmediato. Tony es el tipo de hombre que come fuera constantemente, y tiene una mesa favorita en todos los lugares que frecuenta. Está mirando la carta, aunque siempre acaba eligiendo lo que tenía pensado de antemano. Parece algo estresado.

«Va a deshacerse de mí.»

Esta vez estoy segura, y no le culpo después de todo lo que ha pasado. Nadie querría trabajar con una actriz acusada de asesinato. A lo mejor es esto lo que hacen los agentes cuando deciden no representarte más: invitarte a una comilona para suavizar el golpe. Justo cuando empiezo a retroceder hacia la salida, él levanta la vista de la carta y me ve. Ya es demasiado tarde para salir corriendo.

—¿Cómo estás? —pregunta mientras me siento.

Parece sinceramente preocupado, y yo no sé bien qué responder. Continúa hablando sin esperar una respuesta, pero yo aún estoy pensando en su pregunta. La verdad es que nunca me había sentido tan cerca del olvido definitivo. Jamás me lo he permitido. Nunca he dejado que la vida me quebrara, pese a las muchas veces que lo ha intentado con todas sus fuerzas. Eso me hace sentir orgullosa de mí misma. Orgullosa de mantenerme fuerte, al menos de puertas afuera. La armadura que he llevado para ocultar lo que hay dentro se ha vuelto muy pesada con los años, realmente agobiante, de manera que cada vez me ha resultado más difícil levantarme de nuevo. La gente siempre me envidia, pero no lo haría si supiera la vida que he tenido que vivir para alcanzar la que ahora tengo.

—... así que he pensado que podíamos almorzar juntos y ver qué pasa —está diciendo Tony cuando vuelvo a conectar.

Mi mente cansada ha empezado a divagar una vez más, dejándome un poco perdida.

—¿Un almuerzo? —Aquí tienen unas patatas fritas deliciosas, pero creo que estoy demasiado ansiosa para comer.

—Sí, eso es, un almuerzo. Da la impresión de que has perdido peso, pero todavía comes, ¿no?

—Creí que ibas a deshacerte de mí.

Él frunce el ceño.

—¿Por qué iba a hacer tal cosa?

—Te he decepcionado.

Tony niega con la cabeza.

—No me has decepcionado. Además, ya te he dicho otras veces que toda publicidad es buena. Esta misma mañana he recibido siete guiones en los que te ofrecen el papel principal. Incluso el equipo de JJ se ha puesto en contacto con nosotros.

Estuve a punto de trabajar con JJ el año pasado y estaba excitadísima por la perspectiva, pero al final la cosa no salió.

—Creía que JJ había dicho que no.

—Supongo que ha cambiado de idea. De los guiones que han enviado, hay cuatro que vale la pena leer. Yo tengo un favorito, pero, como siempre, te dejo a ti la decisión final. Me imagino que es por todo esto por lo que Fincher ha adelantado la reunión.

—¿Para cuándo?

—Para ahora. Aquí. En este almuerzo. ¿Es que no has escuchado todo lo que te he dicho?

Bajo la vista a este extraño vestido y veo mis manos apoyadas en el regazo, mis uñas sin pintar en las que se refleja mi triste apariencia. Recuerdo que llevo el pelo desaliñado y que no me he maquillado. He deseado conocer a ese hombre desde siempre, pero no es así como me lo había imaginado. No me he preparado, no sé qué decir…

—¡No puedo almorzar con Fincher ahora!

—Claro que puedes. Atrévete a saltar, Aimee. Solo te caerás si olvidas que puedes volar.

60

$\mathcal{M}$aggie tiene la sensación de estar cayendo.

El tiempo se le escapa y ya no sabe si podrá darle alcance. Ha trabajado mucho, y durante mucho tiempo, para poner las cosas en su sitio. Se merece que todo vuelva a ser tal como debería haber sido. Es lo que habría resultado mejor para las dos; solo tiene que hacérselo ver a Aimee. Ya no puede esperar más a que la chica deduzca las cosas por sí misma. Maggie pasa la última página del álbum de Aimee Sinclair, después de releer todos los recortes de periódicos y revistas que ha ido reuniendo con los años. Ya casi está lleno, de todos modos. Quizás haya llegado el momento.

La sombra que Maggie se ha pasado la vida ocultando en su interior se ha vuelto más oscura. Ahora nota ese bulto en su pecho. Siente un dolor ahí que nunca había notado antes. Es como si siempre hubiera sido capaz de sentir el cáncer que crecía dentro de ella, pero hubiera fingido que no lo sentía. Todos evitamos la verdad cuando intuimos que puede hacernos demasiado daño. Palpa el bulto con el dedo, sin entender cómo se le puede haber pasado por alto cuando se duchaba; es enorme. Siente un dolor punzante y aparta la mano, dándose cuenta que esta molestia procede de su dedo, no de su pecho. Aún tiene la astilla de madera enterrada bajo la piel, pese a que ha intentado sacársela numerosas veces. Ha leído que las astillas pueden viajar por la corriente sanguínea hasta el corazón y matar a una persona. No sabe si es cierto, pero no quiere correr el riesgo.

Se planta frente al espejo del baño y estira la piel rosada con unas pinzas. Al final el dedo empieza a sangrarle, pero aun así no consigue sacar esa maldita astilla. Su reflejo la distrae por un momento. Observa que le han salido unos pelos diminutos en la barbilla. Empieza a quitárselos con las pinzas, obteniendo una pequeña satisfacción cada vez que logra arrancar uno de raíz. Saca un placer del dolor.

Quiere tener su mejor aspecto esta noche.

Con la aplicación del rastreador del móvil ve que Aimee está cenando en un lugar especial, como si tuviera algo que celebrar. También ha revisado sus correos y ha leído los tres últimos que le ha enviado su agente.

Maggie no quiere que Aimee haga otra película.

Eso no forma parte del plan.

Ha oído hablar del restaurante donde está; es de esos en los que tienes que reservar con varios meses de antelación, a menos que seas una estrella como Aimee. O como Jack Anderson. Así pues, debe vestirse para la ocasión.

Se pone la vieja gabardina de Aimee, ajustándose el delgado cinturón en torno a esa esbelta cintura que tanto ha tenido que esforzarse para conseguir. Luego se seca una última vez el carmín rojo con un pedazo de papel higiénico acolchado y admira su reflejo. Se pone las gafas de sol, a pesar de que afuera ya está oscuro, y sale del piso. Maggie ha reflexionado mucho últimamente sobre si el dolor es un precio que vale la pena pagar por el amor, y ha llegado a la conclusión de que sí. Amor es lo único que siempre ha querido, y va a conseguirlo, cueste lo que cueste.

61

—¡*S*alud!

—Brindo por ti —responde Jack, que choca su copa de champán contra la mía—. Cuéntame más cosas de la reunión. Quiero saberlo todo. Cada una de las palabras que se han dicho.

Me río.

—No, no quiero gafarlo. Creo que el almuerzo ha ido bien, y ahora tendremos que esperar para ver si consigo el papel.

Estamos en la barra de un restaurante exclusivo del oeste de Londres, esperando a que nos den una mesa y disfrutando del sabor de esta celebración anticipada. Me relajo un poco, agradeciendo cómo el alcohol entumece mis sentidos y amortigua el temor que ha ido creciendo en mi interior desde que empezó toda esta pesadilla.

Ya he dicho más de lo que debería sobre el encuentro con mi agente y Fincher. No he podido contenerme, es demasiado emocionante. He adornado un poco la verdad; solo unas puntadas aquí y allá para presentar la historia tal como he decidido recordarla. A lo mejor debería haber aflojado una pizca la cintura de la historia, para dejar que respirase mejor, pero no importa. Todos hacemos lo mismo. Las historias que nos contamos sobre nuestras vidas son como globos de nieve. Agitamos los hechos en nuestra mente y luego miramos y esperamos mientras se posan convertidos en una ficción. Si no nos gusta cómo han quedado, volvemos a sacudir la historia, hasta que cobra el aspecto que nosotros queremos.

Antes creía que todo sucedía por alguna razón, pero hace un tiempo que he dejado de creer en este tipo de ideas. No obstante, si estos últimos días infernales tenían algún sentido, tal vez era ese. Quizás este sea el papel que cambiará mi vida. Procuro conservar la calma y negar la excitación que siento. No quiero dejarme seducir por la fantasía y entregarme a una falsa sensación de seguridad. Ya he cometido ese error otras veces.

—Hay una cosa que me ha dicho Fincher que no puedo quitarme de la cabeza —digo finalmente, consciente del peso de la mirada de Jack mientras doy otro sorbo de champán.

—¿Cuál?

—Ha dicho que el personaje que quiere que interprete es moralmente repugnante, pero, al mismo tiempo, fascinante, y a mí se me ha ocurrido que quizá yo también sea así.

Jack me mira unos segundos; luego las arruguitas alrededor de sus ojos se pliegan, su boca se abre en una gran sonrisa blanca y empieza a reírse. A reírse de verdad. Sin percatarse en absoluto de que yo no bromeaba.

—Me siento muy orgulloso de ti, ¿sabes?

Me coge la mano.

—Aún no tengo el papel.

—No me refiero solo a lo de hoy, sino a todo. La mayoría de la gente se habría desmoronado, o habría corrido a esconderse, pero tú eres tan fuerte...

«Solo soy fuerte por fuera.»

Ya no sé lo que estamos haciendo. Sea lo que sea, estoy segura de que no debería alentarlo; mi vida ya es bastante complicada ahora mismo. Estamos sentados frente a frente en unos taburetes de aspecto caro y sofisticado, mucho más cerca de lo que deberíamos o fuera necesario. Mis piernas están metidas entre las suyas, y a mí me gusta la calidez de su cuerpo junto al mío. Estar tan cerca de él me hace sentir segura, y un poco más dispuesta a sucumbir al encanto de su seducción.

Pese al alcohol, soy plenamente consciente de que la sensación reconfortante que experimento mientras Jack me coge la mano no es más que un placebo. No es real, pero yo me la trago igualmente, deseando aferrarme a ese sentimiento todo el tiempo que pueda. Él apura su copa de champán; luego coge la mía, ya vacía, y la deja al lado de la suya sobre la barra. De repente se ha puesto serio.

—Quiero que sepas que conmigo estás a salvo.

Me siento a salvo en este momento, como si todo lo que ha sucedido no fuese más que un mal sueño.

—Puedes confiar en mí.

Deseo tanto que sea así que no me aparto cuando él se inclina para besarme. No es el tipo de beso que hemos practicado en el plató, sino algo completamente real, casi animal. Es como si yo hubiera deseado esto durante tanto tiempo como sospecho que lo ha deseado él, pero como si hubiera estado negando la verdad hasta ahora. Sé que es una locura comportarse así en un lugar público, pero no puedo evitarlo. Cuando sus manos sostienen mi rostro, pienso que me gustaría haberlo conocido antes: antes de casarme con el hombre equivocado.

Oigo unos golpecitos en el cristal de la ventana que tenemos justo detrás y, al abrir los ojos, veo que Jack mira por encima de mi hombro con el ceño fruncido.

—¿Quién demonios es esa?

Me vuelvo y la veo plantada ahí mismo, delante del restaurante. Es la mujer que me ha estado acosando durante los dos últimos años.

Ya sabía que Ben no estaba solo.

Lleva una gabardina que se parece sospechosamente a la que no encontraba, y su larga melena rizada revolea al viento. Pese a sus gafas oscuras, es evidente que nos está mirando a nosotros; me pregunto cuánto tiempo llevará ahí. Agita una mano enguantada de blanco, sin sonreír, y los platillos de mi balanza se inclinan de forma inesperada, haciendo que la furia se imponga a mi temor. Corro hacia la puerta del restaurante, decidida a enfrentarme a esa mujer, sea quien sea. Jack me sigue de cerca mientras salgo a la calle, pero llegamos demasiado tarde. La mujer de la ventana ha desaparecido.

$\mathcal{M}$aggie siempre ha sospechado que Aimee tenía una aventura con Jack Anderson. Pero verlos juntos de ese modo, ver a través de la ventana del restaurante cómo ese tipo la besaba…, todo eso la dejado hecha polvo, físicamente enferma. Ha tenido que huir. No le quedaba otra alternativa ahora que sabe con seguridad en qué se ha convertido Aimee Sinclair: en una puta infiel, repugnante y mentirosa. Se pregunta qué ha sido de la niña dulce, buena e inocente que ella conoció.

Cierra la puerta a su espalda y empieza a quitarse la ropa, tirándola al suelo mientras camina por el piso. Primero se quita la gabardina, luego el suéter y la falda, y finalmente se encuentra desnuda frente al espejo antiguo de la sala de estar. Llora un poco, no puede evitarlo; no consigue quitarse de la cabeza la imagen de Aimee y Jack.

Se da una fuerte bofetada. Una, dos, tres veces.

Le duele el dedo y advierte que aún tiene la astilla clavada, cosa que le produce una extraña mezcla de dolor y consuelo. Si aun sigue ahí, quiere decir que no ha empezado a viajar por su corriente sanguínea hacia el corazón. Quizá viva lo suficiente para terminar lo que ha empezado y para recuperar lo que debería haber sido suyo.

Se vuelve para observar la foto de Aimee junto al teléfono y las lágrimas siguen rodando por sus mejillas. Se sujeta los tres dedos más pequeños de la mano izquierda con los de la derecha, fingiendo que la niña que conoció antaño ha seguido así, en lugar de convertirse en una furcia egoísta. Deja la foto boca abajo, incapaz de seguir mirando lo que ha perdido, y vuelve a concentrarse en la mujer del espejo. Mañana volverá al trabajo, pero por ahora, solo por esta noche, simplemente quiere ser ella misma otra vez. Las lágrimas han ensuciado la cara que le devuelve la mirada, y ya no le gusta lo que ve. Empieza a quitarse el maquillaje de sus mejillas húmedas, desprendiéndose de la mujer en la que se ha visto obligada a convertirse. Se siente un poco mejor cuando el reflejo muestra a alguien que reconoce, a alguien real. Es como si Maggie O'Neil hubiera salido del edificio.

—¿ *Y* usted también vio a esa mujer? —pregunta la inspectora Croft a la mañana siguiente. No sé por qué he dejado que Jack me convenciera para que la llamara.

—Sí —dice él. Noto que la paciencia se le va agotando a medida que se suceden las preguntas—. O sea, sí, también la vi; y sí, es exactamente como Aimee la ha descrito. Me parece que la han pifiado en esta investigación de principio a fin, sin ánimo de ofender. Pero ¿qué están haciendo para atrapar a esa persona?

Croft le sostiene la mirada un buen rato.

—Puede resultar difícil resolver un puzle cuando no tienes todas las piezas. Aún no hemos establecido que esa mujer esté relacionada con lo sucedido, ni tampoco sabemos quién es. ¿Se le ocurre alguien que encaje con esa descripción y que tenga algo contra usted? —me pregunta a mí.

«Jennifer Jones.»

No, no. La idea suena tan absurda en mi cabeza que no la digo en voz alta.

«Alicia White.»

Eso parece más plausible; me ha odiado desde hace mucho. Además, se tiñó el pelo del mismo color que el mío y a veces copia mi forma de vestir. Y la mujer de la ventana vestía igual que yo. Daba la impresión de ser mayor, pero, bueno, Alicia es actriz. Intento extraer el recuerdo de lo que vi exactamente.

Ya está un poco deshilachado por los bordes, pero es posible que hubiera sido Alicia. Aun así no puedo decir su nombre en voz alta, porque lo cierto es que podría haber sido cualquiera. Niego con la cabeza.

—Bueno, si se le ocurre alguien, avísenos —dice Croft—. Todavía no conocemos la verdadera identidad del hombre con el que se casó; lo único que sabemos es que no era Ben Bailey. Sea quien sea, ese hombre cerró su cuenta en la web de citas poco después de que ustedes se conocieran, y ahora ya no tienen su foto. Por desgracia para nosotros, purgan sus servidores cada tres meses y los perfiles inactivos quedan borrados. Quizá sería más fácil ensamblar todas las piezas si conociéramos el motivo; y tal vez sería más fácil establecer un motivo si usted empezara a ser sincera conmigo. ¿Cuánto tiempo hace que tienen ustedes una aventura?

—¡Esto es indignante! Voy a presentar una queja —dice Jack.

—Póngase en la cola. ¿Cuánto tiempo?

—Ya se lo he dicho antes. No tenemos ninguna aventura —respondo.

—El hombre con el que estaba casada la acusó de engañarle la noche antes de que desapareciera. ¿Es correcto?

—Sí.

—Hemos hablado con todos los miembros del personal del restaurante donde estuvieron anoche. Ninguno vio a la mujer que ha descrito apostada junto a la ventana, pero varios de ellos les vieron a ustedes besándose. Algunos incluso sacaron fotos. ¿Quieren verlas? —Coge su iPad. Noto que me sonrojo—. Así que a menos que vaya a decirme que solo estaban ensayando para rodar juntos otra película…

—No veo qué relevancia tiene esto —digo.

—Es relevante porque los responsables de lo sucedido tienen que haber estado planeándolo durante mucho tiempo. Eso significa que la han odiado durante mucho tiempo. Y si supiéramos por qué, tendríamos más posibilidades de averiguar quiénes son. —Aguarda a que yo diga algo; al ver que permanezco callada, suelta un ruidoso suspiro—. Ya hemos terminado. —Se levanta para marcharse y su silencioso secuaz empieza a seguirla.

—¿Cómo que ya han terminado? —pregunta Jack—. ¿Es que me toma el pelo?

Ella se detiene y se vuelve de nuevo.

—Una cosa más —dice, sin hacerle caso a Jack y mirándome a mí—. Hemos conseguido localizar a su padre biológico.

Me quedo completamente inmóvil, como si se me hubiera helado la sangre.

«Sabe que nací en Irlanda. Sabe que no soy Aimee Sinclair.»

—¿Qué quiere decir?

—Me refiero a John Sinclair. —Procuro no mostrar el enorme alivio que siento—. Él volvió a Essex al salir de la cárcel y vivió allí un tiempo con un tal Michael O'Neil, que es su tío materno, supongo.

«¿De verdad que John está vivo?»

No sé qué decir y la miro en silencio. Como de costumbre, la inspectora Croff no pierde el tiempo esperando a que encuentre las palabras adecuadas.

—Teniendo en cuenta que usted creía que su padre estaba muerto y que acabo de decirle que está vivo, su reacción parece un poco extraña.

Reajusto la expresión de mi cara.

—Son demasiadas cosas que asimilar. ¿Dónde está ahora?

—No lo sabemos. Creemos que se trasladó a España, pero eso fue hace casi veinte años. ¿Su padre tiene algún motivo para querer hacerle daño?

«Yo le puse una pistola en la mano y él fue a la cárcel por el asesinato de los tres hombres que maté en 1988.»

—No.

Se dirige otra vez hacia la puerta.

—Señora Sinclair, sé cuándo alguien no me está diciendo la verdad, y sé que usted me oculta algo. Cuando esté preparada para contármelo, llámeme. Hasta entonces, no me haga perder más el tiempo, por favor.

64

El tiempo es una cosa extraña: cómo se estira, cómo se curva, cómo se dobla sobre sí mismo.

Maggie contempla la foto de Aimee de niña y piensa que la podrían haber tomado ayer. La expresión que hay en los ojos de la niña le trae recuerdos de tiempos más felices y le hace caer en la cuenta de que hubo algunos que lo fueron.

«No siempre hemos sido lo que somos ahora.»

Aparta ese pensamiento de su mente, deseando que no se le hubiera ocurrido siquiera, pero algunos recuerdos son imposibles de borrar, por más que lo intentemos.

Le duele la espalda después de pasarse todo el día entregando antigüedades en las tiendas de Portobello Road, y las manos se le han llenado de ampollas con el traslado de los objetos más pesados. El negocio va viento en popa, y tenía un montón de *stock* que repartir. Las casas de los muertos son como cuevas del tesoro polvorientas y abandonadas, y el botín está ahí para quien lo descubra; los muertos no echan de menos lo que ya no es suyo. Ha sido una dura jornada y, aunque ella es una firme partidaria de la igualdad, la verdad es que mover todos esos pesos es una tarea de hombres. Se relaja un poco al pensar que ha sido la última vez que tendrá que hacer ese trabajo: ahora ya no necesita volver a trabajar; Aimee llamará pronto.

Esa chica siempre ha tenido una memoria extraordinaria,

ya incluso de niña, y una vez que recuerde su pasado, ambas podrán afrontar el futuro. La memoria de Maggie es un poquito menos fiable. En realidad, ninguno de nosotros puede recordar cada momento de cada día de cada año de una vida entera; el sistema de almacenamiento de nuestra mente no dispone de la capacidad suficiente. Todavía. Así pues, seleccionamos qué recuerdos guardamos y cuáles archivamos, y, como todo lo demás en la vida, es una cuestión de elección. Llevamos la vida que elegimos, basándonos en lo que creemos merecer, y nos aferramos a los recuerdos que significan más para nosotros, a los momentos que creemos que han dado forma a nuestra vida actual. Es un sistema muy simple, pero funciona. A diferencia de Aimee, Maggie quizá no lo recuerda todo, pero sí lo suficiente.

Todo lo que la ha llevado hasta aquí ha sido pensado cuidadosamente, y muy pronto su duro trabajo habrá valido la pena. Era un buen plan desde el principio.

Debía encontrar a Aimee una pareja adecuada.

Alguien que nadie conociera lo bastante bien como para darse cuenta de que había vuelto a la vida: Ben Bailey.

Escoger a alguien creíble para interpretar su papel.

Conservar las llaves de su casa y postergar la operación de deshacerse de sus pertenencias hasta que Aimee estuvo en Los Ángeles y se dejó persuadir para adquirir la propiedad.

Desenterrar y volver a enterrar el cadáver de Ben Bailey bajo la terraza de lo que había sido su propio jardín.

Primero quemar los restos en Epping Forest para que su identidad pudiera confirmarse con los registros dentales.

Ir al banco y a la gasolinera vestida como Aimee, y presentarla a la policía como una persona violenta.

Hacer que pareciera que ella había matado a su marido.

Todo para darle una lección a Aimee: nunca deberías olvidar quién eres ni de dónde vienes.

No es de extrañar que Maggie esté exhausta.

65

Suena el teléfono, despertándome de un sueño profundo y dichoso. Mis sueños me habían llevado tan lejos de aquí que al principio no sé dónde estoy. A mi mente le cuesta identificar la habitación y las almidonadas sábanas blancas. Luego recuerdo que estoy en casa de Jack y que la pesadilla era real, pero que ahora vuelvo a estar a salvo. O lo bastante a salvo, al menos. Son solo las ocho, pero ayer me acosté pronto, agotada e incapaz de resistir las ganas de dormir.

Miro la pantalla del móvil y veo que es Tony quien me está llamando. Mi agente solo llama cuando hay noticias muy buenas o muy malas; lo que queda entre medias lo comunica por correo electrónico. Tiene que ser sobre la película de Fincher. Pienso que quizá sea demasiado pronto para que sean buenas noticias y dejo que siga sonando; pero después algo dentro de mí grita que me merezco ese papel, que deben ser buenas noticias. Decido responder, pues, y escucho a Tony sin decir gran cosa. No hace falta que diga nada.

Cuelgo y suena un golpe en la puerta de mi habitación.

—Adelante.

Me tapo las piernas con las sábanas. Llevo puesta una camiseta de Jack; todavía no he sido capaz de volver a mi propia casa a buscar mis cosas.

—He oído que sonaba el teléfono; solo quería comprobar si estabas bien —dice, asomándose por la puerta.

—Pasa, estoy bien. Era Tony.

—¿Buenas noticias? —Se sienta en la cama y yo niego con la cabeza lentamente—. Ay, querida…, lo siento.

—No pasa nada. Estoy bien, en serio. No esperaba conseguirlo, en realidad.

—Chorradas, claro que deberías haberlo conseguido. ¿Sabes quién se ha llevado el papel?

Asiento, aunque la verdad es que preferiría no saberlo.

—¿Quién?

—Alicia White.

Su cara parece un fotograma congelado.

—Tienes que estar bromeando.

—No es una broma. Alicia ha conseguido el papel.

Jack parece horrorizado por la noticia, lo cual me hace sentir un poco mejor.

—Espera aquí —dice, como si yo tuviera otro sitio a donde ir, y sale de la habitación.

Me permito aflojarme un poco, ahora que no hay nadie que pueda ver las arrugas. No es que yo quisiera ese papel y punto: era algo que significaba mucho más. Actuar es como tomarme unas vacaciones de mí misma, y ahora necesito un descanso. Necesito volver a ser otra por un tiempo: experimentar sus pensamientos, sentir sus temores, meterme en su piel con la ayuda de un buen guion. No sé cómo explicarlo; a veces me siento rematadamente cansada de ser yo misma.

No hay una escalera secreta para alcanzar las estrellas: debes aprender a construírtela tú y, cuando te caes, tienes que ser lo bastante valiente para volver a trepar de nuevo. Sin mirar nunca atrás, sin mirar hacia abajo. Ya he recompuesto mi yo maltrecho otras muchas veces, y puedo hacerlo de nuevo. Soy capaz de asimilar que no me hayan dado el papel, me parece. Simplemente no puedo creer que se lo hayan dado a ella. Nada menos que a ella. Tony dice que Alicia averiguó de algún modo dónde íbamos a reunirnos con Fincher, y lo siguió a la salida.

No sé qué le habrá dicho para convencerle, ni cómo se enteró de dónde estábamos. El único que sabía que yo había ido a ese restaurante era Jack. ¿Cómo lo supo Alicia? ¿Y cómo es posible que siempre haya tantas personas horribles que tienen éxito en la vida?

Jack vuelve con una botella de whisky y dos vasos. La rabia se me sube directamente a la cabeza.

—¿Tú le dijiste a Alicia donde iba a verme con Fincher?

Él me mira como si la preguntara le doliera físicamente.

—Si hicieras memoria, recordarías que lo único que yo sabía de antemano, igual que tú, era que ibas a ver a tu agente. No supe nada de Fincher hasta que volviste. Y aunque lo hubiera sabido, jamás se lo habría dicho a ella. ¿Eres realmente consciente de lo que siento por ti?

«Sí. Solo que no lo creo.»

—Perdona —susurro.

Sirve dos grandes vasos y vacía uno de golpe. A mí ni siquiera me gusta el whisky, pero, aun así, me lo bebo. Todo. Es como si ya no nos quedaran palabras ni tiempo que perder. Cuando Jack me besa, le devuelvo el beso. Cuando me quita la camiseta por encima de la cabeza, no le detengo, a pesar de que no llevo nada debajo. Tanteo con las manos para desabrocharle los vaqueros; mis dedos se mueven con más seguridad de lo que habría supuesto. Es como si mi cuerpo hubiera tomado el mando, como si ya no confiara en mi mente para tomar las decisiones correctas. Cuando su mano se mete entre mis piernas, las abro un poco más. Ahora mismo, no me siento yo misma. No me siento tímida o angustiada. Deseo hacerlo. Le deseo. Creo que le he deseado desde que nos conocimos; solo que no me permitía a mí misma ser esa persona. Olvido todo lo que ha ocurrido y me concentro en su sabor, en la sensación de su cuerpo contra el mío. Si soy sincera conmigo misma, tan sincera como me es posible, me he imaginado este momento desde hace tanto tiempo que ahora que está sucediendo me resulta completamente natural. Ni siquiera me siento mal al terminar. Me siento satisfecha. Vuelvo a sentirme como una mujer, a sentirme viva.

No sé si será el whisky, las horas de sueño o el sexo, pero recuerdo algo. Sé lo que hice con la pistola y sé dónde está.

Aunque eso puede esperar.

Por ahora, solo quiero quedarme en brazos de Jack y fingir que podría permanecer aquí. He pasado demasiado tiempo equiparando el amor y la soledad; no tiene por qué ser así. Y he pasado demasiado tiempo tratando de ser buena, procurando hacer lo correcto, haciendo lo que creía que debía hacer. Resulta que hacer lo que en realidad quieres sienta de maravilla.

66

$\mathcal{M}$aggie no se encuentra bien. No puede dormir, ni siquiera quiere comer. Mira la foto de Aimee y se pregunta por qué no ha llamado todavía. Ya debería haberlo deducido todo a estas alturas, pero tal vez no tenga la inteligencia que ella le ha atribuido durante todos estos años. A veces, colocar a alguien en un pedestal demasiado elevado solo implica que su caída será mucho mayor. Revisa la línea del teléfono fijo para comprobar que funciona.

Sí, funciona.

Tiene frío, así que se pone delante del fuego y arroja encima otro tronco. Advierte que no le ha dolido al cogerlo. Se mira el dedo y ve que la silueta negra de la astilla ha ascendido a la superficie: ahora una aureola de piel blanca la separa del resto rosado del dedo.

Se ha formado una costra.

Su cuerpo sabía que se trataba de algo dañino y lo ha rechazado.

Tal como ella ha rechazado a Aimee.

Coge unas pinzas de la repisa; tiene tres de distinto color. Luego, muy despacio —porque quiere saborear este momento y sabe de antemano el placer y la satisfacción que le va a dar—, empieza a levantar los bordes de la costra.

Es algo delicioso.

Cuando lo ha sacado todo delicadamente, lo examina sobre

el otro dedo: una diminuta astilla negra y un trocito de piel, pegados. Deja esa pequeña parte de sí misma en la repisa. Quiere conservarla. No sabe bien por qué.

El fuego calienta mucho ahora, crepita y chisporrotea, y las llamas amarillas bailan alocadamente en la penumbra de la sala. Con las pinzas todavía en la mano, le entran ganas de arrancarse algo más, pero no encuentra ningún pelo en su barbilla. Vuelve a mirar solo un momento la cara que aparece en el espejo polvoriento y tiene la sensación de que ya no sabe quién es o qué es.

Pero sí recuerda su nombre, el auténtico, y se pregunta si Aimee recordará el suyo.

Maggie tomó prestado su nombre de una mujer muerta, tal como Aimee tomó el suyo de una niña muerta. El problema al tomar algo prestado de otra persona es que al final tienes que devolvérselo. Alza el dedo ya libre de la astilla y empieza a escribir su verdadero nombre en el polvo del espejo, tardando más en escribir la «A» que cualquier otra letra.

67

$\mathcal{M}$e despierto en medio de la tristeza anual del otoño; por la ventana de la habitación veo que afuera está totalmente oscuro y, sin embargo, mi teléfono me informa de que ya es de día. El cielo nocturno ha abusado de su hospitalidad, y la oscuridad que veo parece filtrarse en mi interior, como si el color negro fuera en cierto modo contagioso. Tengo la sensación de que he olvidado encender las luces y de que mi vida será poco más que una sombra a partir de ahora.

Alicia White.

Jennifer Jones.

John Sinclair.

Maggie O'Neil.

Estos nombres me dan vueltas en la cabeza, porque estoy segura de que el hombre con el que estaba casada no me ha hecho todo esto solo. A veces me gustaría retraerme al día en el que escapé de casa en Irlanda. Me pregunto dónde estaría y quién sería si me hubiera quedado. No habría conocido a toda esa gente, y mi vida habría resultado más sencilla, más segura, más clara. A lo mejor habría sido feliz.

Pienso en Alex Croft. La detective tenía razón; me he guardado algunas cosas, no tenía elección.

Miro a Jack, todavía dormido en el otro lado de la enorme cama, dejando escapar unos ligeros ronquidos. Contemplo la forma de sus hombros, la línea de su columna, los pelillos rubios del cuello. Tiene los ojos cerrados y la mano cerrada en un puño, como si estuviera peleando en sueños.

Tal vez todos lo hacemos.

Recuerdo perfectamente lo que pasó anoche; sería difícil no recordarlo. Fue tan delicioso que me gustaría no haber esperado tanto para ceder a la atracción que sentía. No sé lo que va a suceder a continuación. Ahora que Jack lo ha tenido todo de mí, quizá su interés se desvanecerá. No sé si él quiere más. No sé si yo quiero más. No puedo evitar pensar que estaría bien seguir así: con el placer de la intimidad, pero sin el dolor de una relación formal. Todo el mundo quiere algo de la otra persona, es así como estamos hechos. La mayoría de las relaciones, sea cual sea su naturaleza, se basan en alguna forma de intercambio, en un acuerdo. No soy una ingenua.

Me levantó de la cama con todo el sigilo posible. Quiero estar sola un rato; comprobar que las ideas que hay en mi cabeza siguen siendo mías. Quiero volver a cierta normalidad y hacer las cosas que hacía antes de que empezara esta pesadilla. Me da la sensación de que lo necesito, por mi propio bien.

Quiero salir a correr.

Antes de abandonar a hurtadillas la habitación, me vuelvo a mirar a Jack y me pregunto si esta será quizá la última vez que lo veo así, desnudo y convertido en sí mismo.

Recorro a la carrera el corto trayecto hasta mi casa. Todavía es temprano y, cuando me aseguro de que no hay periodistas ni policías en el exterior, me deslizo dentro. Cojo un viejo bolso y lo lleno con algunas cosas esenciales; maquillaje, unas mudas de ropa interior y el cargador del móvil. Luego voy al armario ropero y me agacho para sacar uno de los paneles de madera de la base. Ben diseñó toda la casa y el jardín, pero la ropa era asunto mío, y fui yo quien encargó los armarios a medida al mudarnos. Cuando tienes tantos secretos como yo, necesitas sitios donde esconderlos. Encuentro la pistola donde la guardé para que no la viera mi marido. La escondí una noche en la que estaba demasiado borracha para recordarlo luego con claridad. La escondí porque me daba miedo él y lo que pudiera hacer si la encontraba. Meto la pistola en el bolso, vuelvo a colocar el panel en el suelo del armario y salgo de casa.

Tomo exactamente la misma ruta que siempre he seguido, pasando junto al pub de la esquina y al garito de pescado frito, y luego a través del cementerio hasta Portobello Road. Por el camino, pillo al vuelo un par de ideas sobre lo que sucederá a continuación y las llevo conmigo un rato. Al final, decido que no me entusiasman demasiado, las vuelvo a dejar y sigo corriendo sin mirar atrás, confiando en que se queden donde las he dejado. Al llegar al principio de la larga calle de los anticuarios, bajo el ritmo un poco, permitiéndome el placer de contemplar con avidez los escaparates. Ben sabía que yo prefería los muebles antiguos a las piezas modernas carentes de personalidad, pero no me hizo caso y yo me dejé silenciar por su voluntad. En una época habría hecho casi cualquier cosa para que estuviera contento, para convencerle de que debíamos tener un hijo, pero nunca más volveré a dejar que nadie me controle y manipule así.

Me detengo. Mi cerebro se toma unos momentos para procesar lo que mis ojos creen haber visto. Vuelvo atrás, desandando mis últimos pasos, para atisbar el interior del escaparate por el que acabo de pasar. Ya no tengo ninguna duda de lo que estoy mirando.

Es Ben. O sea, su foto de niño.

Ese retrato en blanco y negro que siempre he odiado.

La única foto suya que conseguí encontrar después de su desaparición.

Es absurdo. ¿Qué hace aquí? Aún no he tocado nada de sus pertenencias, no he sacado todavía ninguna cosa de la casa que ambos compartimos haciéndonos pasar por marido y mujer. Esta última idea me escuece un poco y siento la necesidad de defendernos. Estoy segura de que el nuestro no es el único matrimonio que albergó dos vidas separadas, aunque vividas conjuntamente por hábito o conveniencia. Cada uno de nosotros tejió una intrincada red de mentiras, y al final se quedó atascado y enmarañado en ella, y no fue capaz de encontrar una salida.

Llamo a la puerta de la tienda, pero nadie responde.

De repente, empieza a llover. Caen del cielo sin previo aviso unos gruesos goterones que me empapan la ropa y la piel e inundan la red de venas del pavimento con un agua de aspecto sucio. Vuelvo a mirar la fotografía, ahora con la visión algo borrosa, pero todavía segura de lo que veo.

Echo a andar de nuevo, retirándome, como si una foto en blanco y negro de un niño pudiera cobrar vida, destrozar el cristal de la tienda y hacerme daño. No llego muy lejos. En el escaparate del siguiente anticuario hay otro marco distinto, pero la cara que me mira es la misma. Empiezo a temblar. Llego a la siguiente tienda y ahí está él otra vez, con sus ojos malévolos vueltos hacia mí.

Miro a uno y otro lado de la calle, temiendo de repente que me estén observando. Pero no hay nadie en absoluto, solo una bolsa de papel vacía, de rayas blancas y rosadas (como las que me daban al comprar caramelos cuando era niña), rodando al viento por la calzada. Veo luz en el interior de la última tienda, pero cuando pruebo el pomo de la puerta resulta que está cerrada. Doy unos golpes en el cristal y finalmente un anciano se acerca a abrir.

—Perdone que le moleste, pero tengo que hacerle una pregunta sobre una fotografía del escaparate.

Me doy cuenta de lo loca que debo parecer y me sorprendo un poco cuando él me indica que pase con una seña. Mis ropas empapadas gotean sobre las baldosas del suelo.

El interior de la tienda está demasiado caldeado; huele a tostada y a antigüedad. El hombre debe tener al menos ochenta, tal vez más. Su espalda está un poco encorvada y sus ropas son demasiado grandes para él, como si hubiera encogido con los años. Da la impresión de que sus elegantes pantalones de tela escocesa se le caerían si no fuese por los tirantes rojos que se los sostienen; la pajarita que lleva bajo la barbilla parece atada a mano con destreza. Su pelo es blanco, aunque tupido. Sonríe con los ojos, no con la boca, como si le alegrase cualquier forma de compañía.

—Tendrá que hablar más fuerte, querida.

Me acerco al escaparate y extiendo el brazo para coger el marco, intentando no derribar nada.

—Esta foto. ¿Podría decirme dónde la ha conseguido?

Se rasca la cabeza.

—No creo haberla visto nunca. —Parece casi tan turbado al verla como yo misma.

—¿Hay alguna otra persona que pueda saberlo? —pregunto, procurando no mostrar mi impaciencia.

—No, ahora estoy yo solo. Ayer recibí una remesa de una proveedora. Ella misma me ayudó a trasladar las cosas que quería desde la furgoneta. No recuerdo este marco, pero solo puede proceder de ella.

—¿Quién es? ¿A quién le compró usted el marco?

—No es robado. —El viejo da un paso atrás.

—No he dicho que lo sea. Solo necesito saber cómo ha llegado aquí.

—Ha llegado aquí como suelen llegar la mayoría de estos objetos…, son de personas fallecidas.

El calor de la tienda parece atenuarse un poco.

—¿Cómo?

—Proceden del vaciado de casas. De las pertenencias que nadie quiere una vez que ha muerto su propietario.

Reflexiono unos instantes.

—¿Y esa mujer tiene una empresa de vaciado de casas?

—Exacto. Es todo legal. No hay nada ilícito. Me trae buenas piezas; conoce bien el género.

—¿Quién es? ¿Cómo se llama?

—No se me dan muy bien los nombres. Tengo su tarjeta por aquí, en alguna parte. —Arrastrando los pies, se mete detrás de un escritorio. A pesar de su apariencia atildada, observo que va en zapatillas—. Aquí está. Se la recomiendo con mucho gusto; es muy buena.

Miro la tarjeta que me pone en las manos y no puedo impedir que me tiemblen cuando leo el nombre impreso en ella: «Maggie O'Neil».

«No puede ser.»

—¿Puedo comprar esa foto? —pregunto, incapaz de ocultar el temblor de mi voz.

—Claro —dice él con una sonrisa.

Le doy mi tarjeta de crédito, no me importa demasiado lo que vaya a cobrarme. Saco la foto del marco incluso antes de abandonar la tienda. Le doy la vuelta y me quedo paralizada cuando leo lo que hay escrito con una letra infantil en el dorso: «John Sinclair. A los 5 años».

*M*aggie deja que el teléfono suene y no responde.

Quienquiera que sea llama otras tres veces sin dejar mensaje. Está segura de que es Aimee. Es algo que sabe, simplemente. Se coge los tres dedos más pequeños de la mano izquierda con la derecha y los aprieta hasta que le duelen.

Los timbrazos empiezan de nuevo. Ahora la persona que llama tal vez haya decidido dejar un mensaje, y Maggie se inclina junto al contestador, pegando el oído al diminuto altavoz. Una oleada de placer la recorre de pies a cabeza cuando escucha esa hermosa voz saliendo del aparato; es como una canción que hubiera echado mucho de menos.

—Hola, me llamo Aimee. ¿Podría hacer el favor de llamarme…?

Maggie escucha el mensaje trece veces. Vuelve la cabeza para besar el teléfono, manchándolo de pintalabios rojo, y se pone a gemir quedamente, como si el sonido de esa voz grabada la acariciara a su vez. Quizá no fue idea suya darle a la niña clases de dicción, pero sin duda fue buena idea.

Se imagina la cara de Aimee crispada por la confusión, rebosando incredulidad. Siente la tentación de devolverle la llamada, pero sabe que no debe hacerlo. Apostaría a que ahora Aimee vendrá a buscarla, y las probabilidades de que sea pronto son muy elevadas. Solo debe esperar un poquito más. Es mejor mantener ciertas conversaciones en persona.

$\mathcal{V}$uelvo a casa de Jack y me voy directa a la ducha, haciendo todo lo posible para deshacerme del sudor y del miedo.

Creía que Maggie y John estaban muertos, pero esto es demasiada coincidencia; tiene que estar todo relacionado, aunque no sé cómo. La policía ha confirmado que John sobrevivió al tiroteo. ¿Por qué nunca se puso en contacto conmigo? Yo creía que me tenía afecto, aunque fuera a su manera. ¿Me culpaba de lo sucedido? Mi recuerdo de la cara de John se ha vuelto borroso con los años, pero ahora que he visto su nombre en el dorso de esa foto en blanco y negro, estoy segura de que es él; reconozco su mirada. ¿Por qué el hombre con el que me casé habría de tener una foto de John de niño y fingir que era suya? Debería llamar a la policía, pero no puedo fiarme de ellos. No puedo fiarme de nadie. Intento analizarlo todo, pero no hay nada que tenga sentido.

Mi marido fingía ser Ben Bailey, pero no era él.

Yo finjo ser Aimee Sinclair, pero tampoco soy ella.

Alguien finge ser Maggie O'Neil; o al menos, yo creo que lo finge. Sin embargo, si John está vivo, ¿no podría ser que ella también lo estuviese?

Todos fingimos ser alguien que no somos, pero aún no entiendo por qué.

El baño se inunda de vapor, y estoy tan ensimismada en mis pensamientos que no oigo la puerta. El champú me pica en los ojos, así que los cierro. No veo cómo entra alguien, ni cómo se mete en la bañera detrás de mí. Una mano toca mi cuerpo; doy un grito y la mano me tapa la boca.

—Eh, soy yo. No hace falta despertar a los vecinos. —Jack me quita la espuma de la cara, permitiéndome abrir los ojos. El corazón me palpita de tal modo que resuena en mis oídos—. Perdona, no quería asustarte.

Me doy la vuelta y me besa. De entrada, este asalto me resulta profundamente inapropiado, como si lo de anoche no hubiera sucedido y esta aparición fuese algo inesperado. Supongo que simplemente es algo que no había previsto. Sus manos descienden por mi cuerpo, y la sensación que provocan es tan deliciosa que me entrego a ella. Me doy la vuelta otra vez, de manera que ya no estoy frente a él, y veo encantada que Jack parece entender perfectamente lo que quiero que haga sin decirle una palabra. Me apoyo contra el cristal y me permito olvidarme de todo, salvo de esto. Estoy disfrutando de cosas que creía que no volvería a experimentar, como si treinta y seis años fueran demasiados y ya no estuviera en la flor de la vida. Él no me hace sentir así; me hace sentir como nueva.

Desayunamos juntos y, cuando le digo que he de salir unas horas, no se empeña en que le explique adónde voy. Jack no se comporta como si fuese mi dueño, y esta recién descubierta sensación de libertad me hacer albergar esperanzas sobre el futuro por primera vez desde hace mucho. Sé que debería decirle adónde voy, pero no puedo. No quiero que nada me estropee esto, sea lo que sea. Todos tenemos secretos. Secretos frente a nosotros mismos, así como frente a los demás. Los escondemos en nuestro interior, al fondo de todo, porque somos conscientes de que si salieran a la luz tendrían el poder de destruirnos no solo a nosotros, sino también a todas las personas que nos importan.

Preparo más café y le sirvo una taza.

—¿Qué he hecho yo para merecer esto, para conocer a alguien tan bueno como tú? —dice, antes de volver a besarme.

Aún siento el sabor de nuestro beso de despedida cuando salgo de la cocina, confiando en que no sea el último.

Recojo la pistola, el móvil y el poco valor que puedo reunir y salgo de la casa.

Nadie es bueno todo el tiempo.

$\mathcal{L}$a dirección de la tarjeta que me ha dado el anticuario debería haberme bastado.

Pero no ha sido suficiente.

Nunca había oído el nombre de la calle hasta ahora. El trayecto a través del oeste de Londres y por el interior de Essex me ha dado tiempo de sobra para pensar, pero hasta que he visto el edificio seguía tratando de convencerme de que me equivocaba, de que era solo otra coincidencia.

No lo es.

Han pasado treinta años, pero aún reconozco este lugar. Todavía lo visito en mis sueños.

La pequeña hilera de tiendas sigue aquí, pero están todas cerradas y tapiadas con tablones, salvo la lavandería. Ya no existen la tienda de vídeos, la verdulería y el súper de la esquina; solo hay ventanas con barrotes y cristales rotos, así como un montón de grafitis. Esto es como una ciudad fantasma.

La tienda de apuestas sigue ahí, pero tapiada y con un rótulo pintado a mano encima de la puerta: «CURIOSIDADES Y ANTIGÜEDADES».

También hay un cartel de CERRADO pegado con cinta adhesiva por detrás de la ventana escarchada. Pongo las manos sobre el cristal para bloquear la luz y trato de atisbar el interior, pero está todo negro.

Llamo. Dos veces.

Nadie responde, así que voy a mirar a la puerta de al lado de la tienda, la que lleva al piso. La pintura se ha desconchado y alguien ha pintado sobre ella con espray rojo la palabra «MENTIROSO». De niña, me parecía enorme, pero ahora veo que es una puerta vulgar y corriente. Vuelvo a llamar, pero nadie responde.

Me agacho y empujo la tapa del herrumbroso buzón.

—¿Hola?

Atisbo por el diminuto rectángulo, pero no veo más que un gran montón de correo sin abrir y folletos publicitarios. Tuerzo un poco más el cuello y veo el pie de la escalera. La vieja moqueta roja tiene manchas oscuras nuevas.

—¿Hola?

No hay respuesta.

Entonces oigo una música que empieza a sonar arriba, en el piso.

Saco mi móvil.

Debería llamar a la policía.

Debería llamar a alguien.

Pero no lo hago. Vuelvo a guardarme el teléfono en el bolso, compruebo que llevo la pistola y doy la vuelta por el callejón hasta la parte trasera.

La verja ha desaparecido, y gran parte de la valla se ha venido abajo. Una vez más, todo me parece mucho más pequeño de lo que recordaba. Hay una desvencijada furgoneta blanca aparcada delante; no se ve nada significativo a través de sus mugrientas ventanillas. La puerta del cuartito de atrás está ligeramente entornada, pero me asusta demasiado lo que pueda haber tras ella para entrar.

Doy unos golpes a la madera descascarillada y astillada, pero las posibilidades de que alguien me oiga parecen mínimas dado el volumen de la música que ahora atruena dentro. Reconozco la canción: *Fairytale of New York*. Es extraño escucharla cuando no es Navidad. Doy un paso adelante. La letra de la canción sobre sueños robados empieza a causar demasiado ruido en mi cabeza.

El cuartito donde solía leer mis revistas de *Story Teller* y escuchar mis casetes sigue aquí, pero está totalmente cambiado. Ya no hay ningún escritorio; es solo un cuarto lleno de trastos. Atravieso lo que fue en su día la tienda y ahora es más bien un polvoriento almacén. Pulso el pringoso interruptor y observo que sigue habiendo fluorescentes. Cuando se encienden parpadeando, varios recuadros del techo se iluminan débilmente. Bajo esa inquietante penumbra, vislumbro piezas de mobiliario antiguo apoyadas unas contra otras, todas cubiertas de mugre y polvo. Avanzo entre armarios roperos, tocadores y sillas apiladas, y finalmente alcanzo la puerta lateral que lleva al piso. Está abierta, pero aquí el interruptor no funciona.

—Hola, ¿hay alguien en casa? —grito, alzando la voz por encima de la música, que suena incluso más alta que antes.

No hay respuesta, pero veo luz en lo alto de la escalera. Empiezo a subir a tientas en la oscuridad y noto con sorpresa que después de tanto tiempo las paredes siguen cubiertas con paneles de corcho. Cada peldaño parece crujir y rezongar bajo mi peso, y aunque la voz de mi cabeza me dice a gritos que vuelva atrás, no puedo hacerlo.

«Tengo que saber la verdad.»

Cuando estoy a mitad de la escalera, la música se detiene.

Oigo una puerta que se abre y unos pasos; luego, nada.

El renovado silencio parece engullirme, pero me obligo a seguir adelante.

Entonces oigo un portazo arriba.

Al llegar al rellano, veo que hay velas de té parpadeando en el suelo. Son la única fuente de luz. Pruebo un interruptor de la pared, pero no pasa nada; alzo la mirada y veo que no hay bombilla en la lámpara del techo. Las puertas de las habitaciones están cerradas, pero todo parece igual. Sigo la línea de las velas hacia lo que era la sala de estar. Mi mano se demora en el pomo un poco más de lo necesario mientras reúno el valor para girarlo.

La sala no es como antes, y yo no siento más que alivio. Han arrancado la vieja chimenea eléctrica y han restaurado de forma chapucera la original, dejando el ladrillo a la vista y la repisa ligeramente torcida. La visión de las llamas y el olor a leña quemada me proporcionan una peculiar sensación de confort. Todo está un poco anticuado y sucio, pero es una habitación de aspecto normal. Una sala con sillas y una mesa. Ningún esqueleto por ahora. Tampoco un armario. Las velas prosiguen su camino por el suelo hasta una mesita de café ornamentada que queda frente al fuego de la chimenea. En la mesita también hay unas cuantas velas alrededor de un gran libro rojo. Es un álbum de fotos.

Lo cojo. Es más pesado de lo que parece. Al abrirlo, veo mi propia cara mirándome desde un viejo periódico. Vuelvo la página y veo otra fotografía mía, otro artículo. Sigo pasando páginas y me da la sensación de que todos y cada uno de los reportajes, entrevistas y reseñas de mi trabajo han sido recogidos en este álbum. Una parte de mí sabe que debería irme de inmediato, que esto no es normal, pero yo sigo pasando páginas, como si estuviera en una especie de trance y no pudiera parar.

Pero finalmente lo hago.

Me paro.

La música empieza a sonar de nuevo. Es la misma canción de antes. Sé que debería salir de aquí, pero la última página del álbum no contiene un recorte de periódico. Es una carta.

Una carta que recuerdo haber escrito hace veinte años.

Querido Eamonn:

Quizá tú no me recuerdes, pero yo sí te recuerdo a ti.

Hace mucho tiempo yo era tu hermana, pero me escapé y una

mujer llamada Maggie me secuestró y me llevó a Inglaterra, aunque eso no lo comprendí entonces, ni tampoco hasta muchos años después.

Viví con Maggie y con un hombre llamado John en el piso que tenían encima de una casa de apuestas de Essex, que queda muy cerca de Londres.

Ellos me dijeron que nuestro padre ya no me quería y, más tarde, que había muerto, aunque ahora sé que no era así.

Quiero que sepas que no fui infeliz con ellos, pero después también murieron.

La policía creyó que yo era su hija.

En el piso había un pasaporte de una niña llamada Aimee Sinclair. La policía también encontró allí su certificado de nacimiento: un documento que decía que era hija de Maggie O'Neil y John Sinclair.

La policía creyó que aquella niña era yo; todo el mundo lo creyó y yo dejé que lo creyeran.

He vivido con un montón de familias adoptivas, unas buenas, otras no tan buenas, pero ahora me van bien las cosas. Tengo una beca para entrar en la Academia de Arte Dramático y voy a ser actriz.

Me encantaría que quisieras ponerte en contacto conmigo, o quedar para vernos en algún momento. Tú me cuidaste cuando nuestro padre no podía hacerlo, y yo aún lo recuerdo. Recuerdo cómo eras entonces y me gustaría saber cómo eres ahora.

Lamento haber tardado tanto en contactar contigo. Me daba miedo contarle a nadie la verdad hasta que cumplí los dieciocho, temía meterme en un lío. Incluso ahora, solo te lo cuento a ti. Te recuerdo lo bastante bien para saber que tú nunca me harías daño. Soy feliz como Aimee. Nadie conoce mi pasado y prefiero que las cosas sigan así. Espero que lo comprendas.

La niña que tú conociste como Ciara ya no existe, pero yo sigo siendo tu hermana. Un nombre solo es un nombre.

Con mucho cariño,

AIMEE

El fuego crepita y arde; sus sombras bailan alocadamente al son de esa música atronadora. Cuando levanto la vista de la carta, veo que la puerta está cerrada y que no estoy sola.

—Hola, Ciara —dice la mujer de largo pelo oscuro y labios rojos.

71

Al principio veo a Maggie: mi Maggie de los años ochenta.

La habitación está sumida en la penumbra, y solo la luz del fuego y de las velas pugna por iluminar la cara que tengo delante. Ella tararea la canción con una voz aniñada de acento irlandés que escapa totalmente desafinada de sus labios rojos. Mientras mis ojos se adaptan poco a poco, me doy cuenta de que mi agotada mente me está engañando. Esta mujer puede parecerse a Maggie, pero no es ella.

—¿Quién es usted? —pregunto, procurando hacerme oír por encima de la música.

Ella se ríe, y es la sonrisa lo que primero reconozco. Da un paso hacia mí y luego empieza a quitarse lo que resulta ser una peluca que arroja a las llamas. Oigo cómo crepita y arde. La mujer que tengo delante se desvanece en la aturdida confusión que se ha apoderado de mi cuerpo y mi mente.

—¿Ahora está más claro? —pregunta el hombre que distingo vestido con las ropas de ella. Ahora habla con voz más grave—. ¿Qué clase de mujer no reconoce a su propio marido?

Su cara parece diferente, pero sus ojos, aunque exageradamente maquillados, son los mismos.

—¿Ben? —susurro.

—Intenta prestar atención, amor mío. Yo no me llamo Ben Bailey. Así como tú no te llamas Aimee. ¿Te hace falta volver a leer la carta?

Bajo la vista al papel arrugado que tengo en las manos.

—¿Eamonn?

Él sonríe y aplaude con sus manos enguantadas.

—Al fin.

Intento asimilar lo que está ocurriendo.

Mi marido se ha dedicado a acosarme vestido de mujer.

Y ese mismo hombre al que llamo mi marido acaba de decirme que es mi hermano.

Me estremezco, pese al calor del fuego. Me siento enferma por lo que estoy viendo y oyendo, y retrocedo instintivamente cuando avanza hacia mí. Parece él y, al mismo tiempo, no lo parece.

—¿Te gustaron todas esas postales *vintage* que te mandé? —pregunta.

No respondo. No puedo hablar.

—Escribí «Sé quién eres» una y otra vez con mi mejor caligrafía. Pero tú seguiste sin deducir quién era yo. Resulta gracioso cuando te paras a pensarlo.

—Tu cara —digo, incapaz de articular nada más.

—Ah, ¿la nariz? ¿Te gusta? Pedí una como la de Jack, les enseñé su fotografía, y también hice que me quitaran las ojeras... Hay que ver las cosas que hago por ti. ¿Te mostró la policía el aspecto que tenía? Me fui directo a la comisaría después de la operación y dejé que me fotografiaran con la nariz rota, los ojos morados y la cara hinchada para demostrar cómo me habías maltratado. Ahora ya está todo casi curado. Tiene buena pinta, ¿no te parece? Igual... que... Jack.

—¿Por qué?

—¡Porque tú estás enamorada de él y yo quería que me amaras a mí! ¡Tal como yo te amaba! —grita. Retrocedo otro paso—. Venga, baila conmigo.

Me coge las manos, como si quisiera entregarse a un vals demencial en el momento más apoteósico de la canción. La música se interrumpe, pero es como si siguiera sonando dentro de su cabeza.

Intento zafarme de él y me pongo a llorar cuando me atrae más hacia sí, tarareando la melodía.

—Para, por favor.

—¿Parar? Tú y yo solo estamos empezando, bebé. Hasta que la muerte nos separe, ¿recuerdas? ¿Esas fotografías no hacen que te sientas como en casa?

Sigo su mirada y veo un retrato nuestro enmarcado, del día de nuestra boda, junto a la foto en blanco y negro de un niño.

—¿Por qué tienes fotografías de John de pequeño?

Baja la mirada hacia mí, con una expresión de fingida sorpresa en su cara de payaso.

—Ya sabes, el que lo encuentra se lo queda.

—No entiendo.

Su sorpresa se enciende en un acceso de rabia.

—Me quedé todas sus cosas, porque él la ayudó a robarte y a separarte de mí. Maggie O'Neil ya estaba muerta cuando tú me escribiste esa carta, pero él no lo estaba, así que lo localicé. Bueno, la verdad es que también acabó muerto poco después. —Se ríe y me vuelve a abrazar a la fuerza, como si fuéramos bailarines de salón en una retorcida película de terror—. Durante todos esos años no sabía adónde habías ido, creía que tú también habías muerto. ¿Alguna vez te has preguntado lo que le pasó a la verdadera Aimee Sinclair, a esa niña cuyo lugar ocupaste?

Me coge la cabeza con las manos y me obliga a mirarle.

—Hice que John me lo contara todo antes de morir. Al parecer, fue un accidente. Le dije que le perdonaría la vida si me contaba la verdad, pero no podía perdonarle. La mentira tiene las patas muy cortas…, y a cada cual lo que le corresponde. —Me tuerce la cabeza y me susurra al oído—. Ellos la mataron y luego la enterraron en Epping Forest. Le obligué a que me enseñara dónde. El muy hijo de puta había tallado sus iniciales en la corteza del árbol bajo el que ocultaron el cuerpo. Ahora están los dos juntos.

Lo aparto de un empujón y corro hacia la puerta.

—Compré esta humilde morada para ti poco después de encontrar a John. ¿Te gusta lo que he hecho con la casa? El negocio ha ido viento en popa, pero son tiempos duros, así que tuve que tomar prestados diez de los grandes de nuestra cuenta conjunta antes de marcharme. No te importó, ¿no?

La puerta está cerrada con llave.

—Incluso me he vestido como ella, como la mujer por la que me dejaste. ¿Eso te trae recuerdos felices? Pensé que lo deducirías cuando encontraste mi pintalabios bajo la cama…

Aporreo la puerta y pido socorro a gritos, aunque ya sé que es inútil; todas las demás tiendas están tapiadas y vacías.

—No irás a escaparte otra vez antes de que te dé tu regalo de cumpleaños retrasado, ¿no? —Coge una caja primorosamente decorada.

—Por favor, podemos conseguirte ayuda. Por favor, déjame marchar. Por favor.

—¿No quieres abrirlo?

—Por favor, Ben.

—Yo no soy Ben, ¡soy Eamonn! Y tú no eres Aimee. Siempre has sido una ingrata, Ciara. Una niña consentida. No te preocupes, ya lo hago yo por ti. A fin de cuentas, yo lo hacía todo por ti, pero al parecer no te bastaba. Por eso tenía que darte una lección.

Empieza a deshacer el lazo de la caja.

—Tu pelo me gusta más así, al natural. Te queda bien rizado, te pareces más a…

Estoy acorralada en un rincón, con la espalda pegada a la puerta cerrada, cuando él se inclina y me besa en los labios.

—… más a ti misma.

El pintalabios se le ha corrido por toda la boca, y noto su sabor en la mía. Quiero limpiármela, pero me asusta demasiado moverme, me da demasiado miedo decir o hacer algo. Me acaricia el pelo y me recoge un mechón detrás de la oreja; luego se arrodilla frente a mí y empieza a quitar el envoltorio de la caja.

—Había una niña que tenía un rizo…

Saca la caja del envoltorio.

—… justo en mitad de la frente.

Abre la tapa y veo un par de zapatos de niña. Son los que yo quería para mi sexto cumpleaños, antes de que me escapara. No estaban en el escaparate de la tienda aquel día, cuando me encontré a Maggie, y ahora entiendo por qué: él los había comprado para mí.

—Cuando era buena, era muy muy buena…

Mete una mano dentro de cada zapato y me los estampa bruscamente en la cara.

—Pero cuando era mala… era una zorra. —Me acaricia la mejilla con el cuero rojo—. Cuando nuestro padre encontró estos zapatos, me dio tal paliza que no pude caminar en tres días. No teníamos para comer, pero yo te compré estos malditos zapatos porque sabía que los deseabas con toda tu alma. Y yo te amaba.

Arroja los zapatos al suelo y me agarra del cuello; luego me golpea la cabeza contra la pared al mismo ritmo que repite sus palabras.

—Yo… te… amaba.

Me suelta y caigo al suelo. Me pongo de rodillas, sin poder dejar de sollozar.

—Yo hice mucho para protegerte de él. Yo me llevaba los insultos; yo me llevaba las palizas; yo me aseguraba de que fuera a mí a quien visitaba por la noche y de que se mantuviera alejado de ti. Antes de que nacieras, todo iba bien. Éramos felices. Pero tú mataste a nuestra madre y él cambió. Me podrías haber matado a mí, ya puestos. —Empieza a deambular por la habitación y sus altos tacones resuenan sobre las tablas del suelo. Mientras está de espaldas, trato de buscar la pistola en mi bolso—. ¿Y tú qué hiciste para darme las gracias? Te escapaste, me dejaste con él y no miraste atrás. ¿Sabes lo que me hizo cuando te fuiste?

Ve que tengo la mano en el bolso, se acerca corriendo y me lo quita violentamente. Saca la pistola sonriendo y meneando la cabeza.

—Como iba diciendo…, cuando la niña era mala…

Me da un fuerte golpe en la cara con la pistola; me derrumbo en el suelo, notando el gusto de la sangre en la boca.

—Tendría que haberte pegado un tiro, es lo que te mereces. —Arroja la pistola sobre el sofá y coge algo que no acabo de ver bien—. Pero considerando que eres de la familia, voy a dispararte con otra cosa. Encontré esta maravilla hace unos meses, al vaciar una casa de Notting Hill. Es asombroso lo útiles que son los muertos. Bueno, bebé, esto te va a doler. Así es como decías que te llamaba ella, ¿no? Quiero decir, la mujer a la que llamabas «madre» después de matar a la tuya. Creo que eso fue lo único cierto que me contaste de ella.

Veo una luz eléctrica morada y luego siento un dolor increíble que recorre todo mi cuerpo. Es distinto de cualquier otro que haya experimentado, como si me clavasen repetidamente un millar de diminutos cuchillos. Jadeo para tomar aire, como si no consiguiera absorber la cantidad suficiente en mis pulmones. Antes de cerrar los ojos, lo único que veo es la cara de Maggie, lo único que oigo es su voz.

—Te quiero, bebé.

72

*E*n mi sueño, estoy volando.

Soy un pájaro que planea con las alas extendidas sobre las olas de un mar turquesa. Asciendo y desciendo por un cielo libre de nubes, contemplando el mundo que se extiende abajo y pensando en lo pequeños que somos todos.

Recobro vagamente la conciencia, lo justo para que el ruido de las puertas de una furgoneta al cerrarse invada mis sueños. La confusión que desencadena ese ruido destroza el cielo. Inmensas esquirlas dentadas empiezan a caer a mi alrededor, como si llovieran cristales azules. No logro volar lo bastante deprisa y algunos fragmentos me desgarran las alas, manchando mis plumas blancas de sangre roja. Empiezo a sentirme muy pesada, como si no pudiera sostenerme en el aire. Decido descender y zambullirme en el mar para ponerme a salvo bajo las olas, aunque estas se han embravecido y se estrellan contra las rocas. Las aguas agitadas se han vuelto negras y, cuando me voy acercando más, la espuma me salpica en la cara, cegándome e impidiéndome ver qué hay debajo. Me estrello brutalmente contra la superficie y noto que los huesos de mi nariz y mis pómulos son los que se quiebran primero. Tengo el cuerpo roto y retorcido; el impacto me ha dejado doblada sobre mí misma, de manera que ahora soy incluso más pequeña e insignificante que antes.

Abro un ojo, solo lo justo para ver que el cielo se ha convertido en una alfombra verde y que yo estoy enrollada dentro.

Permanezco despierta solo lo suficiente para darme cuenta de que estoy destrozada.

Cuando vuelvo a despertar, oigo que alguien se acerca. Intento alzar mi cuerpo de pájaro del suelo, pero ya no puedo moverme. Ni siquiera puedo levantar la cabeza y tengo la sensación de que nunca podré volver a volar. Me desmayo antes de poder ver o sentir nada más.

La conciencia reaparece nuevamente, y esta vez es un poco menos paciente conmigo. Me duele la cabeza, y tardo un rato en recordar lo que ha ocurrido, y luego en preguntarme dónde estoy y qué hora es.

Está todo oscuro, completamente oscuro.

Tengo las manos atadas a la espalda y algo introducido en la boca, de manera que no puedo cerrarla ni hablar.

Noto las piernas flexionadas bajo el cuerpo y, cuando intento moverme, me doy cuenta de que estoy dentro de una especie de caja. Al principio pienso que estoy en un ataúd, y la idea de que me han enterrado viva me provoca dificultades para respirar. Empiezo a llorar. Las lágrimas y los mocos, así como las babas que me caen por los lados de la boca, embadurnan mi cara en la oscuridad. Intento serenarme con un poco de lógica; la caja es demasiado pequeña para ser un ataúd y por un breve instante me siento algo mejor. Pero la voz del temor resuena con demasiada fuerza en mis oídos.

«Podría ser un ataúd para niños.»

Descubro que, aunque lo que tengo metido en la boca me impide hablar, sí que puedo hacer ruido. El grito amortiguado que sale de mi garganta suena tan primitivo que pienso que debe proceder de otra persona u otra cosa. Ahora me cuesta respirar más que antes. Me pregunto cuánto oxígeno habrá en un espacio tan angosto. Intento dar patadas a la pared de la caja y, cuando vuelvo a gritar, la tapa se abre.

Parpadeo varias veces ante la luz; mis ojos tratan de descifrar la silueta que se alza amenazadora frente a mí.

—Espera, bebé. Ya casi estamos en casa —dice una voz lejana, que parece modificarse en mis oídos a cada palabra.

Al principio, parece la voz de Maggie; luego la de mi hermano; luego otra vez la de ella. Veo que él me pone un trapo en
la nariz. Procuro mantener los ojos abiertos, pero los párpados
me pesan demasiado. Me parece que es Maggie quien me sujeta la mano durante un rato antes de oír de nuevo cómo la tapa
de la caja se cierra, dejándome encerrada.

Vuelvo a ser un pájaro destrozado.

No puedo abrir los ojos, ni cantar, ni huir volando.

Me hundo más y más bajo la superficie de un mar frío y
negro.

$\mathcal{M}$e despierto.

Me veo toda bañada en la luz del sol y me doy cuenta de que estoy tumbada en una cama. Intento moverme y descubro que tengo los tobillos y las muñecas atados a los cuatro postes. Miro alrededor la habitación, retorciendo el cuello todo lo que puedo, y veo con alivio que al menos estoy sola. Observo las paredes agrietadas y sucias de humedad, los visillos blancos cubiertos de moho y los viejos muebles de madera. Hay un cuadro descolorido de la Virgen María frente a mí, y una imagen metálica de Jesús en la mesilla de noche. Reconozco esta habitación. Estoy en la casa donde nací, en Irlanda; el rumor del mar a lo lejos me lo confirma. No había estado aquí desde que tenía cinco años, pero el olor me transporta atrás en el tiempo, como si hubiera sido ayer.

Hay una cómoda con un tapete de encaje y una foto mía enmarcada. Soy yo de niña, con una blusa blanca, una falda roja y medias blancas; llevo el pelo recogido en unas coletas un poco desiguales y parezco feliz, a pesar de que no recuerdo haber sido nunca especialmente feliz cuando vivía aquí. Por lo visto, incluso a aquella edad sabía fingir ante la cámara. Hay un espejo sobre la cómoda y, cuando retuerzo mi cuerpo todo lo que permiten mis ataduras, me veo reflejada en él. Llevo una blusa blanca, una falda roja y medias blancas, como en la foto, solo que estas son de talla adulta. Mi pelo está recogido en dos coletas. Tengo carmín rojo por los labios y su alrededor, de manera que parecen dos veces más grandes de lo que deberían. Esa visión de mí misma me arranca un grito involuntario.

La puerta se abre de golpe y entra mi hermano. Viste como un hombre, sin peluca ni maquillaje. Vuelve a ser Ben, pero distinto.

—Bueno, bueno. Ya estás bien, bebé. Solo ha sido un mal sueño. —Me acaricia las mejillas, y yo miro con horror las modificaciones que se ha hecho en la cara.

—Ay, me temo que Maggie se ha ido. Solo me vestía como una mujer para confundirte y para ocultarme de la policía. ¿Por qué me miras así? ¿Es por mi nueva cara? Quise hacer un esfuerzo para parecerme más a Jack Anderson, en vista de que lo encontrabas tan atractivo e irresistible. ¿Te gusta? Los médicos son capaces de hacer casi cualquier cosa hoy en día. Solo tienes que darles la foto de una revista, junto con un cheque generoso, y asunto arreglado. También esperaba conseguir una buena tableta en los abdominales, como Jack, pero la vida ha decidido otra cosa. Me temo que ahora volvemos a estar solos tú y yo. ¿Eso te apena, bebé?

—Deja de llamarme así.

—Me dijiste que Maggie te llamaba así. Creía que te gustaba. Creía que por eso me dejaste y no volviste más. Te he preparado el desayuno.

Me acerca a los labios un cuenco azul y una cuchara. Yo mantengo la boca cerrada y vuelvo la cabeza hacia el otro lado.

—Vamos, no seas así. Son gachas. En tu cuenco favorito. ¿Recuerdas lo que te dije cuando quedó desportillado? Las cosas un poco rotas pueden seguir siendo bonitas.

—Desátame, por favor.

—Me gustaría, de veras. Pero me da miedo que te vuelvas a escapar. ¿Te acuerdas siquiera de aquel día? Yo nunca volví a comer pollo después de que él me hiciera degollar aquella gallina.

—¿Por qué me has vestido así?

—¿No te gusta? Si estás enfadada porque faltan los zapatos rojos, siento decirte que ya no te entran. Digamos que te has hecho demasiado mayor. —Se ríe de su propia gracia y luego aguarda, como esperando que yo haga otro tanto. Al ver que no me río, su sonrisa se desvanece y su rostro parece crisparse y ensombrecerse—. Si no te gusta la ropa que te he buscado, puedo quitártela. —Me levanta con brusquedad la falda y empieza a bajarme las medias blancas.

—¡No, no lo hagas! ¡Por favor!

—¿Qué problema hay? En tiempos te gustaba que te quitara la ropa. No parabas de insistir en que querías que tuviéramos un bebé, a pesar de que yo te decía que no era buena idea. Ahora lo entiendes, ¿no? Además, no será porque no lo haya visto todo antes. —Me baja las medias hasta los muslos, me pone la mano allí y la va subiendo lentamente—. No es que no haya visto cada parte de tu cuerpo, que no la haya saboreado ni haya estado dentro de ti tantas veces. No hay nadie en este mundo que te conozca mejor. Yo sé quién eres. Quién eres de verdad. Y todavía te amo.

Vuelvo la cara mientras su mano sigue subiendo.

—Ahora puedes fingir que tú no querías, si así te sientes mejor. Pero ambos sabemos que sí lo deseabas. Tenerme dentro de ti era prácticamente lo único que te calmaba esos nervios, ¿verdad? Por ejemplo, antes de una gran entrevista o de una de tus estúpidas recepciones de alfombra roja.

—Yo no sabía quién eras…

—¿Ah, no?

No respondo.

—¿Acaso había cambiado tanto cuando volvimos a vernos como adultos? Mírate a ti misma, con tus tetas perfectas, tus rizos y tus preciosos ojazos. Podrías haber conseguido a cualquiera, pero me escogiste a mí. A tu propio hermano.

—¿Qué quieres de mí?

—Quiero que estemos juntos. Es lo que he querido siempre, pero tú nunca tenías suficiente, estabas demasiado ocupada con directores y actores como Jack Anderson. Bueno, ahora sí vamos a estar juntos, hasta que la muerte nos separe. Tal vez no tengamos mucho tiempo. Estoy enfermo.

Se sube a la cama y se coloca sobre mí. Sus dedos se entrelazan con los míos y su cabeza se apoya en mi pecho: noto el olor de su pelo y veo la piel rosada bajo un trecho de calvicie incipiente. El peso de su cuerpo me aplasta, pero no digo nada. Me quedo totalmente inmóvil y callada hasta que se duerme.

Cuando empieza a roncar suavemente, solo oigo una voz en mi cabeza, y es la de Maggie, no la mía: «Con tal de que no olvides quién eres realmente, actuar te salvará».

Me repito en silencio esas palabras mientras permanezco completamente despierta. Acaricio la idea en mi mente cansada, acunándola con delicadeza, procurando no despertarla ni despertarle a él; intento mantener ese pensamiento lo más silenciosamente posible, temiendo que alguien pueda oírlo o borrarlo. Ahora mismo, es lo único a lo que puedo agarrarme. Mi miedo se convierte poco a poco en odio, justo lo suficiente como para atreverme a idear una salida, para imaginar un final que no sea el mío. Empiezo a ensayar mis diálogos y a representar la siguiente escena en mi imaginación. La vida es una partida de ajedrez: solo tienes que reproducir la partida hacia atrás y calcular por anticipado los movimientos que debes hacer para llegar a donde quieres.

El viento empieza a soplar con un lúgubre aullido que recorre la vieja casa de arriba abajo. Al otro lado de la ventana veo el árbol por el que solía trepar cuando era niña. Parece muerto. Su copa oscila bajo la brisa, crujiendo fatigosamente, y los dedos de sus ramitas golpean el cristal como huesos ennegrecidos.

Toc. Toc. Toc.

Oscurece dentro de la habitación antes que fuera. Cuando todo está casi completamente negro, sé con exactitud lo que debo hacer y decir.

74

*L*e beso en la coronilla.

Besos suaves, tiernos, cariñosos.

Él se despierta, todavía sobre mí, y alza la vista.

—Bésame —susurro—. Por favor.

Aunque medio dormido, me besa en la boca. El sabor de sus labios me da ganas de vomitar, pero yo le devuelvo el beso. Sus ojos permanecen abiertos todo el rato, confusos, escrutando los míos. En cuanto nuestros labios se separan, suelto la frase.

—Siempre supe que eras tú.

Me mira largamente, frunciendo el ceño.

—¿Lo sabías?

—Fingía que no, pero claro que sabía quién eras realmente. Yo lo recuerdo todo, ya sabes que tengo esa cualidad, ¿y cómo iba a olvidar a mi propio hermano? —Veo que desea creerme, pero no me cree. Debo esforzarme más—. Te echaba de menos desde que me dejaste. Ahora sé lo que se siente, y no quiero que volvamos a separarnos.

—¿Quieres que estemos juntos? —Arquea una ceja.

—Sí.

—¿Juntos… cómo?

—En todos los sentidos. Ahora que hemos vuelto a casa, nadie tiene por qué saber quiénes somos o qué hacemos. Podemos volver a empezar. Tener los dos lo que queríamos.

Me mira con el ceño fruncido.

—¿Aún quieres tener un hijo, incluso sabiendo quién soy?

—Sí. Es lo que siempre he querido: un hijo. Sería como una segunda oportunidad. Para los dos.

Él se incorpora un poco.

—Siento lo de la película de Fincher.

Eso me pilla desprevenida y tengo que hacer un esfuerzo para mantener una expresión neutra.

—¿Tú cómo sabes eso?

—Porque conozco todas tus contraseñas y leía todos tus correos, y le dije a Alicia White dónde estaba Fincher. Habría resultado demasiado para ti. Habrías pasado fuera demasiado tiempo.

Me trago todo el odio que siento.

—Tienes razón. Tú siempre has sabido lo que era mejor para mí.

Parece sorprendido por mi respuesta y se rasca la cabeza con perplejidad.

—Sí, de hecho, te hice un pasaporte con tu verdadero nombre, por si había problemas con la furgoneta en el ferri. Tal vez podríamos cambiar un poco tu aspecto. Y tú podrías rehacer tu vida aquí. Llevar una vida de verdad. Al fin y al cabo, detestas toda la atención que suscita el mundo del cine…

Me agarro a esta idea. Las mentiras más creíbles siempre contienen una pizca de verdad.

—¡Sí! La detesto, ya lo sabes. Siempre me siento intimidada. Una nueva vida, una vida más sencilla aquí contigo es lo único que quiero. Bésame como me besabas antes. Por favor.

Él me besa, todavía sin dejar de observarme, como si fuera un test que supone que no voy a pasar. Me desabrocha lentamente la blusa, botón a botón, buscando en mi cara cualquier señal de traición. Luego se dispone a desatarme las manos, pero ya sé que realmente no tiene intención de hacerlo. Lo conozco tan bien como él a mí.

—No, déjamelas atadas. Quiero que veas que puedes fiarte de mí. No voy a volver a escaparme, te necesito. Sin ti, me desmorono; nunca me he sentido tan sola como desde que te fuiste.

Parece desconcertado; luego me besa los pechos, aunque sigue pendiente de mis reacciones. Arqueo la espalda y noto cómo se le pone dura. Nunca necesita una píldora azul cuando interpreto mi papel. Su cabeza desciende hacia abajo y empiezo a gemir como a él le gusta. Me desata la cuerda de los tobillos, me quita las medias blancas y yo sonrío cuando se desabrocha el cinturón.

Al terminar, me desata una mano y la coge con la suya; luego apoya la cabeza en mi pecho. Cuando me parece que ha pasado el tiempo suficiente, desenlazo mis dedos de los suyos; y cuando empieza a roncar, intento coger la imagen de Jesús de la mesilla extendiendo el brazo todo lo posible, pero sin mover el resto del cuerpo. Mis dedos entran en contacto con el frío metal. Lo sujeto con todas las energías que me quedan y lo estampo violentamente contra su cráneo. Él suelta un quejido de animal herido. La sangre le cae por la cara y sobre los ojos, que me miran con aire incrédulo. Le vuelvo a golpear.

Soy consciente de que no tengo tiempo que perder. Me desato la otra mano, me deslizo por debajo de su cuerpo y salgo disparada de la habitación, vestida solo con la blusa blanca. Atravieso la casa corriendo, tratando de recordar la distribución en la oscuridad, chocando con objetos que no recuerdo, intentando encontrar la salida más cercana. Le oigo venir a por mí antes de llegar a la puerta trasera. La madera desconchada se ha hinchado con los años, y tengo que tirar con fuerza para abrirla.

Afuera hace un frío gélido y el viento aullante me deja sin aliento. El asfalto del sendero se me clava en los pies descalzos, y yo me envuelvo en la blusa abierta, a pesar de que nadie vive lo bastante cerca como para verme en la oscuridad. O para oírme, si tuviera el valor de gritar. En mi terror, no recuerdo muy bien la situación de la casa, y mientras avanzo a trompicones hacia lo que creo que es la carretera principal, me doy cuenta de repente de que estoy corriendo hacia la parte trasera de la propiedad, o sea, hacia el mar. Oigo un portazo a mi espalda.

—¿Adónde vas, bebé? Creía que querías que estuviéramos juntos. Pensaba que ya no ibas a volver a escaparte. —Suena como la versión de sí mismo que me atacó en nuestro dormitorio la noche antes de desaparecer: esa versión de él que creí que sería capaz de matarme.

Tropiezo y me caigo, sabiendo que no anda lejos.

Perdida en la oscuridad, he vuelto a girar en la dirección equivocada, y el error no habrá de llevarme esta vez al principio, sino al final de mi vida.

Oigo el chirrido quejumbroso de unas viejas bisagras y distingo entre las sombras la puerta de un cobertizo que da golpes bajo el viento. Corro hacia allí, decidida a esconderme. No veo lo que estoy pisando dentro del cobertizo; parece paja. Los ganchos metálicos de los que mi padre colgaba los pollos oscilan sobre mi cabeza, agitados por la borrasca. Rechinan y tintinean unos contra otros, emitiendo una especie de grito de alarma animal. Al levantar la vista, vislumbro su silueta plateada iluminada por la luna.

—Tu hermano mayor siempre acaba encontrándote.

Oigo que cierra la puerta del cobertizo, dejándome atrapada ahí dentro con él. El vendaval cobra más fuerza, sin embargo, y la puerta no quiere permanecer cerrada; continúa sacudiéndose sobre sus goznes, como si quisiera dejarme libre. Me caigo al suelo y me alejo a rastras de la voz de mi hermano. Sé que ya no me queda escapatoria ni ningún otro escondite.

Entonces mis manos tropiezan con el mango.

Al principio no sé qué es. Deslizo los dedos por la madera pulida hasta encontrar el frío extremo metálico, aún lo bastante afilado como para cortarme una falange.

La cojo y me vuelvo, agazapándome y escuchando sus pasos, que cada vez suenan más cerca. La puerta del cobertizo se abre de golpe, y la luna ilumina la cara de mi hermano justo frente a mí. El estrépito de la puerta lo distrae momentáneamente, y yo aprovecho para blandir el hacha en el aire con las últimas fuerzas que me quedan. La hoja se clava por sí sola en un lado de su cuello, y la sangre empieza a manar a borbotones mientras él se derrumba en el suelo.

No me muevo del sitio.

No puedo.

Todo permanece inmóvil, salvo el continuo flujo de sangre.

Me inclino hacia delante, atraída por la visión de su cuerpo destrozado. Con los ojos cerrados y todas esas modificaciones que se ha hecho en el rostro, me parece un completo desconocido. Un monstruo que no recuerdo haber conocido. Sus ojos se abren de repente y el odio que veo en ellos me impulsa a sujetar de nuevo el mango del hacha. La arranco de su garganta parcialmente seccionada, la alzo por encima de mi cabeza y descargo un tremendo golpe.

Como si me mirasen, sus ojos siguen abiertos cuando su cabeza rueda por el suelo del cobertizo.

Seis meses después…

$\mathcal{N}$o me gustan nada las giras promocionales; siempre son melodramáticas y desagradables.

Una entrevista tras otra. Las mismas preguntas, las mismas repuestas una y otra vez. Los ojos de los periodistas y todas sus cámaras apuntando hacia mí, estudiándome, tratando de pillarme desprevenida, intentando vislumbrar lo que se agazapa bajo la superficie.

—La última —dice Tony, levantándose para abrir la puerta.

La productora ha alquilado una *suite* de hotel para las entrevistas de hoy. Resulta un poco surrealista trabajar en una película durante meses y luego, en ocasiones, no tener casi nada que hacer hasta un año más tarde, cuando ya estás en medio de un proyecto completamente distinto. Es como si me hubiera convertido en una viajera a través del tiempo y me dedicara a hablar de distintos personajes y distintas historias en diferentes países de todo el mundo. Sé que Jack está en la habitación contigua; me alegra no tenerlo demasiado lejos. También me alegra que mi agente esté aquí; no creo que fuera capaz de aguantar esto yo sola. La idea me enfurece conmigo misma. Nunca he necesitado a nadie, y no me gusta la idea de necesitar a alguien ahora.

Nadie sabe lo que realmente sucedió el año pasado, y yo pienso mantener las cosas así.

Jennifer Jones entra contoneándose en la habitación, seguida de su cámara, que se afana en mantenerse a su altura a pesar de que carga con todo el equipo él solo. No puedo creer que haya accedido a concederle esta entrevista.

—¡Aimee, querida, tiene un aspecto maravilloso! —Simula el sonido de dos besos a cada lado de mi cara. Hoy lleva los labios de un rosa encendido, a juego con su ceñido vestido—. Bueno, ya sé que no tenemos mucho tiempo, su agente me lo ha dejado muy claro. —Le dirige un gesto con la mano—. Sin preguntas personales, lo he prometido.

Miro a Tony. Una diminuta esquirla de pánico perfora mi armadura, pero él asiente con aire tranquilizador y yo intento frenar las ganas de ponerme a juguetear con el dobladillo de mi vestido.

—Grabando —dice el cámara.

Jennifer Jones se concentra en mí, afilando su lengua.

—Bueno, *A veces mato* es una gran película.

Su grado de falsedad resulta impresionante.

—Gracias —digo, sonriendo.

—Y felicidades, por cierto. ¿Cuánto le queda? —Baja la vista a mi abultada barriga.

—Tres meses.

—¡Vaya! ¿Y cómo está el futuro padre?

«Perdió la cabeza.»

Miro a Tony antes de responder. Poco ha durado lo de no hacer preguntas personales.

—Jack está bien.

—Es como un cuento de hadas, la verdad. Se conocieron en el rodaje el año pasado, se enamoraron y se casaron… Veo que también esta vez ha conservado su apellido.

—Así es.

—Y ahora ya hay en camino una pequeña Aimee o un pequeño Jack, ¡qué maravilla!

—Soy muy afortunada. —Me llevo la mano a la barriga como protegiendo a mi bebé de los venenosos comentarios de Jennifer Jones.

—Y también es afortunada porque acaba de terminar de rodar otro proyecto, nada menos que con Fincher. ¡O sea, impresionante! ¿De dónde saca el tiempo?

—Debido a mi embarazo, hemos filmado todas mis escenas en pocos meses. Ha sido algo intensivo, pero sin duda una gran experiencia. Lo he disfrutado al máximo.

«Y finalmente tengo todo lo que deseaba.»

—En principio, Fincher había escogido a otra actriz para ese papel, ¿no es así?

Le sostengo la mirada y procuro no removerme en mi asiento.

—En efecto.

—Debe de haber sido duro para usted ponerse en la piel de Alicia White, después de que desapareciera sin dejar rastro.

—Lo lamento mucho por Alicia y por su familia. Ella lo ocultaba muy bien, pero evidentemente era una persona con muchos problemas.

—Han pasado casi seis meses de su desaparición. Desde entonces, nadie la ha visto ni hay explicación alguna a su desaparición. ¿Qué cree que le pasó?

—¿Podemos centrar las preguntas en la película, por favor? —la interrumpe Tony, captando mi incomodidad.

—Claro —dice Jennifer Jones—. No voy a mentir, su personaje en esta película da mucho miedo. Y el hecho de ser una actriz que interpreta a una actriz debe de haber sido divertido, ¿no? Hemos pedido a los demás actores que hagan una pequeña toma promocional ante la cámara, ¿le importaría participar? Solo diga el nombre de su personaje, unas palabras acerca de él, y luego el título de la película.

—Claro.

—Fantástico. Mire directamente al objetivo cuando esté lista…

Me vuelvo hacia la cámara para satisfacer esta última petición suya.

—Me llamo Aimee Sinclair. Soy esa chica que creías conocer, pero no recordabas de dónde. Creo que ahora me recordarás. *A veces mato.*

Me arrellano en mi silla, desconcertada por la expresión de todos los presentes. Jennifer Jones rompe el silencio con una carcajada, echando la cabeza tan atrás que veo su impresionante colección de empastes.

—Es usted la monda —dice, sin que yo entienda a qué se refiere—. Se supone que debe decir el nombre de su personaje, no el suyo. ¡No pretendemos hacer creer al público que Aimee Sinclair anda por ahí matando a gente!

—Ay, lo siento. —Noto que me arden las mejillas—. Ha sido un día largo y me temo que mi cerebro de embarazada me está traicionando. —Me vuelvo hacia la cámara—. Déjeme intentarlo de nuevo. Nunca cometo el mismo error dos veces.

Agradecimientos

Una segunda novela es un viaje interesante: un viaje en el que puede resultar difícil orientarse, y quizá no habría encontrado el camino sin las siguientes extraordinarias personas.

Gracias a Jonny Geller por creer en mí, incluso cuando yo no creo. Todavía no sé cómo me las arreglé para conseguir el mejor agente de la ciudad, pero me siento muy agradecida, y este libro no existiría sin ti. Gracias también al maravilloso equipo de Curtis Brown.

Gracias a Kari Stuart por ser la perfecta combinación de inteligencia y bondad. Gracias por tu paciencia y por tu compasión, y por todos los milagros que llevas a cabo.

Gracias a Manpreet Grewal, Sally Williamson y al brillante equipo de HQ/Harper Collins. Gracias a Amy Einhorn y al fantástico equipo de Flatiron/Macmillan. Gracias también a todos mis editores extranjeros; me siento muy agradecida por que me publiquen en distintos países de todo el mundo. Los autores simplemente escriben historias; los editores hacen libros, y yo tengo la suerte de estar trabajando con los mejores.

Gracias a mi familia, por decirme que yo era capaz.

Gracias a mis amigos, por seguir siéndolo incluso cuando desaparezco en el interior de un libro.

Gracias, Daniel, por no divorciarte de mí mientras escribía este libro.

Por encima de todo, gracias a la gente que tiene la bondad de leer mis libros. Los escritores no son nada sin los lectores, y vosotros me habéis cambiado la vida de un modo que ni siquiera me atrevía a soñar. Espero que sigáis disfrutando de mis historias. Me sentiré eternamente agradecida.